Ein stummer Augenzeuge

AF235671

Über den Autor

René Falk wurde 1955 geboren. Er ist ein echter Rheinländer und lebt in Troisdorf, einem Nachbarort von Köln. Schon sehr früh zeigte sich seine Neigung zum Schreiben von Kurzgeschichten, vor allem im Bereich SF und Fantasy. In späteren Jahren richtete sich sein Interesse mehr auf das Genre Krimis & Thriller und bald begann er selbst damit, Kriminalromane zu schreiben. Er legt großen Wert darauf, seine Leser zu unterhalten, und wenn ihm dies mit seinen Geschichten gelingt, hat er sein Ziel erreicht.

Ein stummer Augenzeuge

René Falk

Bibliografische Information der Deutschen Nationalbibliothek: Die Deutsche Nationalbibliothek verzeich-
net diese Publikation in der Deutschen Nationalbi-
bliografie; detaillierte bibliografische Daten sind im
Internet über http://dnb.dnb.de abrufbar.

René Falk
Ein stummer Augenzeuge

Umschlaggestaltung: *Bryan Gehrke, Buchcovers.de*

Herstellung und Verlag:
BoD – Books on Demand, Norderstedt

ISBN: 978-3-7534-7162-4

Inhaltsverzeichnis

Über dieses Buch

Weil das eigentlich für Todesermittlungen zuständige Kommissariat 1 der Siegburger Kriminalpolizei hoffnungslos überlastet ist, wird die SOKO Rhein-Sieg zu einer weiblichen Leiche in einem Troisdorfer Ortsteil gerufen. Die Tote, allem Anschein nach die Wohnungsinhaberin, liegt erschlagen zwischen den Scherben einer zersplitterten Vitrine, ihr Gesicht ist bis zur Unkenntlichkeit entstellt. War die als Enthüllungsjournalistin bekannte Frau jemandem zu nahe gekommen, oder ist doch alles ganz anders? Tobias Heller und seine Leute nehmen die Ermittlungen auf und stoßen auf merkwürdige Zusammenhänge.

Prolog

Luisa Fernandez schlich vorsichtig auf dem Parkplatz herum und hielt im schwachen Schein der über fünfzig Meter entfernten Straßenlaternen Ausschau nach einer bestimmten Person, mit der sie sich hier treffen wollte. Es war bereits dunkel gewesen, als sie ihre Arbeit begonnen hatte, denn diese fing erst an, wenn die der anderen in der Firma beendet war und jetzt war es fast Mitternacht.

Sie blieb stehen, drehte sich langsam einmal um die eigene Achse und sah sich ängstlich um. Der Platz war bis auf eine Handvoll geparkter Fahrzeuge leer, nicht eine Menschenseele war zu entdecken. War es der falsche Tag? Nein, sie war sich sicher, dass es heute sein sollte. Genau vor einer Woche war hier auf dem Parkplatz eine Gestalt an sie herangetreten, als sie eilig das Firmengelände verlassen wollte, um den letzten Bus nach Hause noch zu erwischen.

Das Gesicht dieser Person hatte sie in der Dunkelheit unter der Kapuze, die sie über den Kopf gezogen hatte, nicht richtig erkennen können, aber sie bekam nach einigen geflüsterten Worten einen Hunderter in die Hand gedrückt und einen winzigen Gegenstand, den sie auf eine ganz bestimmte Weise am Computer des Firmenchefs anbringen sollte. Und dieses kleine Teil, offenbar eine Art elektronisches Gerät, sollte sie hier und heute wieder zurückgeben. Weitere hundert Euro würde sie dafür bekommen.

Jedenfalls hatte sie das so verstanden, ihr Deutsch war noch nicht so gut, im Gegensatz zu den Kindern, die beide hier zur Welt gekommen waren. Nach der Geburt der Kleinen hatte ihr Mann sie mit den beiden einfach sitzen gelassen, und sie musste sich seitdem mit schlecht bezahlten Jobs über Wasser halten. Die Putzstelle bei einem großen Reinigungsservice, der unter anderem diese Firma bediente, war bloß einer davon. Auf ihre mühsame Nachfrage in gebrochenem Deutsch hin wurde ihr von der vermummten Gestalt noch einmal ausführlich erklärt, was sie tun sollte, und jetzt hatte sie es begriffen.

Luisa hatte trotz ihrer angespannten finanziellen Lage zuerst gezögert, den Auftrag auszuführen, denn sie war sicher, damit etwas Illegales zu tun. Sie hatte in der Nacht noch lange wachgelegen und gegrübelt, und auch am folgenden Tag. Doch schließlich siegte die Vernunft. Als alleinerziehende Mutter von zwei kleinen Kindern im Vorschulalter konnte sie buchstäblich jeden Cent zusätzliches Geld gebrauchen. Der Junge brauchte neue Schuhe und das Mädchen hatte dringend warme Winterkleidung nötig, man konnte ihnen geradezu beim Wachsen zusehen.

Was konnte schon Schlimmes passieren, wenn sie diesen Stecker, oder um was es sich immer handeln mochte, und der nicht mal einen Zentimeter maß, im Chefbüro am Computer anbrachte? Das Teil war klein genug, dass sie ihn in ihren Schuhen durch den unbestechlichen Körperscanner schmuggeln konnte, wie ihr Auftraggeber versichert hatte. Eine Bombe würde es also nicht sein!

Ihre Gedanken kehrten in die Gegenwart zurück, als sich ein Schatten von der Silhouette eines PKW löste und fast lautlos auf sie zukam. Dieselbe schwarz gekleidete Gestalt mit tief in das Gesicht gezogener Kapuze. »Haben Sie was für mich?«, vernahm sie die Worte schwach über das leise Rauschen des Windes hinweg. Es war nur ein Flüstern, dem man wie in der Woche zuvor nicht entnehmen konnte, ob es sich um einen Mann oder eine Frau handelte.

Luisa Fernandez griff mit zitternden Fingern in die Tasche, holte das winzige Teil hervor und legte es in die fordernd ausgestreckte Hand. Ein Hundert-Euro-Schein wechselte den Besitzer und die dunkle Gestalt verschwand ebenso lautlos wieder in der Nacht, wie sie zuvor erschienen war. Nachdem sie in den Wagen eingestiegen und mit ausgeschalteten Scheinwerfern langsam davongerollt war, deutete nichts darauf hin, dass sie sich jemals hier aufgehalten hatte.

Die junge Frau stopfte fahrig den Geldschein in die Hosentasche und eilte zur nahen Bushaltestelle, ohne sich noch ein einziges Mal umzuschauen. So sah sie auch nicht die andere dunkle Gestalt, die die ganze Zeit unerkannt in der Dunkelheit gewartet hatte, nun in ihr bereitstehendes Auto stieg, und der Ersten in gebührendem Abstand unauffällig folgte.

Kapitel 1

Etwas stinkt gewaltig

Olaf Gustavsson schloss seine Wohnungstür sorgfältig hinter sich ab, ging ein paar Schritte Richtung Treppenhaus, drehte sich um und kontrollierte, ob er tatsächlich abgeschlossen hatte. Dann tastete er nach dem Schlüsselbund in der Hosentasche, bevor er sich endgültig der Treppe zuwandte. Dieses Ritual praktizierte er nun seit vielen Jahren, eigentlich sein halbes Leben. Seit er sich in seiner alten Heimat versehentlich ausgesperrt hatte und eine ganze Nacht bei klirrender Kälte im Freien verbringen musste, fürchtete er nichts mehr, als dass dies wieder passieren könnte.

Er war vor langer Zeit, als er nach seinem Studium eigentlich die Welt hatte erkunden wollen, im Rheinland gestrandet, obwohl es ihm hier im Grunde nie sonderlich gefallen hatte. Ihm war leider schnell das Geld ausgegangen, hatte sich Arbeit suchen müssen und war dann irgendwie hängengeblieben. Dabei war es nicht einmal der ungemütliche Winter in diesen Breiten, denn diesbezüglich war er von seiner schwedischen Heimat ganz andere Temperaturen gewohnt! Nein, es war diese aufgesetzte Fröhlichkeit, die den Menschen in dieser Region augenscheinlich in die Wiege gelegt wurde und die ihm als ›Nordlicht‹ vor allem während des Karnevals mächtig auf den Zeiger ging.

In seiner Wohnung im Dachgeschoss dieses Drei-Parteien-Hauses fühlte er sich wohl. Hier lebte er seit über fünfundzwanzig Jahren, es gab auf jeder Etage jeweils nur eine großzügig geschnittene Wohneinheit und die beiden anderen Mieter kümmerten sich weitestgehend um ihren eigenen Kram. Umso mehr war er erstaunt, auf dem Weg nach unten im ersten Obergeschoss den Inhaber der Erdgeschosswohnung anzutreffen, der sich soeben mit dem Oberlicht im Treppenhaus abmühte.

Dieses gut und gerne zwei Meter hohe Teil war das einzige Fenster, das sich durch Schrägstellen öffnen ließ, und musste aufgrund seiner Größe umständlich über eine Handkurbel bedient werden. Ein frischer Luftzug strömte durch das Haus, als der alte Mann damit fertig war und Olaf Gustavsson fiel erst jetzt der üble Geruch auf, der hier herrschte. Da er derzeit unter einer argen Verstopfung der Nebenhöhlen litt, war ihm das vorher gar nicht aufgefallen, doch wenn sogar er das riechen konnte, musste der Gestank in Wahrheit enorm sein!

»Ah, Herr Gustav!«, grüßte Herzog, als er ihn sah. »Ich habe mal das Fenster geöffnet. Haben Sie denn den Geruch hier im Treppenhaus nicht bemerkt? Seit heute Morgen stinkt es hier ganz gewaltig. Das muss Ihnen doch ebenfalls aufgefallen sein, wo Sie gleich darüber wohnen. Das zieht doch bestimmt alles nach oben!« In dem Vierteljahrhundert, das sie mittlerweile unter einem Dach lebten, hatte dieser Mann es nicht geschafft, sich seinen Namen zu merken. Olav Gustavsson verzichtete wie immer auf eine Richtigstellung. Es war auch nicht wichtig.

»Das hatte ich ehrlich gesagt gar nicht bemerkt, bevor sie für Durchzug gesorgt haben, Herr Herzog«, gab er höflich zur Antwort. »Ich habe nämlich wieder mal Ärger mit meinen Nebenhöhlen, weswegen ich kaum etwas rieche. Leider habe ich jetzt aber so überhaupt keine Zeit«, versuchte er, den Rentner abzuwürgen, bevor dieser ihm ein Gespräch aufzwingen konnte. »Ich muss zur Arbeit und habe es sehr eilig!«

»Finden Sie es denn nicht merkwürdig, dass sozusagen über Nacht ein solcher Gestank entsteht?«, ließ sich der pensionierte Bahnbeamte nicht abwimmeln. Offenbar war er gewillt, diese Angelegenheit hier und jetzt mit ihm zu diskutieren. »Aus meiner Wohnung kommt das nicht, und wenn Sie auch nicht der Verursacher sind, muss es die junge Frau auf dieser Etage sein!«

»Ist sie denn schon aus den USA zurück? Soweit ich weiß, wollte sie für länger in Übersee bleiben, und ich habe sie seit ihrer Abreise vor zwei Monaten auch gar nicht mehr gesehen!«

»Das besagt überhaupt nichts«, schüttelte Thomas Herzog das greise Haupt. »Die schleicht doch ständig zu den unmöglichsten Zeiten durch das Haus. Meine Frau und ich beispielsweise haben sie seit Monaten nicht zu Gesicht bekommen, ich wusste ja nicht mal, dass sie verreist ist.«

»Jedenfalls scheint dieser penetrante Gestank aus ihrer Wohnung zu kommen«, ertönte nun eine resolute Stimme hinter Gustavsson. Helga Herzog war jetzt auch noch hinzugetreten. »Und das riecht mir doch sehr nach Tod, als ob dort drinnen etwas Großes verwest. Wir sollten die Polizei rufen, Thomas!«

»Das scheint mir etwas vorschnell, Liebes«, wagte ihr Mann einen zaghaften Einwand. Wer in dieser Ehe die Hosen anhatte, war kein Geheimnis. »Vielleicht hat ja nur der Kühlschrank über Nacht seinen Geist aufgegeben, denn wenn eine Leiche so lange da drin liegen würde, dass es so riecht, hätte man sicher früher etwas davon bemerkt. Und Haustiere sind hier ja nicht erlaubt!«

»Dann rufe ich eben unseren Hausverwalter an!«, beharrte seine Frau auf ihrer Meinung. »Wozu hat dieser Mensch denn Schlüssel zu allen Wohnungen? Er soll sofort herkommen und nachschauen, was los ist. Der Gestank ist jedenfalls nicht auszuhalten!« Sie wählte auf ihrem vorsorglich mitgebrachten Handy mit finsterer Miene eine Nummer aus den Kontakten. Olaf Gustavsson nutzte die günstige Gelegenheit, um sich davonzustehlen, denn er war spät dran.

* * *

»Diesen einfachen Fall hätte wirklich jeder lösen können, Chef!«, mokierte sich Jonas Faber über einen Verkehrsunfall mit Fahrerflucht, den sie soeben nach nur drei Tagen Ermittlungsarbeit erfolgreich zu den Akten gelegt hatten. »Man wirft uns hier sozusagen die Brotkrumen hin, während Donners Kommissariat sich die Rosinen aus dem Kuchen pickt! Sowas ist doch keine Aufgabe für eine SOKO! Was kommt als Nächstes? Eine Katze, die wir vom Baum holen? Oder sogar ein Einbruch?«

Der gerade einmal sechzehnjährige Junge, der sich heimlich den Sportwagen seines auf Reisen befindlichen Vaters ausgeliehen hatte, um damit vor seiner Freundin anzugeben und mit ihr eine ausgedehnte

Spritztour zu unternehmen, war aufgrund mehrerer Zeugenaussagen schnell ausfindig gemacht gewesen. Ein silbergrauer Porsche ist eben ein sehr auffälliges Fahrzeug. Leider war die alte Frau, die er damit an einem Zebrastreifen angefahren hatte, mittlerweile ihren Verletzungen erlegen. Die zweijährige Enkelin, die sie im Kinderwagen mitführte, hatte zum Glück unverletzt überlebt.

»Die Katze ist eine Aufgabe für die Feuerwehr!«, berichtete Tobias Heller, Leiter der SOKO Rhein-Sieg, ihn milde lächelnd. »Und was den Einbruch angeht, wäre dafür ›Diebstahl und Betrug‹ zuständig, doch ich glaube nicht, dass meine Frau freiwillig zugeben würde, einen Fall nicht alleine lösen zu können. Eher würde sie sich den rechten Arm abhacken! Natürlich sind wir mit einem Verkehrsunfall unterfordert, aber es ist nun einmal so, dass zuerst immer das entsprechende Kommissariat zuständig ist und man uns erst beteiligt, wenn die überlastet sind oder nicht weiterkommen. ›Mord und Totschlag‹ ist momentan zwar mit dem irren Serientäter, der das ganze Stadtgebiet förmlich mit kopflosen Frauenleichen pflastert, auf Wochen hinaus ausgelastet. Donner wird sich aber bestimmt nicht die Butter vom Brot nehmen lassen, solange er das Personal dafür hat!«

Nach anfänglichen Schwierigkeiten, die durch den Weggang gleich drei seiner besten Leute entstanden waren, verfügte das Kommissariat für Todesermittlungen, wie Donners Abteilung offiziell hieß, wieder über insgesamt fünf Ermittlerinnen und Ermittler, sodass die gerade erst gegründete SOKO Rhein-Sieg unter der Führung seines ehemaligen Mitarbeiters Tobias Heller nicht mehr oft mit Aufgaben betraut werden musste, für die eigentlich sein Kommissariat zuständig war. Allerdings war seine jüngste Kommissarin Christina Ohlsen im sechsten Monat schwanger und nur eingeschränkt einsetzbar. Seit einigen Tagen wurden fast täglich grausam verstümmelte Frauenleichen im ganzen Stadtgebiet gefunden, und Heller wartete insgeheim darauf, dass man seine Abteilung um Unterstützung bitten würde, was jedoch bislang nicht geschehen war.

»Schade, ich hätte gerne gesehen, wie Jonas mit seinem schicken Anzug eine Katze vom Baum holt!«, gab Vanessa Fuchs unter dem Gelächter der Kollegen trocken zum Besten. Außer Hauptkommissar Martin Weber, der einen Zahnarzttermin hatte, waren alle Mitglieder der SOKO anwesend. Der Oberkommissar, wegen einer schlimmen Knieverletzung, die er sich bei der Verfolgung eines Tatverdächtigen eingehandelt hatte, erst seit ein paar Tagen wieder uneingeschränkt diensttauglich, schnitt ihr eine Grimasse.

»Also, mich persönlich würde es viel mehr reizen, an den Ermittlungen zu dem Fall dieses Serientäters mitzuwirken, als unserem tapezierten Knochen beim Klettern zuzuschauen«, sprach Jasmin Brandt vorlaut aus, was alle dachten. Infolge des Fitnesstrainings, zu dem Heller die ganze Mannschaft zweimal die Woche verdonnert hatte und einem strengen Verzicht auf ihre geliebte Schokolade, war die Kommissarin zwar nicht mehr so rundlich wie zu Beginn ihrer Tätigkeit in der SOKO, aber noch weit von ihrem Idealgewicht entfernt.

»Wenn ich daran denke, dass die Opfer alle ohne Kopf und ohne Hände und Füße gefunden wurden, kann ich darauf gerne verzichten!«, äußerte sich Erik Hagel schaudernd. Der Kommissaranwärter war mit einundzwanzig Jahren das jüngste Mitglied in Hellers Truppe und etwas blass um die Nase. Offenbar stellte er sich gerade die verstümmelten Frauenleichen vor. »Wie viele sind das überhaupt?«

»Vier!«, ertönte jetzt eine gar nicht recht zu der einstmals zierlichen Gestalt passen wollende kräftige Stimme. Christina Ohlsen schob ihren mittlerweile enormen Babybauch mit aller Würde, zu der sie als werdende Mutter fähig war, durch die Tür und ließ sich ächzend auf einen freien Stuhl fallen. In letzter Zeit fungierte sie als Kontaktperson ihres Kommissariats zur SOKO, was die Ermittler zu der Hoffnung verleitete, sie sei in der gerade angesprochenen Sache gekommen, um ihren Beistand zu erbitten. »Vor einer Stunde wurde die vierte verstümmelte Frauenleiche gefunden«, fügte sie tonlos hinzu, während der zu diesem Platz gehörende Bildschirm wie von Geisterhand aus der Tischplatte fuhr.

»Den brauche ich nicht«, wandte sie sich an Heller. »Ich bin nämlich nicht wegen *dieser* Morde hier. Vor einer Viertelstunde ging ein Anruf bei uns ein, dass wieder eine Frauenleiche gefunden wurde. Sie passt allerdings nicht in das Muster des Serientäters, mit dem wir uns derzeit herumschlagen, deshalb bitten wir dich, das für uns zu übernehmen. Rechtsmedizin und Forensik sind schon unterwegs, die Adresse habe ich dir aufgeschrieben.« Sie schob ihm einen Zettel zu und erhob sich mühsam. »Viel Spaß damit!«

»Ach, Chrissie!«, hielt Tobias sie zurück, als sie bereits an der Tür angekommen war. »Würdest du in meinem Büro auf mich warten? Es dauert hier sicher nicht mehr lange, ich möchte aber noch kurz mit dir privat sprechen.« Christina Ohlsen signalisierte mit einem Kopfnicken ihre Zustimmung und verließ den Raum.

»Also gut«, wandte er sich an seine Ermittler, als sie wieder unter sich waren. Er lächelte still in sich hinein, denn die schauten ihn ohne Ausnahme wie Hunde an, die sehnlichst auf eine Belohnung hofften. Fehlte nur noch, dass sie hechelnd die Zunge heraushängen ließen. Sein gesamtes Team lechzte förmlich nach einer sinnvollen Aufgabe! »Vanessa und Jasmin: Ihr fahrt zu dieser Adresse und schaut euch dort mal um«, bestimmte er deshalb und gab den gerade erst erhaltenen Zettel an Erik weiter. »Du wirst die beiden begleiten. Wir haben einen neuen Fall, Leute!«

Die Kommissarinnen sprangen sofort wie von der Feder geschnellt von ihren Stühlen und stürmten aus dem Raum, nachdem Vanessa Fuchs dem total überrumpelten Erik Hagel den Zettel mit der Adresse aus der Hand gerissen hatte. Der schaute ihnen verblüfft hinterher. »Hey! Wartet doch auf mich!«, rief er und folgte den beiden im Laufschritt nach draußen.

»Nun sind wir ganz allein, Jonas«, lächelte Tobias über das ungestüme Vorgehen seiner Ermittlerinnen. »Zum Glück hatte ich mir die Adresse noch merken können. Du recherchierst vorsorglich schon mal alles zu den Mietern im Haus des Opfers und versuchst, eventuelle Angehörige von ihr ausfindig zu machen.«

* * *

»So, die Bande ist erstmal eine Weile beschäftigt«, seufzte Tobias, während er an seinem Schreibtisch

Platz nahm. »Es wurde wirklich langsam Zeit, dass meine Leute etwas Sinnvolles zu tun bekommen. Sie fingen schon an, die Tische anzuknabbern. Hast du nicht die Bissspuren gesehen?«, flachste er, um gleich darauf wieder ernst zu werden. »Wie geht es dir denn so mit dieser Orgie von Gewalt gegen Frauen?«, fragte er die ehemalige Kollegin und Freundin besorgt.

Chrissie hatte wie versprochen in seinem Büro auf ihn gewartet. Zeit hatte sie ja genügend, denn obwohl die Leichenfunde die Ermittler in ihrem Kommissariat ununterbrochen in Atem hielten, war sie selbst zur Untätigkeit verurteilt. Sie konnte und durfte in ihrem Zustand nur vom Computer aus recherchieren, doch Ermittlungsansätze gab es nur wenige und ihre Kollegen hetzten von einem Fundort zum nächsten, ohne einen Schritt weiterzukommen. Es schien fast, als jagte man einem Phantom hinterher.

»Du meinst, weil Denise letztlich deswegen ihren Dienst quittiert hat?«, erkundigte sie sich vorsichtig. Sie wusste, wie sehr er unter dem Ausscheiden seiner langjährigen Partnerin gelitten hatte. »Das kann man nicht vergleichen. Ich bin nach wie vor der Ansicht, dass unsere Arbeit notwendig ist, um diese Welt ein kleines Stück sicherer zu machen, und werde nach dem Mutterjahr auch zurückkommen. Ich muss das nur meinem Mann irgendwie beibringen. Und Denise dachte ganz genauso, das weißt du. Und ... was sie dir sagte, war auch nicht der eigentliche Grund, weshalb sie am Ende vor der Gewalt kapitulierte!«

»Nicht?«, wölbte Tobias die Brauen. Er war überrascht, denn seine Partnerin hatte sich ihm und den Kollegen gegenüber entsprechend geäußert.

»Das hast du jetzt aber nicht von mir!«, beschwor Chrissie ihn. Sie war eng mit Denise befreundet. »In euren letzten gemeinsamen Fällen ging es um Kinder. Auch, wenn es beide Male einigermaßen glimpflich ausgegangen war, hatte Denise einfach Angst davor, eines Tages nach Hause zu kommen und ein Blutbad vorzufinden. Sie wollte bei ihrer Familie sein, das war der tatsächliche Grund für ihr Ausscheiden aus dem Polizeidienst!«

»Jetzt wird mir einiges klar«, nickte er. »Auch ihre Nachdenklichkeit, die ihr in letzter Zeit zu eigen war, ergibt im Nachhinein irgendwie einen Sinn. Dauernd grübelte sie über irgendetwas nach und wirkte richtgehend abwesend, wenn ich sie darauf ansprach. Ich denke aber, der eigentliche Auslöser war ein anderer. Du erinnerst dich sicher noch an die Axtmörderin im vergangenen Jahr?«

»Wie könnte ich das vergessen! Denise war damals wegen der Erkrankung ihres Mannes in Quarantäne, als diese Irre einbrach und ihre Familie bedrohte. Ich weiß jetzt, was du meinst. Es ist kaum auszudenken, wie das sonst ausgegangen wäre. Das wird ihr sicher noch monatelang schlaflose Nächte bereitet haben.«

»Wie erwachsen du doch geworden bist!«, lächelte er in Erinnerung an die etwas unbeholfenen Anfänge der jungen Frau in Donners Kommissariat. War das wirklich erst fünf Jahre her, dass sie eines schönen Morgens in zerrissenen Jeans, lila gefärbten Haaren, Lippenpiercing und Plateauschuhen in ihrer ganzen ›Größe‹ von hundertzweiundsechzig Zentimetern in seinem und Denises Büro gestanden hatte? »Du warst damals schrecklich vorlaut und glaubtest, die Welt aus den Angeln heben zu können!«

»Na ja, ich hatte auch zwei verdammt gute Lehrmeister!«, grinste sie. »Und ich bin jetzt immerhin dreißig Jahre alt und bekomme bald ein Baby. Da wird es langsam Zeit für den Ernst des Lebens, findest du nicht?«

Er warf einen Blick auf den Kalender an der Wand. »Wann ist es denn bei dir so weit? Das kann eigentlich nicht mehr lange hin sein, oder habe ich mich da verrechnet? Und wann findet übrigens die geplante Hochzeit statt?«

»Der früheste errechnete Termin ist der neunundzwanzigste März. In etwa acht Wochen werde ich also meinen Schreibtisch ausräumen und in Mutterschutz gehen. Ich kann es ehrlich gesagt gar nicht erwarten, den kleinen Marvin endlich in den Armen zu halten, er tritt nämlich mittlerweile recht heftig um sich!« Ihre leuchtenden Augen verrieten Tobias jedoch, dass der Grund für ihre Ungeduld ein ganz anderer war. »Außerdem erkennt mein lieber Mann dann hoffentlich, dass sein Sohn für die Spielzeugeisenbahn und das ferngesteuerte Rennauto noch viel zu winzig ist«, kicherte sie. »Du solltest einmal sehen, was Wolfgang für Sachen anschleppt. Ich warte auf den Tag, an dem er mit einem Motorrad nach Hause kommt!«

»Wir haben immerhin bald Weihnachten«, lachte Tobias lauthals auf. »Allerdings fürchte ich, dass die Geschenke mindestens für die nächsten zehn Jahre reichen werden, wenn ich dich jetzt so höre. Das ist aber im Grunde typisch für Wolfgang, ständig muss er maßlos übertreiben. Du wirst es ihm sicher nachsehen, weil er sich einfach nur wahnsinnig auf euer erstes Kind freut! Wie geht es ihm eigentlich? Hat er seine Pilotenlizenz schon?«

»Oh ja! Und er findet jeden Tag irgendeinen neuen Vorwand, mit seiner ›Kaffeemühle‹, wie er den Helikopter seines Arbeitgebers liebevoll nennt, herumzufliegen. Meistens heißt dieser Grund Samantha, deren persönlicher Leibwächter er jetzt ist. Und die Kleine ist ganz vernarrt in ihren ›Teddybär‹!«

»Er war ja auch maßgeblich an ihrer Rettung beteiligt, und das Kind ist bei ihm definitiv in den besten Händen. Grüß ihn herzlich von mir, vielleicht kommt er ja bald mal auf ein Bier vorbei, oder so. Meine Frau und ich würden uns über euren Besuch freuen!«

»Ich werde es ihm ausrichten. Unsere Hochzeit ist übrigens für April geplant, wir wollten unseren Sohn nämlich unbedingt dabeihaben. Jetzt muss ich aber langsam wieder los, bevor der Chef mich zur Fahndung ausschreiben lässt. Es war nett, mit dir zu plaudern. Und viel Glück bei eurem neuen Fall!«

* * *

Jasmin ließ den Dienstwagen langsam an der nicht enden wollenden Reihe geparkter Autos vorbeirollen, während sie nach einer legalen Parkmöglichkeit in der Nähe des mutmaßlichen Tatortes Ausschau hielt. Keine Chance, denn die letzten beiden verbliebenen Parklücken waren von Forensik und Rechtsmedizin okkupiert worden. Wer zu spät kommt, den bestraft halt das Leben!

»Du bist soeben an unserem Einsatzort vorbeigefahren!«, wurde sie von Vanessa überflüssigerweise informiert. Erik hielt sich auf dem Rücksitz wohlweislich mit einem Kommentar zurück. Wenn er in seinem jungen Leben irgendwas gelernt hatte, dann, dass man sich niemals in Diskussionen über die Fahrkünste von Frauen untereinander einmischte. Jedenfalls nicht, wenn einem die eigene Gesundheit etwas bedeutete!

»Und was schlägt die Frau Besserwisserin vor, wo ich unseren Wagen hinstellen soll?«, erfolgte umgehend die bissige Antwort Jasmins. »Etwa mitten auf die Fahrbahn? Hier ist alles zugestellt, wie du siehst!« Eine Gefahr, dass die im Grunde harmlose Situation eskalieren könnte, bestand zum Glück nicht, da die Kommissarinnen vor ihrem Wechsel in die SOKO im selben Kommissariat gedient hatten und gute Freundinnen waren. Diese Kabbelei gehörte einfach dazu.

»Die Zufahrt zu den Stellplätzen vor dem Haus ist doch frei«, meldete sich Erik entgegen seinem zuvor gefassten Vorsatz zu Wort, um die nichtvorhandenen Wogen zu glätten. Er kannte die zwei eben noch nicht so gut. »Wir sind schließlich die Polizei und zudem im Einsatz. Ich glaube auch nicht, dass die Hausbewohner ausgerechnet in der nächsten Stunde irgendwohin müssen. Und wenn doch, können wir unseren Wagen immer noch umparken.«

»Du hast die weisen Worte gehört«, sagte Vanessa und konnte sich ein Grinsen dabei nicht verkneifen. Jasmin wendete stumm den Audi, wofür sie auf der zugeparkten Straße drei Züge benötigte, und stellte ihn wie geheißen quer vor der Grundstückszufahrt zur Hausnummer 41 hinter einem Streifenwagen ab. »Aber das Knöllchen zahlst dann du, Erik!«, nickte sie dem jungen Kollegen zu, bevor sie die Wagentür zum Aussteigen öffnete.

* * *

Da mit forensischen Spuren außerhalb des Hauses offenbar nicht gerechnet wurde, hatten die Kollegen auf eine Sicherung des Geländes mit dem bekannten rot-weißen Absperrband verzichtet und stattdessen die uniformierten Polizisten vor der Tür postiert, die jeden kontrollierten, der das Gebäude betreten oder verlassen wollte. Naturgemäß waren dies derzeit nur Vanessa, Jasmin und Erik, die lässig ihre Dienstausweise zeigten und sich an den beiden vorbeischoben. Das Gemurmel der Schaulustigen, unter denen sich mit Sicherheit einige Vertreter der Presse befanden, ließen sie zurück, als die Tür ins Schloss fiel.

Auf der Treppe ins Obergeschoss kam ihnen einer der Forensiker entgegen, der ihnen stumm zunickte. An der fast zwei Meter großen, extrem dürren Gestalt erkannten sie deren Leiter Jürgen Vogel, was wegen des Mundschutzes, den er trug, sonst nicht zu sehen gewesen wäre. Er wollte weitergehen, doch Vanessa hielt ihn am Ärmel seines Overalls fest. Wahrscheinlich hatte der als starker Raucher bekannte Wissenschaftler ohnehin nur vor, draußen einen seiner stinkenden Zigarillos zu paffen, während drinnen seine Leute die Arbeit machten. Jasmin verzog angewidert das Gesicht wegen des Verwesungsgeruchs, der in der Luft lag, und zog eine Tube mit Mentholsalbe aus der Tasche, die sie für solche Fälle stets dabeihatte.

»Ich wundere mich ein wenig, dass vor dem Haus nicht ordnungsgemäß abgesperrt wurde«, überfiel Vanessa den Forensiker. »Es könnten dort Spuren des Täters vorhanden sein, die nun vielleicht unwiederbringlich verloren gehen!«

»Da gibt es keine Spuren«, brummte Vogel. »Wenn du die Leiche gesehen hättest, würdest du das auch gar nicht erst in Erwägung ziehen. Die arme Frau ist schon ziemlich lange tot, wie an dem Verwesungsgeruch unschwer zu erkennen ist. Wir haben selbstverständlich draußen als Erstes nachgesehen, doch der Regen der letzten Tage hat sämtliche Spuren weggespült, sofern denn welche vorhanden waren.« Er hielt ihr einen seiner Zigarillos vor die Nase: »Du entschuldigst mich jetzt? Alles Weitere erfährst du drinnen von meinen Leuten und von der Rechtsmedizinerin!«

Sie ist schon lange tot, hallten die Worte Vogels in Vanessas Gedanken nach. *Welche Zeitspanne er mit dieser höchst ungenauen Angabe wohl gemeint hat?* Sie sah dem als eigenwillig bekannten Forensiker einige Sekunden kopfschüttelnd hinterher und folgte dann endlich den schon vorausgegangenen Kollegen in den ersten Stock. Der Gestank war hier kaum auszuhalten und trieb ihr die Tränen in die Augen. Jasmin reichte ihr wortlos die Mentholsalbe.

Als sie Augenblicke später die Wohnung betraten, sahen sie sofort, weshalb der Kollege Vogel die Flucht nach draußen angetreten hatte und sie hätten es ihm am liebsten gleichgetan, doch hier mussten sie jetzt gemeinsam durch. Als Ermittler in einem Sonderkommissariat wie dem ihrigen hatten sie ja nicht oft Gelegenheit, einen frischen Tatort zu besichtigen, da sie normalerweise von den zuständigen Dienststellen erst hinzugezogen wurden, wenn die ihre Unterstützung benötigten. Das hier war ein Sonderfall, und sie gedachten, diese einmalige Chance zu nutzen, aus erster Hand etwas zum Tathergang zu erfahren.

Zuerst mussten sie sich jedoch durch ein wahres Chaos kämpfen. Die kurze Diele wirkte bis auf einige herumliegende Kleidungsstücke noch einigermaßen normal, aber im Wohnzimmer, in das sie durch die weit offen stehende Tür blicken konnten, sah es aus, als habe eine Bombe eingeschlagen!

Trotzdem diese Wohnung recht geräumig zu sein schien und die ›gute Stube‹ garantiert an die zwanzig Quadratmeter maß, war kaum Platz, sich vernünftig darin zu bewegen, denn überall lagen umgestürzte oder heruntergefallene Einrichtungsgegenstände auf dem Boden, das meiste davon war zerbrochen. Einzig eine Couch gleich der Tür gegenüber war der Zerstörungswut offenbar entgangen. Auf ihr saß, liebevoll in Szene gesetzt, eine ›Familie‹ von vier unterschiedlich großen Plüschteddys, die sich von dem Gewusel um sie herum naturgemäß unbeeindruckt zeigten.

Drei Spezialisten aus Vogels Team turnten in einer beinahe anmutig wirkenden Eleganz zwischen den Trümmern umher und markierten hier und da etwas mit den allseits bekannten gelben Nummerntafeln. Sie waren solche ›Arbeitsbedingungen‹ gewohnt. Ein vierter Forensiker bearbeitete gerade ein Fenster in einer geradezu bewundernswerten Seelenruhe mit einem großen, flauschigen Pinsel und einer Spezialfolie zum Abnehmen von Fingerabdrücken.

Und inmitten dieses ganzen Chaos lag das Opfer lang ausgestreckt und mit dem Gesicht nach unten in einem blutbesudelten Scherbenhaufen, der von einer zertrümmerten Vitrine stammte. Daneben kniete, als ginge sie das Geschehen um sie herum gar nichts an, Rechtsmedizinerin Dr. Martina de Luca.

Der trotz Durchzug schwer in der Luft hängende, Übelkeit erregende Verwesungsgeruch wäre ohne die Mentholsalbe, die sich die Ermittler unter die Nase geschmiert hatten, kaum auszuhalten gewesen. Wie auf Kommando setzten sie sich gleichzeitig in Bewegung, nachdem sie das Bild einige Sekunden auf sich hatten wirken lassen. Ihr erstes Anlaufziel war die Pathologin, denn nur sie konnte ihnen erzählen, was jeden Mordermittler am meisten interessierte: Todesursache und Zeitpunkt.

Kapitel 2

Drei Wochen zuvor

Ich stellte die Tasche vor mir auf den Boden und suchte fieberhaft nach dem Wohnungsschlüssel. Ich hatte einen langen, anstrengenden Tag hinter mir und sehnte mich mit jeder Faser meines Körpers nach einer ausgiebigen heißen Dusche, einem Glas Rotwein und einem Bett. In dieser Reihenfolge.

Als ich den Schlüsselbund endlich in der Jackentasche zwischen dem ganzen teilweise unnützen Kram, der sich darin befand, gefunden hatte und innerlich aufatmend ins Schloss stecken wollte, gab die Tür unverhofft nach. Sie war nur angelehnt gewesen und knarzte jetzt leise in den Angeln, als ich sie vorsichtig etwas weiter aufstieß. Hatte ich vergessen, sie zu schließen, als ich das letzte Mal das Haus verließ? Aber nein, ich wusste genau, dass ich zweimal abgeschlossen hatte, wie ich das seit Jahren machte!

Das altersschwache Schloss hakte seit einiger Zeit beim zweiten Umdrehen, und ich erinnerte mich noch lebhaft daran, dabei in meiner schon sprichwörtlichen Hektik beinahe den Schlüssel abgebrochen zu haben. Ich wusste das vor allem deswegen noch so gut, weil der Verlust im Grunde einer Katastrophe gleichgekommen wäre. Einen Ersatzschlüssel gab es nicht.

Jedenfalls nicht mehr, seit ich ihn vor ein paar Monaten, wie sollte es auch anders sein, verloren oder zumindest verlegt hatte. Ich war leider ein ziemlicher Schussel, was das anbelangte. Ständig ließ ich Sachen irgendwo liegen oder vergaß, wo ich sie hingelegt hatte.

Die ohnehin nicht sehr wahrscheinliche Theorie von der versehentlich nicht abgeschlossenen Tür war spätestens vom Tisch, als ich das unbeschreibliche Chaos erblickte, das sich im indirekten Schein der Hausflurbeleuchtung meinen ungläubig aufgerissenen Augen darbot. Mein schönes Wohnzimmer sah geradezu aus, als habe darin eine Bombe eingeschlagen. Herausgerissene Schubladen und auf dem Boden verstreute Einrichtungsgegenstände zeugten unmissverständlich davon, dass hier während meiner Abwesenheit jemand eingedrungen war, der in aller Eile nach etwas Bestimmtem gesucht hatte, und ich konnte mir schon denken, was das war!

Was ich jedoch nicht wusste, war, ob der Eindringling immer noch hier war! Ich griff erneut in die Tasche und schloss die Faust krampfhaft um den kleinen Behälter mit dem Pfefferspray, welches ich aus gutem Grund seit einiger Zeit ständig mit mir führte, und betrat mit aller gebotenen Vorsicht die Wohnung. Ich wollte natürlich jedes verräterische Geräusch vermeiden, daher schob ich die Tür nur leise zu, ohne sie ins Schloss zu drücken.

Ganz weit in einem hinteren Winkel meines Verstandes regte sich zwar eine mahnende Stimme, die mir riet, es zu unterlassen und stattdessen erst die Polizei zu rufen, doch ich ignorierte diesen lästigen Quälgeist. Das Licht ließ ich ausgeschaltet, denn durch die herabgelassenen Jalousien drang gerade so viel an Helligkeit herein, dass ich die Möbel noch schemenhaft erkennen konnte. Sollte dieser Mensch tatsächlich noch hier sein, hatte ich ihm gegenüber so einen unschätzbaren Vorteil: Im Gegensatz zu ihm kannte ich mich in diesem Umfeld hervorragend aus!

Ich tastete mich behutsam mit dem Pfefferspray in der ausgestreckten Hand auf Zehenspitzen durch die Diele vorwärts, bis ich mein Wohnzimmer erreichte. Hier war das angerichtete Chaos naturgemäß am größten. Viel Mühe, seinen unangemeldeten Besuch zu verschleiern, hatte sich der Eindringling nicht gemacht und neben der bangen Frage, ob er hier irgendwo noch auf mich lauern könnte, musste ich zunächst schnellstens herausfinden, ob seine Suche erfolgreich verlaufen war. Es erschien mir in dieser Situation eben wichtig, sofort nachzuschauen, ob die Erkenntnisse aus wochenlangen Recherchen nicht gänzlich verloren gegangen waren. Nicht nur für mich war das von allergrößter Bedeutung, sondern auch für die gesamte Menschheit. Okay, das mochte jetzt sehr theatralisch klingen, aber es war schon immens wichtig!

Während ich vorsichtig, und ständig auf der Hut wegen des möglicherweise noch anwesenden Einbrechers, das schwere Sofa mühsam von der Wand wegzog, wurde mir schlagartig bewusst, in welch großer Gefahr ich mich durch meine Herumschnüffelei womöglich jetzt befand. Ähnlich wie der mythologische Ikarus war ich offenbar der Wahrheit zu nahe gekommen und musste ebenso wie er nun um mein Leben fürchten. Denn dass diese Leute nicht eher ruhen würden, bis sie in den Besitz der von mir erbeuteten Daten gelangt waren, bevor ich damit an die Öffentlichkeit ging, war für mich keine Frage. Ob sie aber auch bereit waren, dafür einen Mord zu begehen, wusste ich zwar nicht mit absoluter Gewissheit, musste es jedoch in Betracht ziehen. Ich wollte auf jeden Fall schnellstens verschwinden, sobald ich hier alles erledigt hatte, da die Wohnung ihnen nun bekannt und ich hier nicht mehr sicher war!

Ich atmete unwillkürlich auf, als meine Finger den USB-Stick ertasteten, der bestens getarnt in einer Mauerritze hinter dem Polstermöbel steckte. Wie klein diese Dinger doch heutzutage waren! Die grenzenlose Erleichterung über die erfolgreiche Bergung meines Schatzes war aber nur von kurzer Dauer. Während ich den Stick einsteckte, hörte ich hinter mir ein lautes, polterndes Geräusch. Es kam von der offenen Wohnzimmertür, offenbar war ich doch nicht allein! Ich wollte das Pfefferspray in Position bringen, aber meine Hand war leer!

Erschrocken fuhr ich aus der hockenden Stellung hoch und drehte mich rasch um. Im selben Moment fiel mein Blick auf die Sitzfläche der Couch und den handlichen Gegenstand darauf. Wie um mich zu verhöhnen, wurde dieser von einem einsamen Lichtstrahl, der seinen Weg irgendwie durch die Jalousie gefunden hatte, wie von einem Spot angestrahlt. Spätestens jetzt wurde mir ein womöglich tödlicher Fehler bewusst, den *ich in meinem Eifer, die wertvollen Daten schnellstmöglich vor einem unbefugten Zugriff zu bewahren, gemacht hatte: Das Pfefferspray lag nämlich, derzeit unerreichbar für mich, auf dem Sofa, hinter dem ich bis vor wenigen Sekunden noch gekauert hatte! Sehen konnte ich in der Dunkelheit niemanden, aber dann ertönte das polternde Geräusch erneut, und dieses Mal direkt vor mir!*

Kapitel 3

Erste Bestandsaufnahmen

Sie näherten sich der knienden Rechtsmedizinerin mit äußerster Vorsicht. Nicht, weil sie befürchteten, etwas zu beschädigen – denn das war hier nicht mehr möglich – oder Spuren zu verwischen. Der Grund war schlicht und einfach der, dass alle drei es heute zum ersten Mal mit der als extrem bissig im Umgang mit ihren noch lebenden Mitmenschen verschrienen Frau zu tun hatten, und Tobias sie eindringlich vor ihrem bisweilen verletzenden Sarkasmus gewarnt hatte.

De Luca drehte soeben den Leichnam behutsam, ja beinahe sanft um, nachdem sie zuvor den zertrümmerten Hinterkopf mit der ihr eigenen Gründlichkeit untersucht hatte. Vanessa, die vorangegangen war, zuckte erschrocken zurück, als sie in das ›Gesicht‹ des Opfers blickte. Oder das, was davon noch übrig war, denn es bestand im Wesentlichen aus einer einzigen, schwärenden Wunde. Von Gesichtszügen konnte hier keine Rede mehr sein!

»Das ist kein schöner Anblick, nicht wahr?«, sagte die Pathologin zu ihr. Ihre Stimme klang erstaunlich tief mit einem leicht rauchigen Unterton. Als sie sich jetzt aufrichtete, überragte ihre schlanke, fast dürre Gestalt Vanessa um einige Zentimeter und sie war nur wenig kleiner als Erik. In einer beiläufigen Geste strich sie ihr langes, schwarzes Haar über die Schultern. »Sie liegt seit wenigstens fünf bis sieben Tagen hier und ist bei dem Kampf, der sehr wahrscheinlich in dieser Wohnung stattgefunden hat, wenn ich mir diesen Raum anschaue, offenkundig mit dem Gesicht voran in die Vitrine gestürzt, deren Überreste Sie hier sehen. Infolge der vielen Schnittverletzungen, die sie dabei erlitten hat, nahm der obligatorische Insektenbefall dort seinen Anfang. Dies ist das Resultat!«

»Aber die Todesursache war das wohl nicht, wenn ich mir ihren Schädel so ansehe«, äußerte sich Jasmin pragmatisch dazu. Sie war nicht so zart besaitet. Erik hingegen hatte sich erschüttert abgewandt und gab vor, sich im Raum umzusehen. Dafür, dass dies seine erste Leiche war, hielt er sich aber tapfer. »Wurde sie erschlagen?«

»Ganz recht, Frau Brandt«, gab de Luca zurück und bewies mit dieser Anrede zugleich, dass sie sich über das Personal der neuen SOKO eingehend informiert hatte. »Es ist zwar nur eine erste Einschätzung von mir, die im Zuge der Autopsie noch erhärtet werden muss, aber ich sehe keine anderen schwerwiegenden Verletzungen. Die Kopfwunde dürfte todesursächlich gewesen sein und wurde mit einem stumpfen Gegenstand herbeigeführt. Ihr junger Kollege scheint mir etwas blass um die Nase«, unterbrach sie sich unvermittelt und sah dem Kommissaranwärter hinterher, der jetzt den Raum zu inspizieren begann. »Er wird sich doch hoffentlich nicht übergeben?«

»Keine Sorge, das wird er schon nicht«, beruhigte Vanessa die um ihren Tatort besorgte Rechtsmedizinerin und hoffte inständig, recht zu behalten. »Es ist für ihn das erste Mal, er wird sich aber vorsehen.«

»Wenn Sie es sagen. Kommen wir also zur Leiche zurück«, antwortete de Luca. Sie schien nicht überzeugt. »Ob ihr die Schnittwunden im Gesicht vorher oder nachher zugefügt wurden, wird sich wohl nicht mehr abschließend klären lassen, ist aber auch nicht von Belang. Es besteht jedoch eine gewisse Wahrscheinlichkeit dafür, dass sie durch die Wucht des Schlages, der ihr von hinten beigebracht worden sein dürfte, in die Vitrine stürzte und sich dadurch diese Verletzungen zuzog. Eventuell wurde sie aber auch gestoßen. Das viele Blut an den Glasscherben stammt vornehmlich von der Kopfwunde, wodurch bewiesen wäre, dass die Tat genau hier begangen wurde. Und zwar mit einer kleinen Statue, die neben der Leiche lag. Ich muss das bei der Obduktion noch abgleichen. Das Blut, das daran haftet, spricht jedoch Bände und Größe und Form passen exakt zur Verletzung.«

»Gibt es irgendwelche Hinweise auf die Größe des Täters oder der Täterin?«, erkundigte sich Jasmin bei der Gelegenheit. Bei Kopfverletzungen wie dieser war es oft möglich, vom Schlagwinkel auf die Statur des Angreifers zu schließen.

»Nicht wirklich. Dazu müsste ich nämlich wissen, welche ungefähre Position das Opfer im Verhältnis zum Angreifer einnahm. Die Verletzung deutet allerdings auf eine aufrechte Haltung hin, in diesem Fall wären die Personen etwa gleichgroß gewesen.«

»Das ist doch schonmal was. Ich nehme aber nicht an, dass Sie uns den genauen Todeszeitpunkt nennen können?«, stellte Vanessa die entscheidende Frage an die Pathologin. Auch die fähigsten Rechtsmediziner stoßen sehr bald an ihre Grenzen, wenn die Körpertemperatur oder andere Merkmale wie Leichenstarre und Totenflecken keine Anhaltspunkte mehr liefern.

»Ganz im Gegenteil, Frau Fuchs«, lächelte de Luca zu ihrer Überraschung. »Meine äußerst fähige Assistentin hat ihre Dissertation über forensische Entomologie geschrieben. Sie wird anhand der Larvengenerationen einen recht genauen Zeitpunkt errechnen können. Ich habe zu diesem Zweck bereits eine genügend große Anzahl davon auf Eis gelegt, es wird allerdings einige Tage dauern!«

»Wann denken Sie, die Leichenschau durchführen zu können?«, erkundigte sich Jasmin behutsam bei ihr. Bisher hatte die Medizinerin sich recht umgänglich gezeigt, aber man musste es ja nicht gleich übertreiben.

»Wahrscheinlich übermorgen. Ich sage rechtzeitig vorher auf ihrer Dienststelle Bescheid, falls Sie dabei zugegen sein möchten. Das mutmaßliche Tatwerkzeug habe ich Herrn Vogel übergeben«, interpretierte sie den suchenden Blick der Kommissarin richtig. »Er wollte es heute noch auf Spuren untersuchen, damit ich es bis zur Obduktion zurückhabe, um es mit der Kopfwunde abgleichen zu können. Er wird Ihnen auch sicher sagen können, ob die Statue aus dieser Wohnung stammt, wovon ich jedoch ausgehe!«

Wenn das tatsächlich der Fall ist, war es womöglich eine Spontantat, überlegte Jasmin. *Die Wohnungsinhaberin überraschte beim Heimkommen eventuell einen Einbrecher und bezahlte ihre Unvorsichtigkeit mit dem Leben!* »Haben Sie vielen Dank«, nickte sie de Luca zu und folgte dann ihrer Partnerin, die sich bereits abgewendet und zu Erik gesellt hatte, der ein offenbar in die Zimmerwand eingelassenes Aquarium begutachtete. Jasmin vermochte von ihrer Position aus einige verschieden große Fische und eine Schildkröte auszumachen, die sich darin tummelten.

»Probier es doch auch mal!«, hörte sie Erik gerade sagen, als sie sich näherte. Kaum hatte sie sich vor dem etwa einen auf einen halben Meter messenden Aquarium aufgestellt, schossen mehrere Fische wie aus dem Nichts heran und glotzten sie neugierig an. Einer jedoch, ein Anemonen- oder auch Clownfisch, folgte direkt an der Scheibe Vanessas Zeigefinger, die kichernd sinnlos erscheinende Muster auf das Glas ›zeichnete‹. Es sah recht witzig aus, wie er alle Bewegungen nahezu verzögerungsfrei mitmachte.

»Es scheint, als hätten wir stumme Augenzeugen der Tat gefunden«, bemerkte Jasmin, worauf Vanessa in ihrer albernen und zu nichts führenden Tätigkeit innehielt und sich ihr zuwandte. »Schade nur, dass Fische nicht sprechen können! Ich frage mich allerdings, wie die Tiere gefüttert werden, wo das Aquarium doch in die Wand eingelassen ist. Oder seht ihr irgendwo eine Wartungsklappe?« Diese Frage schien zwar zunächst überhaupt nichts mit dem Mord zu tun zu haben, entsprang jedoch einer logischen Überlegung: Wer versorgte die Fische während der Abwesenheit der Wohnungsinhaberin, und hatte derjenige einen Schlüssel?

»Da muss ich dich leider enttäuschen, *diese* Fische benötigen keine Pflege«, wandte sich Erik jetzt an sie. Er hatte eine leise Ahnung, was die Kommissarin zu der Bemerkung veranlasst hatte. Und das wiederum bewies, dass er durchaus mit Herz und Verstand bei der Sache war. »Das, was täuschend echt wie ein in die Wand eingemauertes Aquarium aussieht, ist in Wirklichkeit eine Computersimulation, wenn auch eine verdammt gute! Dieses Modell hier ist sozusagen der letzte Schrei und verfügt über ausgefeilte interaktive Komponenten, die durch einen berührungssensitiven Bildschirm und eine intelligente Software realisiert werden. Deshalb kann der Clownfisch beispielsweise den Bewegungen deines Fingers folgen.«

»Echt jetzt? Aber ... Als Vanessa vorhin mit ›Nemo‹ gespielt hat, kamen sofort noch vier von denen angeschwommen, als ich hinzugetreten bin. Und da hatte ich den ... äh, Bildschirm gar nicht berührt!«

»Hm«, machte Erik nachdenklich und hielt sich die Hand ans Kinn. Eine Geste, die er seinem Vorgesetzten Tobias Heller abgeguckt hatte. Dann erhellte sich seine Miene. »Es könnte zusätzlich Bewegungssensoren geben«, überlegte er laut. »Oder Kameras!« Er dreht sich um und unterzog den Rahmen des virtuellen Aquariums einer gründlichen Musterung. »Ah, hier haben wir es ja!«, rief er einige Augenblicke später triumphierend über die Schulter. »Vier kaum wahrnehmbare Linsen auf den Diagonalen. Wusste ich es doch!«

Vanessa kniff abschätzend ein Auge zusammen, während sie die von Erik bezeichneten Eckpunkte aus allernächster Nähe inspizierte. »Kameras, sagst du? Ob die etwas aufnehmen?«

»Nein, das kann ich mir nicht vorstellen«, schüttelte er den Kopf. »Wozu auch? Ich werde aber Amara darauf ansetzen. Sicher ist sicher!« Bei der Nennung der schönen IT-Spezialistin fingen seine Augen förmlich an zu leuchten. Es war ein offenes Geheimnis im Kommissariat, dass er für die junge Frau schwärmte. Amara Jones war aber gute zehn Jahre älter als er und hatte einen festen Freund, wie man munkelte. Oder auch eine Freundin, so genau wusste man über ihre sexuelle Orientierung nicht Bescheid.

»Tu das!«, grinste Jasmin anzüglich und zwinkerte Vanessa verstohlen zu. »Vorher befragen wir noch die Nachbarn und den Hausverwalter, der uns angerufen hat. Sie warten alle wegen des Gestanks draußen vor der Tür, soweit ich weiß.«

* * *

»Die Tote heißt Maike Kluge und wohnte laut Auskunft des Hausverwalters seit knapp zwei Jahren dort«, begann Vanessa ihren Bericht zum morgendlichen Einsatz. »Sie ist achtundzwanzig und unverheiratet. Über ihren Beruf konnten er und die anderen Mieter nichts Genaues sagen, sie soll aber als freie Journalistin und/oder Autorin tätig gewesen sein. Die einhellige Meinung aller Befragten war, dass man sie in den USA wähnte, wohin sie wegen irgendwelcher Recherchen vor etwa zwei Monaten gereist ist.«

»Sie war anscheinend öfter für längere Zeit abwesend«, fuhr Jasmin fort. »Ihre wohl vorzeitige Rückkehr hatte niemand mitbekommen, allerdings soll sie auch sehr zurückgezogen gelebt und keinen Kontakt zur Hausgemeinschaft gepflegt haben, sagten uns die Eheleute Helga und Thomas Herzog aus dem Erdgeschoss. Beide sind im Rentenalter und den ganzen Tag zu Hause. Den Bewohner der Dachgeschosswohnung, einen Mann namens Olaf Gustavsson, haben wir nicht angetroffen. Weitere Mieter gibt es in dem Haus nicht.«

»Das erklärt aber nicht, weshalb bis zum heutigen Tag niemand den unvermeidlichen Verwesungsgeruch wahrgenommen haben will«, unterbrach Tobias Heller sie. »Dass man sich in diesem Haus offenbar wenig bis überhaupt nicht um seine Mitbewohner zu kümmern scheint, ist *eine* Sache. Aber eine Leiche, die seit einer geschlagenen Woche in einer geschlossenen Wohnung liegt, muss doch wesentlich früher geruchsmäßig aufgefallen sein, und zwar schon nach spätestens drei Tagen! Was haben die Befragten denn dazu ausgesagt?«

»Herr Herzog behauptete, den Geruch erst heute früh bemerkt zu haben, als er zum Briefkasten ging, um die Zeitung zu holen«, übernahm Vanessa wieder. »Aber so, wie es im ganzen Treppenhaus gestunken hat, als wir dort ankamen, finde ich das schon etwas merkwürdig. Das war ja nur zwei Stunden später und keine Leiche fängt von jetzt auf gleich dermaßen an zu riechen, dass man kaum Luft bekommt!«, fügte sie mit einem Seitenblick zu Erik hinzu, der zu Beginn am meisten darunter gelitten hatte. Später wurde es dann wegen der geöffneten Fenster erträglicher.

»Dazu kann ich vielleicht was sagen«, meldete sich Jürgen Vogel in seiner phlegmatischen, stets gelangweilt klingenden Sprechweise zu Wort. Der Forensiker hatte offenbar einen längeren Vortrag geplant, denn er holte wie beiläufig einen USB-Stick hervor, den er in den dafür vorgesehen Slot steckte. Tobias Heller hatte bei der Konzeption dieses Besprechungsraumes die neueste Technik installieren lassen, unter anderem auch Bildschirme nebst Tastatur für jeden Teilnehmer, die bei Bedarf in der Tischplatte versenkt werden konnten.

Die Daten auf Vogels USB-Stick konnten von allen anderen auf ihren eigenen Bildschirmen eingesehen werden, zunächst wandte er sich jedoch ausschließlich verbal an die Ermittler: »Meine Leute haben wie gewohnt auch Türen und Fenster auf Fingerabdrücke untersucht. Das ist bei uns sozusagen Standard, weil diese Gegenstände mit Abstand am häufigsten angefasst werden. Eins der Fenster im Wohnzimmer war zwar zu, aber nicht verriegelt. Wir nehmen daher an, dass es zuvor vielleicht tagelang offen gewesen sein könnte, wodurch der entstehende Verwesungsgeruch gleich abziehen konnte. Gestern Abend herrschte laut Wetterdienst ein starker, böiger Westwind, sodass es im Durchzug womöglich zufiel, als einer der Hausbewohner das Haus verließ oder betrat. Das würde auf jeden Fall die vermeintlich plötzliche Geruchsbildung erklären. Über Nacht füllte der Gestank aufgrund des nun geschlossenen Fensters zunächst die Wohnung und breitete sich anschließend im Treppenhaus aus. Frau Doktor de Luca meinte jedenfalls, dass es sich so zugetragen haben könnte, da man sonst zwei bis drei Tage früher etwas bemerkt haben müsste.«

»Das ist aber nicht alles, nehme ich an?«, erkundigte sich Heller mit einer bezeichnenden Kopfbewegung in Richtung Vogels Tastatur, in der ein daumengroßer USB-Stick steckte. »Die Dinger gibt es mittlerweile auch in kleiner!«, grinste er.

»In dieser Ausführung finde ich ihn viel schneller, wenn er einmal runterfällt«, brummte der Forensiker humorlos, während er den Datenträger freigab. Die Blicke der Ermittler richteten sich neugierig auf ihre Bildschirme. »Das hier ist eine Bronzestatue, die wir unmittelbar neben der Leiche fanden«, begann er mit seiner Erläuterung. »Sie ist dreißig Zentimeter hoch, wiegt zweieinhalb Kilogramm und ist höchstwahrscheinlich die Mordwaffe. Das Blut daran hat zumindest schon mal dieselbe Gruppe wie das Opfer, eine DNA-Analyse steht allerdings noch aus. Und bevor ihr fragt: Es befinden sich ausschließlich *ihre* Fingerabdrücke darauf, die wir im Übrigen überall in der Wohnung nachweisen konnten, wodurch ihre Identität hinreichend bewiesen sein dürfte.«

»Ihre Gesichtszüge waren infolge des dort besonders starken Insektenbefalls nicht mehr zu erkennen gewesen, Chef!«, fügte Vanessa hastig hinzu, als sie Hellers verwirrten Gesichtsausdruck bemerkte. »Der Hausverwalter, der die Leiche gefunden hatte, weil er auf Drängen der Eheleute Herzog die Tür mit einem Nachschlüssel öffnete, gab zu Protokoll, dass es sich von Gestalt, Kleidung und Frisur um seine Mieterin handeln dürfte. Und wer sollte es sonst sein, meinte er. Im Kleiderschrank fanden wir zudem Anziehsachen in ihrer Größe, die zu dem passen, was sie am Leib trug. Ihr Ausweis ist allerdings verschwunden, ebenfalls gab es weder Handy noch PC oder Laptop. Nicht einmal ein Tablet war aufzutreiben.«

»Gibt es irgendwelche Anzeichen für einen Raubüberfall?«, erkundigte sich Tobias Heller bei Jürgen Vogel. »Anders gefragt: Habt ihr Hinweise auf gestohlene Wertgegenstände gefunden? Unterlagen über Schmuck zum Beispiel oder elektronische Geräte, die nicht mehr vorhanden waren?«

»Negativ. In der Wohnung fanden wir grob gesagt zwei unterschiedliche Formen von Verwüstung vor, jedoch keinerlei sichtbare Anzeichen für ein gewaltsames Eindringen. Das Schloss an der Eingangstür muss, wenn überhaupt, von einem absoluten Profi geöffnet worden sein. Zum einen fanden wir herausgerissene Schubladen mit wahllos auf dem Fußboden verteiltem Inhalt, was darauf schließen lässt, dass jemand in sehr großer Eile etwas gesucht hat. Und dann sind da die umgestürzten und teilweise zerbrochenen Einrichtungsgegenstände, die auf einen Kampf hindeuten, dessen tragisches Ende wir ja nun kennen. Auf Geld, Schmuck oder andere Wertsachen schien es der Täter nicht abgesehen zu haben, denn Derartiges lag offen herum. Allerdings fanden meine Leute einen kleinen USB-Stick in einer Mauerritze hinter dem Sofa. Es kann sein, dass der Einbrecher darauf aus war. Amara ist derzeit damit beschäftigt, ihn zu entschlüsseln, er ist nämlich mit einem Passwort geschützt.«

»Dann müssen wir wohl davon ausgehen, dass es darum ging«, überlegte Martin Weber. »Ich stelle mir das folgendermaßen vor: Frau Kluge kehrte von ihrer USA-Reise zurück, weshalb sie Handy, Laptop und Ausweis im Gepäck bei sich hatte. Sie überraschte den Einbrecher, es kam zu einem Kampf, in dessen Verlauf der Eindringling sie mit der Statue erschlug und mit ihrer Reisetasche samt Inhalt schnell das Weite suchte. Den Stick hatte er nicht gefunden. Die Tatsache, dass er einen Gegenstand aus der Wohnung für die Bluttat verwendete, lässt zudem vermuten, dass der Tod der Frau nicht eingeplant war.«

»Das ist als Arbeitshypothese recht brauchbar«, nickte Tobias anerkennend. »Es kann aber auch ganz anders gewesen sein. Beispielsweise kann der Einbrecher gefunden haben, was er suchte und wurde beim Hinausgehen von der heimkommenden Wohnungsinhaberin überrascht. Das Gepäck mag er aus einem anderen Grund mitgenommen haben, falls er es denn überhaupt tat. Außerdem müssen wir die Identität der Toten *zweifelsfrei* klären! Wir werden daher auf jeden Fall, und um Irrtümer von vornherein auszuschließen, einen Genvergleich mit den Eltern durchführen. Jonas hat sie am Rande unserer Zuständigkeit in Rheinbach ausfindig gemacht, ich werde die Polizeiwache vor Ort bitten, die Speichelproben für uns zu besorgen. Gibt es sonst noch etwas, das für unsere Ermittlungen wichtig ist?«, wandte er sich erneut an den Leiter der Forensik.

»Nun ja, ich sagte ja schon, dass wir in der ganzen Wohnung Fingerabdrücke der Toten fanden, die zum Glück noch nicht völlig durch die Verwesung zerstört waren. Da sie an allen Gebrauchsgegenständen, also auch im Bad und im Schlafraum anzutreffen waren, ist es so gut wie gesichert, dass diese Frau sich dort sehr lange und regelmäßig aufgehalten hat.«

»Höre ich da ein ›aber‹?«

»Ganz recht. Es gibt nämlich an fast allen Gegenständen auch Fingerabdrücke einer weiteren Person, die ebenfalls oft und lange in der Wohnung gewesen sein muss. Wir haben selbstverständlich die Datenbank dazu befragt, allerdings ohne Ergebnis. Ich weiß nicht, ob das von Bedeutung ist, wollte es aber nicht unerwähnt lassen. Eine Kiste mit allen Unterlagen, die wir dort fanden und für wichtig hielten, habe ich jedenfalls mitgebracht. Vielleicht ist ja was dabei, das euch weiterhilft. Viel Spaß damit!«

»Den haben wir!«, knurrte Heller grimmig. »Denn solange wir nichts anderes haben, werden wir uns mit dem beschäftigen, was uns derzeit zur Verfügung steht! Im Klartext heißt das, wir suchen in den Unterlagen nach möglichen Querverbindungen. Arbeitete Maike Kluge an einer brisanten Story und wenn ja, an welcher? Sie könnte dabei jemandem zu sehr auf die Füße getreten sein oder ihre Nase in Dinge gesteckt haben, die mindestens eine Nummer zu groß für sie waren.«

»Außerdem sollten wir versuchen, ihre Reisedaten zu ermitteln. Wann sie ungefähr abgereist ist, wissen wir ja von den Hausbewohnern«, fügte Jasmin hinzu. »Da kommen nur drei oder vier Tage infrage. Schwieriger wird es schon mit der Rückreise, da wir diesbezüglich keine Anhaltspunkte haben. Vanessa und ich machen uns sofort an die Arbeit!«

»Dann weiß der Rest von euch ja, was zu tun ist«, schloss Tobias die Besprechung ab. »Jonas und Martin nehmen sich gemeinsam mit Erik die Unterlagen vor und ich telefoniere mit Rheinbach wegen der DNA-Probe der Eltern!«

»Das ist aber doch in wenigen Minuten erledigt!«, wagte Jonas einen Einwand. »Wir hingegen werden den ganzen Tag damit verbringen, diesen Papierkram durchzusehen. Mindestens!«

»Irgendeinen Vorteil muss es ja schließlich haben, der Chef zu sein!«, grinste Tobias und ließ mit einem beiläufigen Tastendruck auf seiner Steuerkonsole die Bildschirme einfahren. »Außerdem werde ich noch wenigstens zwei weitere Telefonate führen müssen«, fügte er dann hinzu. »Oder hat einer von euch daran gedacht, einen aktuellen Einzelverbindungsnachweis für ihr Telefon anzufordern? Sobald ihr in den Unterlagen etwas zu ihrem Handyvertrag findet, möchte ich das umgehend auf meinem Schreibtisch haben! Zusätzlich wäre es sicher nicht verkehrt, eine Ortung durchführen zu lassen. Dafür benötige ich aber einen richterlichen Beschluss!«

* * *

Die ›Kiste‹, von der Vogel gesprochen hatte, besaß die Ausmaße eines großen Umzugskartons und stand weithin sichtbar auf einem der unbenutzten Tische des Großraumbüros, als die Kommissare den Besprechungsraum verließen. Sie enthielt nahezu alles, was die Forensiker im Zuge der Tatortuntersuchung in den Schränken gefunden hatten und das auch nur annähernd nach Akten, persönlichen Unterlagen und anderem Kram aussah, der eventuell von Wichtigkeit sein könnte.

Martin hatte sie sich sofort gegriffen, drei ungefähr gleichgroße Stapel aus dem umfangreichen Inhalt gebildet und zwei davon kommentarlos Jonas und Erik auf deren Schreibtische gewuchtet. Wie es aussah, würden sie tatsächlich den ganzen Tag mit der Durchsicht verbringen. Von jenseits der Stellwand erklangen jetzt die Stimmen von Jasmin und Vanessa, die mit der ermüdenden Aufgabe begonnen hatten, alle Fluggesellschaften abzutelefonieren, die Flüge in die USA anboten.

Jonas beäugte misstrauisch den Stoß seines Partners, wobei er abschätzend ein Auge zusammenkniff.

»Kann es sein, dass dein eigener Anteil etwas kleiner ausgefallen ist, als meiner?«, argwöhnte er und hielt doch tatsächlich ein Lineal an beide Stapel, um sie zu vergleichen. »Okay, dann habe ich mich wohl geirrt«, murmelte er unzufrieden vor sich hin, weil er keinen gravierenden Unterschied feststellen konnte. »Aber sehe ich da nicht jede Menge Hochglanzprospekte in deinem Stapel?«, hob er gleich erneut an. »Willst du die etwa auch alle untersuchen? Die werden uns wohl kaum großartige Erkenntnisse bescheren!«

»Jetzt hör auf zu meckern und fang endlich an!«, gab Martin Weber seufzend zurück. Dass dieser Kerl aber auch ständig an allem etwas auszusetzen hatte! »Was für die Ermittlungen wichtig ist und was nicht, wird sich dann ja zeigen. Und jetzt lass mich in Ruhe meine Arbeit machen!«

»Ja, und während wir drei den ganzen Tag Zahnarztrechnungen begutachten, Rabattmarken zählen und uns durch Tonnen von nutzlosem Kram wühlen, ›spricht unser Chef mit Rheinbach‹«, malte Jonas mit den Fingern augenrollend Anführungszeichen in die Luft, wobei er den Tonfall ihres Vorgesetzten nahezu perfekt imitierte.

»Jetzt mach aber mal halblang! Tobias hat hier das Kommando, ob es dir nun gefällt oder nicht! Glaubst du, *ihm* macht es Spaß, den ganzen Tag am Schreibtisch zu sitzen? Er ist seit Ewigkeiten bei der Truppe und Ermittler mit Leib und Seele! Du weißt selbst, dass sein Ruf fast schon legendär ist. Niemand hat so viele Verbrecher überführt wie Heller und Malowski, weshalb man sie auch ›das dynamische Duo‹ nannte! So, und jetzt gib endlich Ruhe und mach deine Arbeit!

Irgendwo in dem Papierkram finden wir Antworten auf all unsere Fragen, das fühle ich!«

* * *

»Der Chef hatte den Beschluss bereits auf Verdacht beantragt«, informierte Jonas Faber seinen Partner, während er umständlich seinen Platz einnahm. Von jenseits des brusthohen Paravents, der hier anstelle einer gemauerten Wand wenigstens für ein bisschen Privatsphäre sorgte, erklangen immer noch die halblauten Stimmen der Kommissarinnen, die mit einer bewundernswerten Geduld seit über einer Stunde die Flughäfen und Fluglinien abtelefonierten. Es dauerte einige Augenblicke, bis er die langen Beine unter dem Schreibtisch sortiert hatte, ohne Martin Weber in die Quere zu kommen. Der pflegte seine Stelzen nämlich ebenfalls ungeniert auszustrecken. Jonas hatte den Handyvertrag gefunden und umgehend abgeliefert, wie von Tobias Heller gefordert.

»Mit der Mobilfunknummer wird der Chef daher sofort eine Handyortung veranlassen können«, fuhr der Oberkommissar fort, offenbar war er gerade in Plauderlaune. »Die Kollegen in Rheinbach sind wegen der DNA-Probe der Eltern ebenfalls informiert. Sag mal, hörst du mir überhaupt zu?«, entrüstete er sich, weil Martin nicht reagierte und stattdessen intensiv den Prospekt eines Pharmaunternehmens studierte, der sich in ›seinem‹ Stapel befunden hatte. »Und was interessiert dich eigentlich dieser Kosmetikkram? Nicht, dass du es nicht nötig hättest!«, fügte er grinsend hinzu.

Martin legte den Hochglanzprospekt beiseite, in dem er gelesen hatte und warf dem Freund über die

weit nach vorn auf die Nasenspitze geschobene Lesebrille einen übertrieben strengen Blick zu. Seit ihrem
ersten gemeinsamen Einsatz, in dessen Verlauf er
Jonas wahrscheinlich das Leben rettete, indem er ihn
aus der Schusslinie stieß, als ein flüchtender Tatver-
dächtiger auf ihn anlegte, war die Rivalität zwischen
diesen beiden extrem unterschiedlichen Charakteren
zwar verschwunden. An ihrem Umgang miteinander
hatte sich jedoch nichts geändert, die zuvor bissigen
Sticheleien waren nur kameradschaftlichen Kabbe-
leien gewichen. Auf Außenstehende wirkten die zwei
aber weiterhin wie ein zänkisches Ehepaar.

»Na, *du* musst dir über Lachfalten jedenfalls keine
großen Sorgen machen«, grunzte er und hielt dem als
total humorlos verschrienen Kollegen einen anderen,
bereits von ihm durchgesehenen Prospekt hin. »Die
sind alle von derselben Firma! Ich weiß ja nicht, wie es
dir geht, aber *mir* kommt es reichlich merkwürdig vor,
dass eine Frau unter dreißig sich so intensiv mit Kos-
metik beschäftigt. Sagte nicht irgendwer aus dem
Haus, sie wäre Journalistin oder Autorin? Dämmert
dir vielleicht jetzt was?«

»Du meinst, sie ist da an was dran gewesen und
wurde deshalb ermordet? Sieht man so etwas nicht
immer nur in drittklassigen Krimis? Außerdem ist sie
offenbar zu irgendwelchen Recherchezwecken in die
USA gereist. Und? Sind die Prospekte etwa von einer
amerikanischen Firma?«

»Das nicht, aber von einem Ableger eines dortigen
Konzerns mit Hauptsitz in Bonn«, blieb Martin hartnäckig. »Es ist immerhin eine Spur!«

»Ich finde auch, dass wir ihr nachgehen sollten«, meldete sich jetzt Erik von seinem Arbeitsplatz in der Ecke zu Wort. »Ich habe nämlich gerade was herausgefunden. Und zwar gibt es eine rege Korrespondenz zwischen Maike Kluge und einem gewissen ›Penrose-Verlag‹, der ebenfalls in der ehemaligen Hauptstadt ansässig ist. Ich habe das mal schnell recherchiert. Das ist ein ziemlich kleiner Verein, der vor allem auf obskure Enthüllungsgeschichten spezialisiert ist. Ihr wisst schon: Außerirdische, globale Verschwörungen und so weiter. Das klingt doch irgendwie interessant, findet ihr nicht auch? Da sollten wir vielleicht mal anklopfen!«

»Das ist eine gute Idee«, freute sich Martin händereibend. »Dann kommen wir heute ja doch noch mal an die frische Luft! Du darfst dem Chef aber gerne deine Ermittlungsergebnisse selbst präsentieren, wir warten hier so lange!«

Kapitel 4

Eine erste Spur

»Was ist so witzig, Chef?«, fasste sich Erik endlich ein Herz, weil Tobias die ganze Zeit still vor sich hin schmunzelte. Genauer gesagt, seit dieser den Dienstwagen in Siegburg auf die Autobahn Richtung Bonn gelenkt hatte. Er war neugierig, weil der Vorgesetzte sich von Anfang an merkwürdig verhalten hatte. Als er ihm nämlich von dem Verlag berichtet hatte, mit dem das Opfer zu tun gehabt hatte, war Tobias sofort aufgesprungen, hatte seine Lederjacke förmlich vom Haken gerissen und war mit den Worten ›du kommst mit mir‹ aus dem Büro gestürmt.

Jonas und Martin erteilte er mehr oder weniger im Vorbeilaufen die Order, sich um den Pharmakonzern zu kümmern, da auch er der Meinung war, dass die Prospekte aus Maike Kluges Besitz etwas zu bedeuten haben könnten. Die beiden fuhren jetzt direkt hinter ihnen, da diese Firma ebenfalls in Bonn beheimatet war und sie bis zum Verteilerkreis, von den Einheimischen ›Endenicher Ei‹ genannt, sowieso in dieselbe Richtung mussten. Dort allerdings würden sich ihre Wege trennen.

»Ich kenne den Penrose-Verlag«, gab Tobias nach einigen Augenblicken gut gelaunt zurück. »Wusstest du, dass er das Ziel des ersten Mordfalles gewesen ist, den ich zusammen mit Denise bearbeitet habe? Sie war ganz frisch von Köln nach Siegburg gewechselt und das damalige Mordopfer war so eine Art Enthüllungsjournalist, wie vielleicht auch jetzt Maike Kluge. Allerdings war er einer von der übelsten Sorte, und er schrieb ebenfalls für Penrose. Total wirres Zeug über Verschwörungstheorien und Außerirdische. Ist doch irgendwie witzig, findest du nicht?«

»Und? Hatte seine Arbeit etwas mit seiner Ermordung zu tun? Denkst du, da könnte ein Zusammenhang bestehen?«

»Nun ja, in dem damaligen Fall war das nicht so. Das hatten wir zwar zuerst auch angenommen oder es zumindest in Erwägung gezogen, aber seien wir doch mal ehrlich: Wer hätte denn ein Interesse daran haben können, den Mann wegen Ausplauderns seiner ›geheimen Informationen‹ zu töten? Etwa Marsmenschen? Sollte es hier aber um ungesetzliche Machenschaften der Pharmaindustrie gehen, sieht die Sache schon ganz anders aus. Da ist sehr viel Geld im Spiel und eine drohende Enthüllung wäre ein klassisches Mordmotiv. Andererseits ist Penrose nicht gerade ein seriöser Verlag. Wir werden dort in wenigen Minuten aber hoffentlich erfahren, woran sie gearbeitet hat.« Er setzte den Blinker und fädelte sich in die Endenicher Straße ein. Martin, der den zweiten Wagen steuerte, hupte zum Abschied zweimal kurz hinter ihnen her. Er musste noch einmal um den Kreis herum.

* * *

»Du weißt aber schon, dass man die Hupe innerhalb geschlossener Ortschaften nur im Gefahrenfall benutzen darf?«, erfolgte der unweigerliche, sprich erwartete Kommentar von Jonas. Martin verließ nun ebenfalls den Verteiler und fuhr auf den Hermann-Wandersleb-Ring. Sie würden in einer Minute am Ziel sein, wohingegen Tobias und Erik noch eine Viertelstunde Fahrt vor sich haben dürften.

»Siehst du hier vielleicht irgendwelche Bullen?«, grinste er seinen Partner breit an. »Außer uns beiden, meine ich? Du bist sicher noch niemals über eine rote Fußgängerampel gegangen, wenn die Straße bis zum Horizont frei war, oder? Ach, was rede ich denn da? Natürlich nicht!«, beantwortete er seine Frage gleich selbst. »›Mister Überkorrekt‹ würde sehr wahrscheinlich sogar mitten in der Nacht brav warten, bis er an der Reihe ist.«

Das Gebäude, auf dessen großzügig bemessenem Parkplatz Martin jetzt den Audi abstellte, war eine wahre Orgie aus Stahlbeton und Glas. Die zur Straße zeigende Fassade bestand sogar ausschließlich aus einer fugenlos erscheinenden Fensterfront, deren Scheiben einzeln mittels eingearbeiteter Spezialfolien elektrisch per Knopfdruck gegen Sonneneinfall oder unerwünschte Blicke abgedunkelt werden konnten, wie an einigen Segmenten zu erkennen war. In den beiden oberen Etagen, die jede für sich locker an die vier Meter hoch waren, liefen Frauen und Männer in weißen Schutzanzügen geschäftig umher. Sicherlich handelte es sich hierbei um Labore und Versuchseinrichtungen.

»Steck dir wenigstens das Hemd ordentlich in die Hose!«, ermahnte Jonas ihn augenrollend, als sie sich nebeneinander dem Eingangsportal näherten, einer sich stetig durch einen unhörbaren Elektromotor majestätisch drehenden Glasflügeltür von riesigen

Ausmaßen. Martin ignorierte ihn und schritt so, wie er war, unbeirrt voran. Auch heute trug er wieder ausgelatschte Sportschuhe einer bekannten Marke, ausgebeulte, verwaschene Jeans mit einem breiten Riss unterhalb der rechten Gesäßtasche und ein halb aus dem Hosenbund hängendes, kariertes Hemd mit dem schon obligatorischen Senffleck auf dem Kragen.

Im Foyer von den Ausmaßen eines Tanzsaals blieb Jonas zunächst wie vom Donner gerührt stehen und kontrollierte verstohlen den Sitz seines Maßanzuges. Hier war alles blitzsauber, die Wände waren mit dem feinsten weißen Marmor verkleidet, den man finden konnte, und überall glänzte es vor Chrom und Glas. Hier stank es förmlich nach Geld!

Sein extrem schlampig gekleideter Partner ging unterdessen, als sei dies das selbstverständlichste auf dieser Welt, ungerührt weiter zum Empfangstresen, hinter dem eine hübsche junge Frau in einem sehr teuer wirkenden Kostüm ihm lächelnd entgegensah. Martin wirkte in dieser Umgebung wie ... Jonas fiel keine Umschreibung ein, die es auch nur annähernd auf den Punkt gebracht hätte. *Wie ein alter VW-Käfer unter lauter hochglanzpolierten Luxuskarossen, trifft es wohl am ehesten*, dachte er und setzte sich ebenfalls in Bewegung.

»Ich will versuchen, den *CEO* zu erreichen«, hörte er die Empfangsdame gerade sagen, als er am Tresen ankam. Offenbar hatte Martin ihr Anliegen bereits vorgetragen. Die junge Frau, auf ihrem Namensschild stand ›H. Gerber‹, griff geschäftsmäßig lächelnd zum Telefon. Anscheinend war sie schräge Vögel gewohnt.

* * *

In der Zwischenzeit hatten ihre Kollegen ihr Ziel ebenfalls erreicht. Tobias parkte den Dienstwagen mangels eines Besucherparkplatzes am Straßenrand vor einem Gebäude, das in seiner Schlichtheit das genaue Gegenteil des Palastes darstellte, den Jonas und Martin soeben betreten hatten. Außerdem hätte die Fassade *dieses* Hauses sicherlich dringend einen neuen Anstrich nötig gehabt. Doch damit war wohl in nächster Zukunft nicht zu rechnen, da es vor zwölf Jahren, als er mit Denise das letzte Mal hier war, ganz genauso ausgesehen hatte.

Davon, dass sie an der richtigen Adresse waren, zeugte neben Tobias Hellers unfehlbarer Erinnerung ein erstaunlich neu aussehendes Aluminiumschild, welches ein sogenanntes Penrose-Dreieck zeigte, eine eigentlich geometrisch unmögliche Figur aus drei Balken, die jeweils im rechten Winkel zueinanderzustehen schienen und dennoch zu einem perfekten gleichseitigen Dreieck verbunden waren. Bei seinem ersten Besuch war das Firmenschild noch nicht dagewesen, allerdings zierte das Logo die Bücher aus dem gleichnamigen Verlag.

»Dadurch bin ich überhaupt erst auf die Korrespondenz aufmerksam geworden«, informierte Erik seinen Chef beiläufig, als sie durch die Eingangstür gingen und dabei an dem Schild vorbeikamen. »Sogenannte unmögliche Figuren waren nämlich ein sehr beliebtes Thema unseres Geometrielehrers auf dem Gymnasium. Es gibt noch eine Menge mehr davon, aber das Penrose-Dreieck ist das bekannteste, und es ziert den Kopfbogen dieses Verlages.«

»Stell dir lieber nicht zu viel darunter vor«, riet Tobias ihm lächelnd, während sie hintereinander die schmale Treppe zur ersten Etage hochgingen. »Wenn sich das seit damals nicht dramatisch verändert hat, besteht dieser sogenannte Verlag lediglich aus einer Handvoll Mitarbeitern, den Chef mitgerechnet. Und der hat nicht einmal eine Vorzimmerdame!«

Es hatte sich verändert. Und zwar dramatisch, um bei den Worten Hellers zu bleiben. Nachdem er mit Erik durch die hochmoderne Milchglastür mit dem bekannten Logo getreten war, die in der Zwischenzeit die ihm vertraute alte Holztür ersetzt hatte, stand er völlig unvorbereitet staunend in einem über hundert Quadratmeter messenden, lichtdurchfluteten Raum ähnlich dem seiner SOKO. Sämtliche Zwischenwände waren herausgerissen worden und einer Anzahl von Stützpfeilern gewichen, die ihnen gegenüberliegende Rückwand war eine einzige Fensterfront. An einem Dutzend hochmoderner Schreibtische saßen ebensoviele Mitarbeiterinnen und Mitarbeiter, die entweder emsig ihre Computer bedienten oder über Headsets Telefonate mit Kunden führten. Manche von ihnen taten beides gleichzeitig. Kurzum: Hier sah es aus wie in einem richtigen Verlag!

Aber ebenso, wie im Zentrum selbst des heftigsten Orkans Windstille herrscht, gibt es in jeder Veränderung einen sich niemals verändernden Fixpunkt. In ihrem Fall war dies Verlagschef Gruber, mittlerweile weit jenseits der sechzig, immer noch kahlköpfig und von womöglich noch massigerer Gestalt als vor zwölf Jahren. Er hatte als einziger, auch das war eine Parallele zu den Verhältnissen zu Hause in der SOKO, ein abgetrenntes Büro, in das einer der Mitarbeiter sie auf ihre Anfrage verwiesen hatte. Gruber saß bei ihrem Eintreten wie ein besonders fetter Buddha hinter seinem Schreibtisch und zweihundertfünfzig Pfund Lebendgewicht ließen den Chefsessel, in den er sich förmlich gezwängt hatte, erleichtert aufseufzen, als er jetzt aufstand, um sie zu begrüßen. Eine Vorzimmerdame hatte er immer noch nicht.

»Ich kenne Sie!«, wandte er sich an Tobias Heller, nachdem dieser sich ausgewiesen und auch seinen Begleiter vorgestellt hatte. Dieses Mal gab das Sitzmöbel einen geradezu protestierenden Laut von sich, als er sich mit seinem ganzen Gewicht darauf fallen ließ. Anschließend war ein höchst verdächtiges Knirschen zu vernehmen. »Ich vergesse nämlich niemals ein Gesicht, müssen Sie wissen! Waren Sie nicht vor Jahren schon einmal bei mir, um mich über den Tod einer meiner besten Autoren zu unterrichten?«

»Ich fürchte, ich bringe auch heute keine besseren Nachrichten«, erwiderte Tobias, der im Stillen das perfekte Gedächtnis dieses Mannes bewunderte, um dann gleich mit der Tür ins Haus zu fallen: »Kennen Sie eine Maike Kluge?« Erik holte derweil einen Notizblock hervor, um wie immer alles aufzuschreiben.

Gruber war schlagartig das Blut aus dem Gesicht gewichen und er wurde weiß wie eine Wand. Er griff nach einem bereitliegenden Taschentuch, um sich die schweißnasse Stirn damit abzutupfen. Auch dies war eine vertraute Geste für Tobias. »Frau Kluge ist bei mir unter Vertrag«, hauchte er fassungslos. Die Worte des Kommissars verhießen nichts Gutes. »Was ist mit ihr?«

»Ich muss Ihnen leider mitteilen, dass sie heute Morgen tot in ihrer Wohnung aufgefunden wurde«, brachte Heller das Unvermeidliche rasch hinter sich. Viel Zeit hatte er ohnehin nicht zu verschenken. »Sie wurde ermordet.«

»Was sagen sie da?« Die Worte kamen Gruber fast flüsternd über die Lippen. Er legte geistesabwesend das durchnässte Taschentuch beiseite und starte ihn fassungslos an. »Aber … Frau Kluge weilt seit beinahe zwei Monaten in den USA wegen dringender Recherchen zu ihrem neuen Buch. Ich erwarte sie erst in der kommenden Woche zurück!«

»Nannte sie ein Datum für den Rückflug?«, hakte Tobias sofort nach, obwohl die Antwort darauf sich im Grunde durch ihre vorzeitige Rückkehr erübrigt haben sollte. Aber man konnte nie wissen, wofür die Kenntnis darüber noch nützlich sein könnte, und er hatte sich angewöhnt, in solchen Dingen stets gründlich zu sein. Neben ihm kritzelte Erik hörbar etwas mit einem nadelspitzen Bleistift in den Notizblock.

»Nein, Herr Kommissar. Das wollte sie anhand der tagesaktuellen Flugpreise entscheiden. Wie Sie vielleicht wissen, schwanken diese um bis zu zweihundert Prozent, da kann man schon mal ein Schnäppchen machen! Aber dass sie eine volle Woche vorher fliegt … Nein, das vermag ich mir beim besten Willen nicht vorzustellen!«

»Sie wird sicher ihre Gründe dafür gehabt haben«, schloss Heller dieses Thema ab, es führte ohnehin zu nichts. »Wissen Sie, woran Frau Kluge aktuell arbeitete und wohin genau sie in den Staaten wollte?«

»Keine Ahnung. Sie schrieb an einem Artikel über gewisse kriminelle Machenschaften der Kosmetikindustrie, glaube ich. In den USA hatte sie daher unter anderem vor, dem Mutterkonzern einer Firma, die hier in Bonn ein Tochterunternehmen betreibt, einen Besuch abzustatten, soweit mir das bekannt ist. Den Namen weiß ich jetzt auch nicht, der Betrieb ist aber ganz in der Nähe! Der Mutterkonzern ist in Colorado. Wenden Sie sich beim Hinausgehen bitte an meine persönliche Assistentin Frau Richartz, die sitzt gleich rechts von meiner Bürotür. Sie wird Ihnen gerne die jeweiligen Adressen heraussuchen!«

* * *

Der Geschäftsführer von *Pharma Cosmetics* hatte Martin Weber und Jonas Faber fast eine halbe Stunde warten lassen, bis er sich endlich dazu bereit erklärte, sie in seinem gläsernen Büro im ersten Obergeschoss zu empfangen. Ob dies aus Kalkül geschah, weil er sich vielleicht zuvor noch auf den Besuch der Kriminalpolizei vorbereiten musste, oder ob die Wartezeit einem engen Terminplan geschuldet war, blieb wohl sein Geheimnis.

Duncan O'Brian, der CEO, also der ›Chief Executive Officer‹, wie der Mann nach amerikanischem Vorbild genannt wurde und wie es auch in großen schwarzen Lettern auf der Glasscheibe seiner Bürotür stand, gab sich bei ihrem Eintreten allerdings extrem entspannt und reichte ihnen geschäftsmäßig lächelnd die Hand. Den für die klinisch sterile Umgebung absolut unpassenden ›Aufzug‹ des älteren der beiden Kriminalbeamten ignorierte er ebenso geflissentlich wie zuvor schon seine Empfangsdame. Getreu dem Motto ›der

Kunde ist König‹ war man hier anscheinend bemüht, niemanden zu verprellen. *Wahrscheinlich wird er sein Büro nach diesem Gespräch besonders gründlich desinfizieren lassen*, vermutete Martin und grinste vergnügt in sich hinein. Das alles bereitete ihm einen Riesenspaß.

»Sie kommen von der Kriminalpolizei Siegburg?«, begann O'Brian nach einem Blick zur Uhr. Offenbar hatten Menschen wie er niemals Zeit. »Ist das nicht der Rhein-Sieg-Kreis? Bonn gehört aber nicht dazu, soweit mir bekannt ist!« Er sprach mit einem merkwürdigen Akzent, den Martin Weber nicht richtig einzuordnen vermochte. Amerikanisch war er allerdings nicht. Er musterte den in einen sicher teuren Anzug gekleideten jungen Mann mit offenkundigem Interesse. *Der ist bestimmt keinen Tag älter als dreißig*, schätzte er. *Und dann schon Firmenchef, diese Yuppies werden immer jünger!*

»Wir ermitteln in einem ungeklärten Todesfall in einem Nachbarort, der durchaus zu unserem Zuständigkeitsgebiet gehört«, erklärte er ihm, wobei er wie gewohnt äußerst vage blieb. »Und wir fanden deutliche Hinweise darauf, dass die Tote mit Ihrer Firma in Verbindung stand. Kennen Sie eine Maike Kluge?«

»Frau Kluge war bei uns beschäftigt«, gab O'Brian ohne zu zögern zurück. Entweder war ihm der Name aus einem ganz bestimmten Grund gegenwärtig, den Weber gerne gewusst hätte, oder er verfügte über ein ausgezeichnetes Gedächtnis, denn er musste nicht eine Sekunde nachdenken. »Sie ist allerdings schon geraume Zeit nicht mehr bei uns.«

»Frau Kluge hat hier gearbeitet?«, wunderte sich Faber. »Aber sie war keine Biologin, sondern ... Aua!«, unterbrach er sich, weil sein Partner ihn heftig gegen das Schienbein getreten hatte.

»Was mein Kollege eigentlich sagen wollte, ist: In welcher Funktion war sie in Ihrer Firma tätig? Sie hatte unserem Kenntnisstand nach keinerlei wissenschaftliche Qualifikationen vorzuweisen.«

»Nun, es gibt in einem Betrieb wie diesem genügend andere Arbeiten zu erledigen«, lächelte O'Brian. Wieder hallte dieser Akzent in seiner Stimme nach, der Weber irgendwie bekannt vorkam. »Frau Kluge verfügte über Diplome einer namhaften Universität, die sie für ihre Arbeit mehr als qualifizierten.«

»Und was für Zeugnisse waren das?«, hakte Faber sofort nach, während er sich das schmerzende Bein hielt. Ein bitterböser Seitenblick traf seinen Partner, der es mit einem Schulterzucken zur Kenntnis nahm.

»Ich bin nicht befugt, Ihnen darüber Auskunft zu erteilen«, gab der CEO ungerührt zurück. »Allerdings war sie nicht lange hier, wir haben uns in ihrer Probezeit bereits wieder von ihr trennen müssen!«

Bevor einer der Kommissare etwas darauf erwidern konnte, betrat eine Frau den Raum, dem Augenschein nach etwa im selben Alter wie O'Brian. Sie tat, als seien die beiden Ermittler überhaupt nicht anwesend und sagte einige schnelle Sätze in Französisch zu ihm, worauf dieser fließend in derselben Sprache antwortete. Weber klatschte sich gedanklich an die Stirn, denn jetzt wusste er, was dieser Kerl für einen Akzent hatte! *Ein Amerikaner irischer Abstammung, der perfekt Französisch spricht und in Deutschland eine Firma leitet,* dachte er zutiefst beeindruckt. *Wenn das nicht multikulturell ist, weiß ich es auch nicht!*

»Entschuldigen Sie bitte diese leider notwendige Unterbrechung«, drang Duncan O'Brians Stimme in seine Gedanken, nachdem die junge Frau sein Büro verlassen hatte. »Meine Assistentin hatte einige sehr wichtige Fragen zu klären. Wo waren wir stehengeblieben?«

»Sie wollten uns mitteilen, in welcher Funktion Frau Kluge bei ihnen angestellt war und weshalb sie schon in ihrer Probezeit gefeuert wurde«, half Martin Weber ihm schnell aus. Allerdings war er davon überzeugt, dass der CEO genau wusste, was vor der Unterbrechung gesprochen worden war und auf den Trick nicht hereinfallen würde.

»Ich bin nicht befugt, Ihnen darüber Auskunft zu erteilen«, bekam er dann auch sofort den Standardspruch zu hören. »Sagen wir, es gab gewisse ›Unregelmäßigkeiten‹, die zur fristlosen Entlassung führten. Wir hatten sogar eine Strafanzeige erwogen, aber das hat sich ja nun ohnehin erledigt, nehme ich an!«

* * *

»Mehr war aus diesem aalglatten Burschen nicht herauszubekommen«, schloss Martin seinen kurzen Bericht ab. »Er wusste aber sofort, um wen es ging, als ich den Namen nannte, obwohl das schon Monate her war. Und über die ›Unregelmäßigkeiten‹«, malte er mit den Fingern Anführungszeichen in die Luft, »die damals zu ihrer Entlassung führten, würde ich auch gerne Genaueres erfahren!«

»Wir werden es auf andere Weise herausfinden«, nickte Tobias. »Ich glaube nämlich ebenfalls, dass das etwas mit ihrem Tod zu tun haben könnte. Was sollte auch eine Frau, die Journalismus studiert hat und an einem Buch schreibt, als Angestellte in einer Kosmetikfirma wollen? Nein, ich denke, sie hat dort herumspioniert und ist aufgeflogen. *Das* war die ›Unregelmäßigkeit‹, da gehe ich jede Wette ein! Jedenfalls hat uns der Chefredakteur des Penrose-Verlags bestätigt, dass ihre Arbeit etwas mit genau *dieser* Firma zu tun hat und sie dafür eigens nach Colorado geflogen ist, um beim Mutterkonzern Nachforschungen durchzuführen. Allerdings wähnte er sie immer noch dort, da sie erst in der nächsten Woche zurückkehren wollte.«

»Falls unsere Annahme von der vorzeitigen Rückkehr stimmt, und dass sie dabei einen Einbrecher in ihrer Wohnung überrascht hat«, wandte Jasmin ein, »muss der USB-Stick, den wir in der Wand hinter der Couch fanden, aber *vor* ihrer Abreise dort versteckt worden sein. Er enthält womöglich während ihrer ›Anstellung‹ in Bonn gestohlene Daten!«

»Leider ist Amara mit der Entschlüsselung dieses Datenträgers bisher nicht weitergekommen«, bedauerte der SOKO-Chef. »Sie hat mit dem Passwort pro Tag nämlich nur vier Fehlversuche, wie sie mir sagte. Nach der fünften Falscheingabe würde er sich selbsttätig löschen. Und zwar gründlich. Habt ihr zu ihren Flugdaten schon was herausbekommen? Das Datum des Rückfluges erscheint mir in diesem Zusammenhang besonders wichtig, denn dann könnten wir den Zeitrahmen ihres Todes deutlich eingrenzen!«

»Und genau daran hapert es, Chef!«, übernahm es Vanessa Fuchs, von ihren eigenen Ermittlungen zu berichten. »Anfangs war es uns gar nicht möglich, an

Flugdaten von ihr zu kommen. Das änderte sich erst, nachdem es mir gelungen war, ihren *Twitter*-Account zu hacken. So wie viele Menschen in *Social Media* Kanälen ihr Leben vor der Welt ausbreiten, hat auch unser Mordopfer ihre Abreise *getwittert*. Und noch einiges mehr. Und zwar flog sie vor jetzt genau zwei Monaten von Köln-Bonn nach Paris beziehungsweise Lyon. Dort wollte man uns keine Auskünfte geben, ich nehme aber an, dass sie gleich weiter in die USA gereist ist. Von Frankreich aus sind die Flüge in die Staaten oft billiger.«

»Oder sie hatte einen ganz anderen Grund für den kleinen Umweg«, überlegte Tobias. »Dieser Duncan O'Brian spricht fließend Französisch, sagtest du?«, wandte er sich an Martin. »Und er hat einen entsprechenden Akzent, wenn er Deutsch redet? Das könnte bedeuten, dass er lange Zeit in Frankreich verbrachte, vielleicht sogar dort studiert hat. Wir sollten gleich morgen früh herauszufinden versuchen, ob *Pharma Cosmetics* eine Niederlassung in Paris hat und ob der Kerl da angestellt war, bevor er hierherkam. Heute ist es schon zu spät, wir machen daher jetzt besser Feierabend und sind morgen wieder fit.«

»Ich habe da aber noch etwas!«, hielt ihn Vanessa davon ab, die Bildschirme einfahren zu lassen. »Wie ich schon sagte, haben wir keine Auskünfte über eine Rückreise erhalten. Bei der großen Zahl von Möglichkeiten, sowohl zeit- als auch ortsmäßig, ist es uns einfach nicht gelungen, diesbezüglich etwas herauszubekommen. Wir wissen weder den Tag, an dem sie geflogen ist, noch kennen wir den Start- und Zielflughafen. Ihre Bewegungen innerhalb der USA sind uns daher ebenfalls weitgehend unbekannt. In Colorado war sie allerdings definitiv, das wissen wir sozusagen von ihr selbst. Sie hat nämlich fast täglich auf Twitter entsprechende Mitteilungen hinterlassen, die jedoch vor drei Wochen schlagartig aufhörten!«

»Das war vierzehn Tage vor ihrem Tod«, sinnierte Heller. »Einfach so? Keine Hinweise darauf, dass sie was anderes vorhatte? Es muss irgendetwas vorgefallen sein, und ich befürchte, es hat mit der ganzen Sache zu tun! Das werden wir aber heute sicher nicht mehr herausfinden«, schloss er die Fallbesprechung endgültig ab. »Darum werden wir uns daher morgen kümmern, immerhin haben wir für den ersten Tag erstaunlich viele Informationen gesammelt. Das war von euch allen gute Arbeit. Und jetzt ab nach Hause!«

Kapitel 5

Drei Wochen zuvor

Der Schock saß immer noch tief, obwohl das Ereignis, dem ich diese miserable Lage zu verdanken hatte, jetzt bereits zwei volle Tage zurücklag. Wer kann sich mein grenzenloses Erschrecken vorstellen, als ich ahnungslos in die Gesäßtasche meiner Jeans griff, um das Handy für den täglichen Tweet hervorzuholen, und nur einen Kassenbon zwischen die Finger bekam, den ich beim letzten Einkauf achtlos hineingestopft hatte. Nur dieses eine Stück Papier, aber null Telefon!

Dann fiel mir dieser ungehobelte Kerl ein, der mich kurz vorher an einer Bushaltestelle angerempelt hatte. Keine Frage, der hatte das Handy geklaut! Dabei hatte ich das iPhone der neuesten Serie gerade erst vor meiner Abreise gekauft, und diese Dinger kosten ein kleines Vermögen! Aber in der Euphorie über den großzügigen Vorschuss, den mir Penrose gezahlt hatte, nachdem ich Gruber das Exposé für mein Buchprojekt vorgelegt hatte, musste ich mir dieses edle Teil einfach mal gönnen.

Nun stand ich fast mittellos da, zweihundert und ein paar zerquetschte Dollars und eine bis an das Limit belastete Kreditkarte in der Tasche. Das reichte gerade für eine billige Absteige und einmal täglich Fast Food.

Aber das Schlimmste war der Verlust meines Telefons! Man merkt erst, wie abhängig man von diesen Geräten ist, wenn sie plötzlich weg sind. Mein gesamtes Leben war auf diesem Teil gespeichert, vor allem jedoch die Zugangsdaten für die iCloud und einige andere wichtige Sachen, die ich mir nicht aufgeschrieben hatte! So auch den Benutzernamen und das Kennwort für Twitter und den Link für das geniale ›Überwachungssystem‹ bei mir zu Hause. Wie sollte ich meine Tweets verfassen und wie die Aufnahmen der Kamera kontrollieren?

Die Cloud konnte ich zum Glück auch mit dem Notebook aufrufen und somit wenigstens die bislang ermittelten Daten in einen sicheren Speicher hochladen, so gingen sie bei Verlust meines Laptops nicht ebenfalls über den Jordan. Nicht, dass ich damit um mich werfen könnte, denn die Recherchen hier in den Staaten waren bisher leider enttäuschend verlaufen. Herausgefunden hatte ich im Grunde so gut wie nichts, das ich für mein Buch hätte verwerten können. Ganz anders hingegen in Lyon, wo ich im dortigen Unternehmen völlig unerwartet über eine Sensation gestolpert war. Vielleicht konnte ich das irgendwie in die Story einbauen!

Jetzt saß ich in Denver in einem Park, der zum Konzern gehörte, auf einer Holzbank und mühte mich seit einer geschlagenen Stunde mit dem alten Wegwerfhandy ab, das ich mir von meinem arg zusammengeschmolzenen Budget, das eigentlich noch einen ganzen Monat reichen musste, eben noch hatte leisten können. Dieses einfache Mobiltelefon, das ich mir für ein paar Dollars in einem Trödelladen um die Ecke gebraucht gekauft hatte, war zwar internetfähig, aber die Zugangsdaten wollten mir partout nicht einfallen. Hätte ich bloß ein Backup auf meinem Laptop gehabt!

Die von Pharma Cosmetics in Bonn hatten mir leider die ausgehandelte Gehaltszahlung verweigert, nachdem sie mir schon nach zwei Wochen, die ich genutzt hatte, dort herumzuspionieren, auf die Schliche gekommen waren und mich auf der Stelle gefeuert hatten. So blieben mir momentan zum Leben nur der kläglich Rest des von Penrose gezahlten Vorschusses und die Hoffnung, dass meine Bank bezüglich der ausgereizten Kreditkarte ein Auge zudrücken würde.

Ich steckte das Handy gefrustet in die Jackentasche, die immerhin mit einem Reißverschluss versehen war, und überschlug rasch im Kopf die Möglichkeiten, die mir jetzt noch blieben. Wenn nicht ein Wunder geschah, würde mein Geld auf gar keinen Fall für vier weitere Wochen reichen, wie ich es geplant hatte, darüber war ich mir schnell im Klaren. Und wenn die Kreditkarte am Flughafen zurückgewiesen wurde, saß ich sowieso hier fest, denn das Ticket für den Rückflug musste ich auch noch bezahlen!

Ich beschloss, es vorerst einfach darauf ankommen zu lassen, und weiterzumachen wie bisher. Bei Bedarf war eben eine vorzeitige Rückkehr in die Heimat in Betracht zu ziehen. Was blieb mir in dieser verfahrenen Situation auch anderes übrig? Ich gestand es mir nicht gerne ein, doch mein ehrgeiziges Buchprojekt, das so hoffnungsvoll begonnen hatte, drohte in einer Katastrophe zu enden!

Meine Mittagspause war vorbei, es war also an der Zeit, wieder hineinzugehen. Immerhin hatte man mich hier in der Hauptniederlassung Denver noch nicht enttarnt und auch die befürchtete Rückfrage in Deutschland war offenbar ausgeblieben. Leider würde man mir das kleine Gehalt, das ich hier für meine Tätigkeit als ›Mädchen für alles‹ bekommen sollte, erst am Ende der Anstellung auszahlen. Mir blieben fast vier Wochen, die ich damit verbringen wollte, vielleicht noch etwas herauszufinden, das ich für mein Buch verwenden konnte.

Die Chancen standen nicht einmal schlecht, denn ich war kurz davor, dem jungen IT-Fuzzi unserer Firma das Masterpasswort für die Server aus dem Kreuz zu leiern, beziehungsweise den Ort, wo er es aufgeschrieben hatte. Der Kerl war nämlich ebenso schusslig wie genial und total in mich verschossen. Dann brauchte ich nur noch ein freies Terminal und einige unbeobachtete Minuten, um sämtliche Firmendaten auf den winzigen USB-Stick zu ziehen, den ich zu diesem Zweck ständig bei mir trug und vor den unbestechlichen Körperscannern im Absatz meines linken Schuhs verbarg.

Allerdings hatte ich auch noch ganze sechsundzwanzig Tage vor mir, die ich mit den wenigen Dollars in meiner Tasche irgendwie überstehen musste! Aber ich war nicht den weiten Weg gereist und hatte all das durchgemacht, um jetzt aufzugeben!

Kapitel 6

Ein stummer Augenzeuge

»Nun gib schon Ruhe, Justus!«, ermahnte Vanessa ihren Kater, der sich zwischen sie und den Laptop auf ihrem Bauch zu drängen versuchte und auch nicht davor zurückschreckte, seine Krallen einzusetzen. Sie hatte es sich nach den Nachrichten kurzentschlossen auf der Couch gemütlich gemacht, um einige Recherchen zu ihrem Fall durchzuführen. Im Fernsehen lief sowieso nichts Gescheites, da konnte sie ebenso gut auch arbeiten.

Justus war jedoch nicht auf Streicheleinheiten aus. Nein, er beschwerte sich auf diese Weise nur darüber, dass sie ihm seinen Platz weggenommen hatte, denn sie hatte sich lang auf dem Möbelstück ausgesteckt. Den grau-braun getigerten Kater hatte sie bei ihrem ersten Mordfall mit der SOKO sozusagen von einer alten Frau geerbt, die einem irren Doppelmörder zum Opfer gefallen war. Der Kleine hatte sich mittlerweile gut bei ihr eingelebt und an ihren Tagesablauf angepasst. Und jetzt lag sie auf seinem Lieblingsplatz, da war es wenig verwunderlich, dass er sich beklagte!

Da ihr Mitbewohner keine Anstalten machte, seine ›subtilen‹ Störaktionen einzustellen, und stattdessen immer dreister wurde, setzte Vanessa sich seufzend auf, stellte den Computer auf dem Couchtisch ab und rückte ein wenig zur Seite. Justus legte sich derweil laut schnurrend neben sie, nachdem er sich zuvor nach Katzenart mehrmals im Kreis gedreht hatte, um den absoluten Liegekomfort zu ermitteln. Schließlich hatte er nicht vor, diesen hart ›umkämpften‹ Platz in den kommenden Stunden wieder aufzugeben!

Seine Besitzerin hingegen hatte endlich Muße, sich ihrer Arbeit zu widmen. Diese bestand im Wesentlichen darin, den *Twitter*-Account von Maike Kluge erneut nach möglichen Hinweisen zu durchsuchen, die ihr bei ihren Recherchen im Kommissariat heute Morgen schon aus Zeitgründen vielleicht verborgen geblieben sein könnten. Da hatte sie gemeinsam mit Jasmin ja ausschließlich *Tweets* ausgesucht, die etwas über die Reisepläne der Journalistin aussagten.

Jetzt wollte sie gezielt nach Querverbindungen zu weiteren Teilnehmern und Gruppen suchen. Die gab es auf dieser Plattform immer, denn das war der Sinn solcher Einrichtungen: Man teilte seine Ansichten und Gedanken mit Gleichgesinnten, die dann wieder andere mit ins Boot nahmen. Daraus ergaben sich in der Regel schiere Unmengen von Kommentaren und *Retweets*, also Antworten oder Weiterleitungen. Ihre einzige Hilfe waren dabei sogenannte #*Hashtags*, eine Art Index für Themen und Diskussionen. Die engagierte Polizistin war sich daher vollauf bewusst, dass ihr unter Umständen eine lange Nacht bevorstand!

* * *

Vanessa betrat schlurfend als Letzte den Besprechungsraum und ließ sich ganz vorsichtig auf ihren Stammplatz neben Jasmin sinken, die ihr stumm ein Glas Wasser mit einer aufgelösten Kopfschmerztablette zuschob. »Du siehst reichlich geschafft aus!«, begrüßte Tobias sie. Ihren Bildschirm hatte er bereits aus der Tischplatte fahren lassen, da sie sich heute Morgen schon begegnet waren. Er wusste daher, dass sie zum Dienst erschienen war, wenn auch eine halbe Stunde zu spät.

»War die Party gestern Abend wenigstens schön?«, fragte er, während er sie kritisch musterte, um ihre Diensttauglichkeit zu beurteilen. Diese Frage war im Grunde überflüssig, denn die Kommissarin war bei ihren Kollegen nicht gerade für ein ausschweifendes Nachtleben bekannt. Sie genoss ganz im Gegenteil ihr derzeitiges Single-Dasein in vollen Zügen, nachdem ihr Freund sie nach Strich und Faden verarscht und schließlich für eine Frau mit mehr Freizeit verlassen hatte.

Vanessa leerte das Glas gierig in einem Zug. »Von wegen ›Party‹!«, antwortete sie ihrem Vorgesetzten. Ihre normalerweise weiche und melodische Stimme klang rau und kratzig. »Eine lange Nacht war es aber trotzdem. Ich habe noch ein wenig recherchiert und darüber wohl irgendwie die Zeit vergessen. Ich hatte nur drei Stunden Schlaf.«

»Dein Engagement in allen Ehren, doch ich hatte euch gestern Nachmittag nach Hause geschickt, weil ich eigentlich das Gegenteil im Sinn hatte«, lächelte Heller. »Ihr solltet ausruhen und für heute fit sein. Wir stecken mitten in einer Mordermittlung!«

»Es hat sich aber gelohnt, Chef! Ich habe nämlich eine ganze Menge herausgefunden! Maike Kluge hatte einige hundert Follower, die sich sehr rege unter dem Hashtag *#PharmaBetrug* ausgetauscht haben und es noch tun. Auch sie selbst verfasste etliche *Tweets* zu

diesem Thema. Es geht um eine weltweite Verschwörung, an der die jeweiligen Regierungen beteiligt sein
sollen. Du weißt schon, in großem Stil durchgeführte
illegale Experimente und so. In Zusammenhang mit
ihrem Buchprojekt und der mutmaßlichen Spionage
bei *Pharma Cosmetics* könnte das für uns von Bedeutung sein, dachte ich. Es wäre zumindest ein erstklas-
siges Mordmotiv!«

»Du weißt selbst, dass da niemals was dran ist!«,
wiegelte Tobias ab. »Weltweite Verschwörungen sind
schon logistisch nicht durchführbar, von den vielen
unterschiedlichen Ideologien ganz zu schweigen. Die
können sich nicht mal auf eine gemeinsame Uhrzeit
einigen! Solche Verschwörungstheorien werden von
Dummköpfen verbreitet, die von der Materie meist
überhaupt keine Ahnung haben und nur nachplap-
pern, was andere Schwachköpfe ihnen vorsagen. Die
sind wie eine Herde von blökenden Schafen, wo das
einzelne Tier nicht weiß, wo es langgeht und deshalb
blind hinter dem jeweiligen ›Vordermann‹ herläuft!«

»In dieser Analogie steckt aber ein kleiner Fehler,
Chef!«, lachte Martin Weber. »In der Schafherde muss
der vorn an der Spitze laufende Leithammel doch den
Weg kennen, oder nicht?«

»Unsinn. Der ist ebenso unwissend und rennt nur
deshalb immer weiter, weil die Schafe hinter ihm so
arg drängeln«, brummte Tobias. »Jedenfalls fürchte
ich, Vanessa hat sich völlig umsonst die Nacht um die
Ohren geschlagen. Oder ist von euch jemand anderer
Ansicht?«

»Es stimmt schon, dass solche Verschwörungstheorien mehr oder weniger Unfug sind«, erhob ausgerech-

net das jüngste Teammitglied seine Stimme zum Widerspruch. Erik war als Kommissaranwärter zwar ein ›Springer‹ ohne festen Ermittlungspartner, aber er arbeitete gerne und oft mit Vanessa zusammen, da er deren Vorliebe und auch das Talent für forensische Spurenanalyse teilte.

»Und wo nachweislich niemand durch Veröffentlichungen ›enttarnt‹ werden *kann*, gibt es auch keinen Grund, den vermeintlichen Verräter gewaltsam zum Schweigen zu bringen«, fuhr er fort, als er die Augen der Kollegen auf sich gerichtet sah. »Trotzdem sollten wir Vanessas Ermittlungsergebnisse nicht vorschnell abtun. Es könnte sein, dass Maike Kluge durch diese *Tweets* erst auf den Konzern aufmerksam wurde und dann tatsächlich irgendwelche kriminellen Machenschaften aufdeckte! Wir dürfen nicht vergessen, dass sie im Umfeld der Firma recherchierte und deswegen sogar in die Vereinigten Staaten reiste. Und jetzt ist sie tot. Sie wurde brutal in ihrer Wohnung ermordet, nachdem man dort etwas gesucht hatte!«

Tobias dachte einige Augenblicke nach. »Erik hat völlig recht!«, wandte er sich dann an seine Ermittler. »Die Sache mit der Verschwörung mag tatsächlich blühender Unsinn sein, doch wir dürfen die Augen nicht vor den offenkundigen Tatsachen verschließen! Ein Mensch wurde getötet und die einzigen brauchbaren Spuren führen zu einem Pharma-Konzern und einem Verlag, für den Maike Kluge schrieb. Ihr wisst alle, was ich von Zufällen halte, nämlich gar nichts!«

»Sagtest du nicht gestern, es habe vor Jahren mal einen ähnlichen Fall gegeben, in den der Verlag involviert war?«, hakte Erik sofort nach.

»Nicht wirklich«, gab Tobias zurück, nachdem er kurz in seinem Gedächtnis gekramt hatte. »Damals wurde ein Journalist namens Helmut Scholl ebenfalls tot in seiner Wohnung aufgefunden. Er war erstickt worden. Die Ermittlungen führten schnell zu *Penrose*, für die er schrieb. Lauter wirres Zeugs von Außerirdischen und Gedankenkontrolle durch Geheimdienste. Ihr könnt euch sicher denken, dass Denise und ich da zunächst keinen Ermittlungsansatz sahen. Dennoch stellte sich später heraus, dass es da tatsächlich einen Zusammenhang gab: Der Autor war bei den Recherchen zu seinem neuen Buch einem Bauunternehmer auf die Schliche gekommen, der seinen Prokuristen ermordet und im Fundament seines Gartenpavillons eingegossen hatte. Scholl hatte ein Video von der Tat gemacht und erpresste den Mann, der ihn daraufhin umbrachte.«

»Wer sagt uns denn, dass es sich hier nicht ähnlich verhält?«, ergriff Jonas Faber erstmals das Wort. Der Oberkommissar wirkte wie immer, als sei er soeben einem Modejournal entsprungen, mit messerscharfer Bügelfalte und blitzeblank geputzten Schuhen. Und wie er es schaffte, die sorgfältig gescheitelten Haare stets auf den Millimeter gleich lang zu halten, wusste außer ihm nur sein Friseur.

»Wir sollten doch herausfinden, ob es in Paris eine Niederlassung von *Pharma Cosmetics* gibt«, fuhr er nach einer kleinen Pause fort. »Nun, es existiert zwar keine in der Landeshauptstadt, aber dafür habe ich eine in Lyon aufgespürt. Und so weit ist das ja nicht von Paris entfernt. Es könnte also durchaus sein, dass unser Opfer auf dem Weg in die Vereinigten Staaten einen kleinen Abstecher dorthin gemacht hat. Womit wir einen weiteren Zusammenhang hätten!«

»Und das ist längst noch nicht alles«, setzte Martin Weber sofort nach. Der Hauptkommissar stellte auch heute wieder das krasse Gegenteil zu seinem Partner dar. Er trug die üblichen ausgelatschten Turnschuhe, verwaschene Jeans und ein kariertes Hemd mit dem schon obligatorischen Fleck auf dem Kragen. Da er ständig irgendwas in sich hineinstopfte, Hauptsache es war fettig, blieb dies niemals aus. Obwohl er überzeugter Nichtraucher war, klang seine Stimme wie die eines starken Rauchers und das widerspenstige, vorzeitig ergraute Haar stand ihm wirr vom Kopf ab, als wäre er gerade erst aus dem Bett gestiegen.

»Wenn ihr mich zur Genüge begafft habt, kann ich ja jetzt endlich weiterreden«, grunzte er, weil alle ihn anstarrten. »Die Information ist ganz frisch und ich hatte noch keine Gelegenheit, mich damit auseinanderzusetzen. Ich fand vorhin im Internet rein zufällig einen Artikel, der sich mit einem mysteriösen Todesfall in der Lyoner Zweigstelle von *Pharma Cosmetics* befasste. Näheres ist mir dazu wie schon gesagt nicht bekannt, ich weiß bisher nur, dass es etwa zwei Jahre her ist.«

»Das ist eine überaus interessante Information! Wir hatten ja schon gestern festgestellt, dass der *CEO* des hiesigen Unternehmens erstaunlich gut Französisch spricht«, überlegte Tobias Heller. »Wir werden uns deshalb ein wenig bei unseren Lyoner Kollegen umhören. Und ich würde mich nicht wundern, wenn in diesem Zusammenhang der Name Duncan O'Brian fiele. Wie gesagt: Ich glaube nicht an Zufälle!«

»Wir brauchen einen Dolmetscher, Chef«, wandte Jasmin Brandt ein. »Von uns spricht niemand Französisch, soweit mir bekannt ist!«

»Das wird nicht nötig sein«, beruhigter er sie. »Ich weiß nämlich schon, wen ich darauf ansetzen kann! Kommissarin Ohlsen spricht nicht nur diese Sprache perfekt, sie hatte im Rahmen einer Ermittlung auch einmal Kontakt zur Gendarmerie in Lyon und kennt den Kommandanten zumindest vom Telefon. Wenn überhaupt jemand etwas aus *Capitaine* Claude Girard herausbekommt, dann Chrissie Ohlsen! Ich werde sie mir von meinem früheren Chef kurz ausleihen.«

Er griff zu seinem Mobiltelefon, das er wie immer vor sich auf dem Tisch abgelegt hatte und das soeben den Eingang einer Nachricht signalisierte. »Es wird euch freuen, zu hören, dass zumindest zwei von euch in der Zwischenzeit nicht arbeitslos sind«, lächelte er, nachdem er die wenigen Zeilen überflogen hatte. »Ich habe von Frau de Luca gerade die Mitteilung erhalten, dass sie heute die eigentlich für morgen vorgesehene Leichenschau an Maike Kluge durchführen wird. Sie ist für 12:15 Uhr anberaumt und ich wünsche, dass zwei von euch teilnehmen. Die Einladung kam natürlich wieder auf den letzten Drücker, wer immer auch fährt, sollte daher am besten sofort aufbrechen!«

»Jonas und ich übernehmen das!«, hob Martin die Hand, was bei seinem Partner für einen säuerlichen Gesichtsausdruck sorgte. Er sagte jedoch nichts und ergab sich in sein Schicksal.

»Und ich wollte mit Amara nachher noch mal zum Tatort rausfahren«, meldete sich Erik zu Wort. »Es besteht eine geringe Wahrscheinlichkeit dafür, dass das im Wohnzimmer eingebaute virtuelle Aquarium eine geheime Aufzeichnungsfunktion hat. Jedenfalls sind Kameras vorhanden. Wir möchten uns das Teil gemeinsam etwas genauer anschauen!«

»Ist genehmigt«, grinste Tobias. Er wusste ebenso wie alle anderen von der ›heimlichen‹ Schwärmerei seines jüngsten Mitarbeiters für die schöne IT-Spezialistin. »Du erinnerst dich aber hoffentlich daran, dass es Vorschrift ist, Ermittlungen außer Haus immer zu zweit durchzuführen! Und Amara ist keine Polizistin, du nimmst daher auch Vanessa mit. Frische Luft und Bewegung werden ihr guttun!«

»Dann bleibe ja nur noch ich übrig«, stellte Jasmin fest. »Ich werde in der Zwischenzeit versuchen, etwas zu Duncan O'Brian und seiner Assistentin herauszufinden. Immerhin ist sie anscheinend Französin, was es nicht unwahrscheinlich erscheinen lässt, dass sie vorher gemeinsam mit ihm in Lyon war, falls unsere diesbezügliche Vermutung zutrifft!«

»So ist das nach meinem Geschmack!«, freute sich ihr Vorgesetzter. »Alle Arbeiten sind gerecht verteilt, meine Ermittler haben eine sinnvolle Beschäftigung und ich musste nicht einmal etwas dazu sagen! Dafür werde ich jetzt umgehend Kommissarin Ohlsen über das Ergebnis der Besprechung in Kenntnis setzen und sie darum bitten, für uns die Gendarmerie in Lyon zu kontaktieren. Gehen wir also an die Arbeit!«

* * *

»Was machen eigentlich eure kopflosen Leichen?«, erkundigte sich Jasmin Brandt bei ihrer Besucherin. »Seid ihr da schon weitergekommen?« Donner hatte der Bitte seines früheren Mitarbeiters ohne zu zögern entsprochen und Christina Ohlsen heute für ein paar Stunden abgeordnet. Jetzt saß sie ihr gegenüber am Schreibtisch der abwesenden Vanessa, den sie der Einfachheit halber kurzerhand okkupiert hatte, und las sich zur Vorbereitung des bevorstehenden Telefonats mit der Gendarmerie in Lyon in die Faktenlage ein.

»Oh, wir sind sogar kurz vor einem Durchbruch!«, gab die Kommissarin, die von den Kollegen seit jeher nur Chrissie gerufen wurde, fröhlich zurück. Jasmin fand sie auf Anhieb sympathisch. Und sie verfügte über jene liebenswert-penetrante Art, einen beiläufig auszufragen, der man sich kaum entziehen konnte. Ein nicht zu unterschätzender Vorteil war dabei ihre dunkle, volltönende Stimme, die nicht recht zu ihrer zierlichen Gestalt von gerade mal hundertzweiundsechzig Zentimetern passen wollte. Jeder, der sie nur vom Telefon kannte, würde Stein und Bein schwören, es mit einer großen, kräftigen Frau zu tun zu haben.

»Unser Mörder hat jetzt nämlich endlich den lange herbeigesehnten Fehler gemacht«, fuhr Chrissie fort. Ihre Augen sprühten förmlich Feuer und man konnte deutlich spüren, dass diese junge Frau mit Leib und Seele Polizistin war. »Die Rechtsmedizinerin konnte an zwei der Leichen identische Fremd-DNA nachweisen. Die Wahrscheinlichkeit, dass sie *nicht* vom Täter stammt, ist also äußerst gering. Es ist nur noch eine Frage der Zeit, bis wir diesen Mistkerl haben!«

Jasmin musste über diesen Gefühlsausbruch der Kollegin lächeln. Es stand Polizeibeamten nicht zu, die Psyche eines Mörders zu bewerten, und seien seine Taten noch so verwerflich. Dafür waren andere zuständig. Die Bezeichnung ›Mistkerl‹ für einen

Serientäter der übelsten Sorte hatte jedoch mit der Zeit Eingang in den Sprachgebrauch der Ermittler gefunden. Er besagte im Grunde nichts anderes, als dass ihnen bei aller Routine, die sich im Laufe der Jahre einschlich, die Opfer und deren Angehörige nicht völlig gleichgültig waren!

»*Das perfekte Verbrechen, also ohne Hinweise auf die eigene Identität zu hinterlassen, kann es nicht geben*«, sagte sie mit dozierend erhobenem Finger, wobei sie Eriks Stimme imitierte. »*Jeder, der einen Ort betritt oder verlässt, verändert diesen automatisch, indem er Beweise für seine Gegenwart entweder zurücklässt oder mitnimmt. Die vordringlichste Aufgabe eines Ermittlers ist es, diese oft minimalen Veränderungen aufzuspüren und richtig einzuordnen. Das wesentliche Merkmal des ›perfekten‹ Verbrechens besteht darin, dass dem Täter weder die Straftat noch seine Anwesenheit am Tatort nachgewiesen werden kann. Da jedoch beides letztendlich auf ihn zutrifft, ist dies nicht möglich, da jeglicher ›Beweis‹ für einen anderen Aufenthaltsort zur Tatzeit falsch sein muss!*«

»Klingt nach dem Neffen meines Chefs«, grinste Chrissie. »Er hat natürlich Recht, irgendeinen Fehler machen sie alle! So, jetzt rufe ich aber erstmal diesen *Capitaine* Girard an. Ich bin gespannt, ob er sich noch an mich erinnert! Es stört dich doch nicht bei deiner Arbeit, wenn ich telefoniere?«

»Nein, mach nur. Ich bin sowas von Vanessa seit Jahren gewohnt, wir waren schon auf unserer vorherigen Dienststelle Partnerinnen.« Während Chrissie die Nummer der Gendarmerie Lyon wählte, widmete sich Jasmin ihrer Lieblingsbeschäftigung: das Durchstöbern von Internetseiten, Datenbanken und was es sonst alles an Informationsquellen gibt. Im digitalen Zeitalter hinterlässt jeder seine Spuren in den Tiefen der zahllosen Netzwerke, man muss nur wissen, wie diese aufzuspüren sind. *Zieh dich warm an, Duncan O'Brian*, dachte sie selbstbewusst. *Wenn du irgendwo auf der Welt Fußstapfen hinterlassen hast, werde ich sie finden!* Sie schielte sehnsüchtig zu dem Schokoriegel, den sie sich jetzt nur noch einmal am Tag gönnte. Mit sichtbarem Erfolg. *Das ist meine Belohnung*, nahm sie sich vor. *Dann wird er mir umso besser schmecken!*

Es war ruhig im Kommissariat, denn Erik war mit Vanessa und Amara zum Tatort gefahren und Martin mit Jonas nach Bonn in die Rechtsmedizin. Außer ihr und Chrissie, die jetzt in französischer Sprache etwas zu einem unsichtbaren Gesprächspartner sagte, war nur noch der SOKO-Chef anwesend. Dieser hatte sich nach der Besprechung in sein gläsernes Büro zurückgezogen, um die alten Fallakten, in denen der Bonner Verlag eine gewisse Rolle gespielt hatte, noch einmal durchzugehen. Er hatte zwar alle Daten und Namen aufgrund seiner Veranlagung auch nach zwölf Jahren noch präsent, wie sich vorhin gezeigt hatte, doch es konnte sicher nicht schaden, diese Fakten für seine Mitarbeiter aufzuarbeiten und in die von ihm erfundene Wissensdatenbank, auch ›Denkbrett‹ genannt, einzuarbeiten.

* * *

Amara Jones stakste vorsichtig hinter Erik Hagel her, der sich einen gefahrlosen Weg zwischen dem ganzen Gerümpel hindurch zu bahnen versuchte, das hier immer noch so herumlag, wie die Kollegen von der Spurensicherung es am Vortag vorgefunden und katalogisiert hatten. Lediglich die bekannten gelben Nummerntafeln, mit denen die besonders beachtenswerten Fundstücke markiert worden waren, hatten die Forensiker nach getaner Arbeit wieder eingesammelt und mitgenommen.

Im Gegensatz zu dem schlaksigen Nachwuchspolizisten hatte die IT-Spezialistin eine große Tasche mit elektronischen Geräten und diversen Werkzeugen zu schleppen, was das Navigieren in diesem Trümmerfeld nicht gerade erleichterte. Außerdem war sie ein ganzes Stück kleiner und verfügte zudem nicht über seine langen Storchenbeine.

Vanessa blieb neben der Tür stehen und sah sich in aller Ruhe um, bei dem Gewusel gestern Vormittag hatte sie dazu kaum richtig Gelegenheit gehabt. Sie konnte es sich nicht recht erklären, doch ihre Blicke wurden wie magisch immer wieder von der Teddybären-Familie auf der Couch angezogen. Wahrscheinlich lag es aber nur daran, dass die Plüschtiere einen Ruhepol inmitten des Chaos um sie herum bildeten. Außerdem waren ihre ›Gesichter‹ hierher gerichtet, der größte von ihnen, er maß bestimmt einen halben Meter, schien sie sogar direkt anzuschauen! Vanessa schüttelte den verstörenden Eindruck ab und folgte nun den beiden Kollegen zum ›Aquarium‹, wo soeben eine lebhafte Diskussion begonnen hatte.

»Dieses Modell muss ganz neu sein«, sagte Amara gerade und nahm eine Fernbedienung zur Hand, die sie auf einem Regal an der Wand neben dem falschen Aquarium gefunden hatte. »Es ist bei Bedarf offenbar auch ein Fernsehgerät. Hier, ich zeige es dir!« Sie

drückte eine Taste und die simulierte Unterwasser-
landschaft verschwand. Stattdessen wurde ein hoch-
auflösendes TV-Bild angezeigt. »Siehst du? Das passt
auch zum Format von 16:9!«

»Aber das eine muss das andere ja nicht zwangsläu-
fig ausschließen!«, blieb Erik hartnäckig, obwohl er
seinen Kolleginnen gegenüber gestern selbst noch
skeptisch gewesen war. Wahrscheinlich wollte er sie
mit seinem Wissen beeindrucken. »Es gibt immerhin
winzige Kameras an allen vier Seiten«, zeigte er auf die
Eckpunkte der Diagonalen. »Ich denke zwar, dass diese
vornehmlich zur Simulation der Fische dienen, doch
wer sagt uns denn, dass sie nicht zusätzlich eine
andere Funktion haben?«

»Natürlich wäre das *möglich*!«, funkelte sie ihn an,
was durch den Kontrast der Augäpfel zur schwarzen
Haut einen ganz besonderen Reiz ausübte. »Aber was
sollten die dann aufnehmen? Dieser Bildschirm ist so
angebracht, dass man ihn von der Couch aus gut im
Blickfeld hat. Umgekehrt würden die Kameras doch
allenfalls diese niedlichen Teddys sehen, oder? Also,
wenn *ich* Überwachungssysteme installieren würde,
befänden sie sich genau dort in der Ecke und wären
auf die Eingangstür gerichtet!«

»Den Floh habe ich ihm ins Ohr gesetzt«, mischte
sich Vanessa in das Streitgespräch ein, worauf Eriks
Gesichtsfarbe auf der Stelle in ein zartes Rosa wechselte. Auf seine Befindlichkeit konnte sie aber keine
besondere Rücksicht nehmen. »Immerhin fanden wir
hinter der Couch den USB-Stick, den du bisher noch
nicht hast entschlüsseln können. Ich denke deshalb,

wir sollten diese Möglichkeit zumindest überprüfen, auch wenn sie wenig wahrscheinlich ist!«

»Das hatte ich ohnehin vor«, brummte Amara und kramte aus ihrer Instrumententasche ein Diagnosegerät hervor. »Ich denke, dass dieses ›TV-Aquarium‹ einen versteckten Wartungszugang hat. Mit meinem Allzweck-Analysator werde ich der Software hoffentlich auf die Schliche kommen. Es kann aber etwas dauern, bis ich ein eindeutiges Ergebnis liefern kann, macht es euch in der Zwischenzeit gemütlich«, zeigte sie grinsend auf die Trümmerlandschaft des Wohnzimmers. Vanessa nahm Erik wortlos beim Arm und führte ihn zur einzigen noch intakten Sitzgelegenheit im Raum, nämlich der Couch mit den Teddybären.

* * *

Die Autopsie hatte dieses Mal nur wenig länger als eine Stunde gedauert, wobei die zugegebenermaßen medizinisch ungeschulten ›Zuschauer‹ jedoch keinen Augenblick den Eindruck hatten, sie wäre nachlässig durchgeführt worden. Die Rechtsmedizinerin hatte sich dabei von einem jungen Mann assistieren lassen, vielleicht einer ihrer Studenten oder ein Doktorand wie in den Jahren zuvor die mittlerweile promovierte Krystina Nowak.

Die war jetzt nicht anwesend, dabei waren Martin Weber und Jonas Faber auf ihre Expertise besonders gespannt gewesen, da die Leiterin der Rechtsmedizin ihnen gestern am Tatort gesagt hatte, Nowak könne aus den im Leichnam vorgefundenen Insektenlarven einen genauen Todeszeitpunkt errechnen. Allerdings hatte sie auch gemeint, es würde einige Tage dauern. Während der Student die Leiche in die Kühlkammer zurückschob und damit begann, seinen ›Arbeitsplatz‹ in Ordnung zu bringen, wandte sich Martina de Luca ihren abseits wartenden Besuchern zu.

»Ich muss mich heute etwas kurzfassen«, verkündete sie nach einem Blick zur Uhr. »Ich habe noch ein strammes Pensum zu erledigen und *Ihre* Leiche war ja eigentlich erst für morgen Nachmittag vorgesehen. Meine bereits gestern geäußerte Vermutung hat sich jedoch in vollem Umfang bestätigt, die Leichenschau hat diesbezüglich keine Überraschungen ergeben. Die Tatwaffe war zweifellos die Bronzestatue, die neben der Leiche auf dem Boden lag. Durch die Wucht des Schlages wurde ihr der Hinterkopf zertrümmert, was sofort zum Tode geführt haben dürfte. Dabei fiel sie mit dem Gesicht in die Vitrine, wodurch sie die vielen Schnittverletzungen erlitt. Diese könnten aber auch wie gesagt *post mortem* entstanden sein. Der Körper weist etliche sehr starke Prellungen auf, die auf einen vorangegangenen Kampf schließen lassen. Doch das war im Grunde ja bereits durch den Zustand ihrer Wohnung hinreichend belegt.«

»Wo wir gerade dabei sind«, warf Jonas ein. »Wie sieht es mit dem Nachweis ihrer Identität aus? Sind Sie da schon weitergekommen?«

»Dafür war noch keine Zeit, Herr Faber«, wies sie ihn mit hochgezogenen Brauen zurecht. »Ich habe ja keine Ahnung, wie sich das bei Ihnen verhält, aber *mein* Tag hat nur vierundzwanzig Stunden! Die Speichelproben der Eltern werden vorrangig analysiert. Sobald das Ergebnis der von mir selbst beauftragten DNA-Analyse vorliegt, werde ich diese drei Resultate miteinander vergleichen, dann wissen wir mehr. Das wird jedoch einige Tage dauern, bis dahin müssen Sie sich mit der allerdings wissenschaftlich begründeten Aussage begnügen, dass die Tote dem Zustand ihres Knochengerüstes und anderer biologischer Merkmale gemäß im richtigen Alter ist, um die im Mietvertrag eingetragene Wohnungsinhaberin zu sein. Da ihr Personalausweis nicht aufzutreiben war, sind die Fingerabdrücke leider nicht als Erkennungsmerkmal zu gebrauchen.«

Dass die sich keinen Knoten in die Zunge macht, bei ihrer gestelzten Sprechweise, dachte Martin amüsiert, ließ sich aber nichts anmerken. Von Tobias wusste er, wie ungemütlich diese Dame werden konnte, wenn sie sich nicht ganz ernstgenommen fühlte. »Und was ist mit dem Todeszeitpunkt?«, wagte er stattdessen eine durchaus berechtigte Frage. »Können Sie dazu wenigstens eine grobe Schätzung abgeben, wenn Sie es schon nicht genau wissen?«

»Das kann ich sogar ziemlich exakt beantworten«, lächelte sie schmallippig. »Frau Nowak war nämlich bereit, eine Nachtschicht einzulegen, um Ihnen das Ergebnis heute präsentieren zu können. Sie holt jetzt aber ihren wohlverdienten Schlaf nach, weshalb sie auch an der Autopsie nicht teilnehmen konnte. Sie bat mich daher, Ihnen das Resultat mitzuteilen. Laut ihren äußerst komplizierten Berechnungen trat der Tod sechs Tage vor dem Auffinden der Leiche ein. Das wäre dann also vergangene Woche Dienstag gewesen, und zwar am Nachmittag oder in den frühen Abendstunden. Mit einer hinreichend großen Wahrscheinlichkeit war das ihrer Einschätzung gemäß zwischen 16:00 und 20:00 Uhr. Genauer geht es aufgrund der seither verstrichenen Zeit nicht. Den Autopsiebericht sowie das Analyseergebnis meiner Assistentin haben Sie bis spätestens Freitag in der Post.«

* * *

Amara Jones zog mit einem Ruck den Stecker ihres ›Allzweck-Analysators‹, der im Grunde ein leistungsfähiger Minicomputer war, aus dem Diagnoseport des Fernsehgerätes. Sie hatte den Zugang tatsächlich schon nach kurzer Zeit unter einer kaum sichtbaren Abdeckung entdeckt. Nun, eine halbe Stunde später, hatte sie ihre durchgeführte Analyse abgeschlossen. Sie richtete sich aus ihrer knienden Haltung auf und drehte sich zu den beiden Ermittlern um, die auf der Couch bei der Teddy-Familie saßen und ihr von dort aus stumm bei der Arbeit zugeschaut hatten.

»Es ist genauso, wie ich es bereits vermutet hatte«, verkündete die IT-Spezialistin. »Die vier Kameras haben lediglich eine einzige Funktion: Sie steuern das virtuelle Aquarium unter interaktiver Einbeziehung des Geschehens vor dem Bildschirm. Allerdings ist mir eine derartig intelligente Software noch niemals zuvor untergekommen. Es handelt sich eventuell um einen Prototyp, aber dann müsste die Eigentümerin über entsprechende Beziehungen verfügen. Kaufen kann man sowas momentan nicht, soweit ich weiß. Vielleicht solltet ihr in dieser Richtung ermitteln.«

»Abgesehen davon, dass es in den sichergestellten Unterlagen der Toten keine Hinweise auf den Erbauer dieser Anlage gibt, weiß ich auch nicht recht, wie uns das weiterbringen soll«, entgegnete Erik enttäuscht und erhob sich von seinem Platz gleich neben dem größten der vier Teddys. Bei seiner dürren Gestalt sah das aus, als klappe man einen Zollstock auseinander.

Gleichzeitig ertönte aus dem ›Kopf‹ dieses Stoffbären ein leises, gerade eben noch vernehmbares surrendes Geräusch, wie von einem Kameraobjektiv.

Obwohl sie mehr als einen Meter davon entfernt stand, hatte Amara es anscheinend ebenfalls gehört, denn sie fuhr ebenso wie Erik sofort zu dem Plüschtier herum. Sie musste über ein extrem feines Gehör verfügen. Bevor die Ermittler reagieren konnten, war sie bereits vorgesprungen und hatte ihr Gesicht bis auf wenige Zentimeter an die ungewöhnlich großen, schwarzen Knopfaugen herangebracht. Vanessa zog Erik geistesgegenwärtig einige Schritte zur Seite, um der Forensikerin die Untersuchung zu erleichtern.

»Ich habe doch gleich gesagt, dass hier der bessere Standort für eine Überwachungseinrichtung wäre«, nickte Amara zufrieden, als sie sich wieder aufrichtete. »Hier hätten wir also unseren kleinen Spion!«, zeigte sie auf den Teddy, der sie unschuldig anzublicken schien. »Offenbar ist hinter dem rechten ›Auge‹ eine Kamera installiert, die bei eurem Aufstehen aktiviert wurde. Vielleicht durch einen Sensor in dem anderen Knopf. Dass wir das Summen der Motorsteuerung für den Fokus nicht vorher gehört haben, lag daran, dass wir zu weit weg waren. Ich hätte mir die ganze Aktion mit dem Fernseher sparen können!«

»Wer denkt denn gleich an eine Kamera in einem Teddy«, kam Vanessa ihrem jungen Kollegen zu Hilfe. »Sowas ist doch wohl eher was für drittklassige Spionagefilme. Außerdem haben deine Leute es ebenfalls übersehen. Schau aber bitte mal nach, ob es irgendwo im Fell einen Reißverschluss, eine versteckte Klappe oder etwas in der Art gibt, irgendwie muss schließlich der sicher vorhandene Speicherchip ausgewechselt werden. Und Batterien braucht so ein Teil auch!«

Gerade, als die IT-Spezialistin dieser Aufforderung nachkommen wollte, ließ ein Poltern hinter ihnen die drei zusammenzucken und auf den Absätzen herumfahren. Zwischen zwei fallengelassenen Hartschalenkoffern stand eine junge Frau in der Zimmertür und schaute sich mit vor Entsetzen aufgerissenen Augen in dem verwüsteten Raum um. Schließlich blieb ihr Blick an den Pistolenholstern hängen, die zwei von ihnen trugen. »Polizei? Was machen Sie hier?«, stieß sie fassungslos hervor. »Und was, zum Teufel, haben Sie mit der Wohnung angestellt?« Vanessa und Erik starrten sie mit offenen Mündern unverwandt an, als wäre sie ein Geist.

Kapitel 7

Drei Wochen zuvor

Das Herz schlug mir rasend schnell bis zum Hals. So laut, dass ich befürchtete, der nach wie vor unsichtbare Eindringling könnte es hören, wo er doch direkt vor mir stehen musste! Sehen konnte ich ihn merkwürdigerweise nicht, obwohl es im Zimmer nicht vollkommen dunkel war und ich eigentlich zumindest seinen Schatten hätte wahrnehmen müssen. Ich hielt einige Augenblicke den Atem an und lauschte angestrengt in die Dunkelheit. Nicht das leiseste Geräusch war zu hören! Hatte der Kerl ebenfalls die Luft angehalten? Konnte er mich sehen?

Meine aufgewühlten, panischen Gedanken überschlugen sich förmlich im Bemühen, einen Ausweg aus dieser für mich womöglich lebensgefährlichen Situation zu finden. Eine Waffe besaß ich nicht, und das Pfefferspray hatte ich unvorsichtigerweise auf die Couch gelegt, um beide Hände freizuhaben, als ich das voluminöse Möbelstück abgerückt hatte. Es war jetzt unerreichbar für mich, da ich zwischen dem Sofa und der Wand eingeklemmt war. Ich hätte schon zwei Meter lange Arme haben müssen, um es von hier aus zu erreichen, da könnte es genauso gut auf dem Mond liegen!

Der einzige mir momentan zur Verfügung stehende Weg führte ausgerechnet in die Richtung, aus der ich vorhin zweimal das polternde Geräusch gehört hatte, zuletzt direkt vor mir! Aber warum sah ich ihn nicht? Hatten mir meine Sinne in der Dunkelheit einen Streich gespielt und der Einbrecher stand in Wirklichkeit gar nicht hier, sondern lauerte an der Tür? Denn diese lag vollständig im Schatten, sodass seine Silhouette damit verschmolz, sofern er dort war.

Ich beschloss, es darauf ankommen zu lassen und meine unvorteilhafte Position hinter dem Sofa aufzugeben. Schließlich konnte ich nicht ewig hier ausharren. Wenn ich aber schnell genug war, würde ich das Pfefferspray selbst für den Fall, dass er mich sehen konnte, eventuell vor ihm erreichen und wäre nicht mehr wehrlos! Ich machte einen vorsichtigen Schritt nach vorne und stieß mit dem Fuß gegen etwas Weiches. Erschrocken trat ich zu und zuckte im nächsten Augenblick wie unter einem Peitschenhieb zusammen, als dieses ›Etwas‹ kreischend und fauchend davonsprang.

Pfeifend entwich die Luft aus meinen Lungen, ich hatte gar nicht bemerkt, dass ich sie immer noch angehalten hatte. Es war demnach eine Katze, die mich zum Narren gehalten und in Todesangst versetzt hatte! Das musste Tommy gewesen sein, der riesige schwarze Kater meiner Nachbarin, der durch die immer noch einen Spalt offen stehende Wohnungstür hereingeschlichen sein musste! Nachdem meine überreizten Nerven sich einigermaßen beruhigt hatten, machte ich

Licht. Das Wohnzimmer sah aus wie nach einer Schlacht, doch ich war allein.

Bei aller Erleichterung über den glimpflichen Ausgang meines ›Abenteuers‹, auf das ich liebend gern verzichtet hätte, war mir eines aber klar: Niemals hätte eine Katze ein solches Tohuwabohu anrichten können, selbst ein Monster wie Tommy hätte das nicht geschafft. Von den herausgerissenen Schubladen, durchwühlten Schränken und zertrümmerten Einrichtungsgegenständen ganz zu schweigen. Nein, hier war definitiv ein Einbrecher am Werk gewesen, der etwas Konkretes gesucht hatte. Den USB-Stick hatte er heute zwar nicht gefunden, aber ich war mir sicher, dass er bald wiederkommen würde. Ich musste hier weg!

* * *

Das verheißungsvolle Klicken signalisierte mir, dass die Tür nun entriegelt war. Wie immer, hatte ich auch jetzt keine halbe Minute gebraucht, dieses Zylinderschloss zu knacken. Ich hatte schon früh von einem Jungen aus der Nachbarschaft, dessen Vater Schlossermeister gewesen war, gelernt, wie man mit einem gebogenen Draht und einem Schraubendreher nahezu jede Tür öffnete. Zwar hatte man in der Schließtechnik in den letzten zwanzig Jahren große Fortschritte gemacht, doch dieser Zylinder hier war von der alten, wenig sicheren Sorte. Obwohl mir der Schock des gestrigen Überfalls noch arg in den Gliedern saß, hatten meine Finger wie von selbst getan, was notwendig war.

Ich stieß die Tür behutsam einen Spalt auf und lauschte angestrengt in die Wohnung. Nach ein paar

Sekunden war ich mir sicher, dass sie verlassen war, ganz wie die Inhaberin in ihren täglichen Tweets gepostet hatte. Sie würde in einem Monat aus den USA zurückkehren und bis dahin würde ich wieder verschwunden sein. Ihre Adresse herauszubekommen, hatte mich zwei Stunden gekostet, war aber nicht besonders schwierig gewesen. Jeder Mensch hinterlässt heutzutage tiefe Spuren in den Netzwerken dieser Welt, die man nur zu lesen wissen muss. Und ich war immerhin ein Profi darin, außerdem hatte ich auf eine gewisse Weise Hilfe dabei gehabt. Bei diesem Gedanken schloss ich die Finger fest um den wertvollen Datenstick in meiner Tasche, ich würde ihn auch hier gut verstecken. Dann hob ich mein Gepäck auf und betrat entschlossen die Wohnung.

Kapitel 8

Noch mal von vorn

»Leute, so geht das doch nicht!«, versuchte Tobias Heller erneut, das erregte Stimmengewirr im Besprechungsraum zu übertönen. Alle redeten wild durcheinander. »Darf ich jetzt um Ruhe bitten?« Zwecklos, niemand von den Anwesenden nahm von ihm Notiz. Außer Christina Ohlsen, die als Letzte erschienen war und über die neuesten Entwicklungen in diesem Fall noch nicht informiert war. Jetzt steckte die Kommissarin sich zwei Finger in den Mund und ließ einen schrillen, alles durchdringenden, langgezogenen Pfiff hören. Schlagartig verstummten sämtliche ›Privatgespräche‹ und sechs Augenpaare, das von Amara Jones eingeschlossen, wandten sich ihr erschrocken zu.

»Danke, Chrissie!«, nickte der SOKO-Chef ihr zu. »Du musst mir bei Gelegenheit unbedingt zeigen, wie das geht. Ich kann verstehen, dass ihr über die Situation erregt seid«, wandte er sich dann an die versammelte Mannschaft. »Mir geht es nicht anders. Wir alle wurden durch dieses Ereignis überrumpelt, das steht außer Frage. Doch sind wir damit auch *überfordert*? Ich sage: Nein! Es *muss* einen Zusammenhang geben und diesen werden wir herausfinden! Frau Kluge rief mich vorhin an und ich habe sie für heute Nachmittag einbestellt. Sie wird uns nachher Rede und Antwort stehen.«

»Kann mich bitte mal irgendjemand aufklären?«, hob Ohlsen die Hand. »Handelt es sich bei dieser Frau um *Maike* Kluge? Ich dachte, die wäre tot?«

»Ja, das glaubten wir bis gestern auch«, hob Heller die Schultern. »Die Tote wies zwar keine erkennbaren Gesichtszüge auf, doch alles deutete darauf hin, dass es sich um die Wohnungsinhaberin handelte. Hausbewohner und Vermieter sagten außerdem übereinstimmend aus, dass sie ihr zumindest sehr ähnlich sah. Weiterhin waren ihre Fingerabdrücke überall in der Wohnung zu finden, was ein Indiz dafür ist, dass sie sich für eine gewisse Zeit darin aufgehalten haben muss. Die Kleidungsstücke im Schrank passten exakt zu denen, die sie am Leib trug. Natürlich steht der DNA-Vergleich noch aus, aber wir konnten im Prinzip gar keine anderen Schlüsse ziehen. Du weißt ja: Wenn es für ein Problem mehrere Lösungen gibt, trifft die offensichtlichste Erklärung meist zu!«

»Diesmal trifft das aber offenbar nicht zu. Sherlock Holmes hat nicht immer recht!«, grinste Chrissie, die seine Vorliebe für Zitate des von Arthur Conan Doyle erfundenen Meisterdetektivs kannte. »Und gestern ist dann unverhofft die *richtige* Mieterin aufgetaucht, vermute ich? Wenn das so ist, waren alle bisherigen Ermittlungsansätze für die Tonne und ich habe völlig umsonst stundenlang mit Lyon telefoniert!«

»Unsinn! Die Frauen haben irgendwas gemeinsam, auch wenn Maike Kluge gestern Nachmittag Vanessa und Erik gegenüber etwas anderes ausgesagt hat. Wir werden dann eben selbst herausfinden, was das ist. Die Tote ist schließlich nicht einfach so vom Himmel gefallen, sie hat im Gegenteil wochenlang in dieser

Wohnung gelebt, wie es den Anschein hat, und dafür muss es einen triftigen Grund geben! Kannte sie die rechtmäßige Mieterin? Wie ist sie hineingekommen? Hatte sie Kenntnis von der USA-Reise und der Dauer ihrer Abwesenheit? Lügt Frau Kluge und kannte die Tote entgegen ihrer gestrigen Aussage doch? Das sind alles Fragen, auf die wir dringend Antworten benötigen! Ich glaube nicht an Zufälle, wie du weißt, und Informationen sind in einer Mordermittlung niemals sinnlos. Was hast du von den französischen Kollegen also erfahren?«

»Du hast sicher recht«, gab die Kommissarin nach. »Ohne unsere oft ziemlich ermüdenden Recherchen, die wir täglich immer wieder aufs Neue durchführen müssen, würden wir keinen einzigen Straftäter überführen, und Fehlschläge gehören eben dazu. Aber wie oft haben uns vermeintliche Sackgassen letztendlich doch ans Ziel geführt? Nun, ich habe tatsächlich was Interessantes von Claude … äh, von *Capitaine* Girard erfahren. Urteilt am besten selbst, ob es für euren Fall relevant ist!«

Sie steckte einen USB-Stick, den sie die ganze Zeit in der Hand gehalten hatte, in den Slot ihrer Tastatur und lud beiläufig eine Datei hoch. »Ich habe selbstverständlich einen Bericht darüber verfasst«, erklärte sie ihr Handeln. »Ihr könnt es dann später nachlesen, hört aber jetzt zunächst, was man mir in Lyon anvertraute.«

Sie sprach fast zehn Minuten, ohne durch einen einzigen Zwischenruf unterbrochen zu werden, was aufgrund der hinreichend bekannten Disziplinlosigkeit einiger der Anwesenden geradezu eine Einmaligkeit war. Allerdings steckte den meisten noch ihre Reaktion zu Beginn der Besprechung in den Knochen beziehungsweise im Ohr. Außerdem war Ohlsen im ganzen Haus für ihre bissigen ›Seitenhiebe‹ bekannt, daher lauschten alle ihrem Bericht stumm und mit wachsender Aufmerksamkeit, selbst Jonas hielt sich ausnahmsweise mit seinen üblichen Kommentaren zurück. Nur Jasmin rutschte zunehmend unruhig auf ihrem Hosenboden herum, offenbar konnte sie das Ende des Vortrages kaum erwarten.

»Die Ermittlungen gegen die Lyoner Konzernführung wurden nach wenigen Monaten eingestellt, da eine Schuld am Tod dieser Frau niemandem nachgewiesen werden konnte«, schloss sie ihren Bericht ab. »Hinweise auf ein Fremdverschulden waren nicht zu finden oder wurden vertuscht. Euer Duncan O'Brian, der mittlerweile den Chefsessel in der Bonner Niederlassung innehat, war damals nur Assistent einer der leitenden Biologen, also im Grunde ein kleines Licht.«

»Na, ich weiß nicht!«, ließ sich jetzt Martin Weber vernehmen. »Vom Gehilfen zum *CEO* in weniger als zwei Jahren? Ich bitte euch, da ist doch was oberfaul!«

»Wie meinst du das?«, wollte Tobias Heller wissen, obwohl ihn eine gewisse Ahnung beschlich, was sein ältester Ermittler im Sinn hatte.

»Ganz einfach: Was macht man mit unliebsamen Mitarbeitern und unerwünschten Mitwissern? Man befördert sie! Sowohl rangmäßig als auch räumlich! ›In Sicherheit befördern‹ nennt man das! Wird doch überall gemacht. Mit diesem angeblichen Laborunfall stimmt etwas nicht, und O'Brian war daran beteiligt oder weiß was darüber. Da gehe ich jede Wette ein!«

»Lyon ist fast sechshundert Kilometer entfernt«, wiegelte Tobias ab. »Es ist daher kaum davon auszugehen, dass die beiden Fälle irgendetwas miteinander zu tun haben. Und was vor zwei Jahren in Frankreich geschehen ist, hat uns ja im Grunde sowieso nicht zu interessieren! Und jetzt hören wir uns an, was Jasmin zu sagen hat, bevor sie noch das Polster ihres Stuhls komplett durchgescheuert hat«, nickte er lächelnd in Richtung der Kommissarin.

»Äh … ja«, fühlte diese sich jetzt überrumpelt und begann hektisch in einem guten Dutzend loser Zettel zu wühlen, die sie als Gedächtnisstütze in die Besprechung mitgebracht hatte. Ihre Rechercheergebnisse in die Wissensdatenbank einzupflegen, hatte sie über den Genuss des Schokoriegels, den sie sich anschließend zur Belohnung selbst ›spendiert‹ hatte, einfach vergessen.

»Sorry, ich hab's gleich«, murmelte sie fahrig und hob dann erleichtert ihre Stimme. »Also, ich habe Folgendes herausgefunden: Duncan O'Brian studierte an der Sorbonne in Paris acht Semester Biologie und Pharmazie. Seine ausgezeichneten Sprachkenntnisse rühren daher, dass er dort auch das *Lycée général*, also das französische Gymnasium besuchte. Der Grund dafür war wiederum, dass sein Vater viele Jahre lang Botschafter der Vereinigten Staaten in Paris war, und er dort aufwuchs. Er schloss beide Studienfächer mit Auszeichnung ab und fand eine Anstellung in einem Labor von *Pharma Cosmetics* in Lyon, wo man gerade an einem neuen Heilmittel gegen Krebs forschte. Es handelte sich übrigens um dasselbe Medikament, an dem die junge Frau, die sich ihnen neben einigen anderen als Versuchsperson angeboten hatte, infolge einer allergischen Überreaktion verstarb. Nachdem die Staatsanwaltschaft die Ermittlungen eingestellt hatte, ging O'Brian nach Bonn, wo er die Leitung des dortigen Konzerns übernahm.«

»Das ist zwar eine wahre Bilderbuchkarriere für einen so jungen Kerl«, musste Tobias zugeben, »doch ich sehe trotzdem immer noch keinen ausreichenden Verdachtsmoment gegen ihn. Allenfalls könnte die damals verstorbene Frau etwas mit unserem Mordopfer gemeinsam haben, aber das erscheint mir doch sehr abwegig. Es ist nicht einmal gesagt, dass sie den Betrieb in Lyon kannte! Die einzige derzeit bekannte Verbindung besteht darin, dass sie in der Wohnung einer Journalistin aufgefunden wurde, die sich damit befasste. Ich werde jedoch Frau Kluge nachher darauf ansprechen!« Er schaute Jasmin streng an. »Beim nächsten Mal pflegst du das aber *vor* der Besprechung in das ›Denkbrett‹ ein, diese Zettelwirtschaft will ich in Zukunft nicht mehr sehen!«

»Ja, Chef!«, gab sich die Kommissarin zerknirscht und nahm erneut ihre Spickzettel zur Hand. »Da ist aber noch was: O'Brian hatte in Lyon eine Kollegin, die ebenfalls gerade von einer Universität gekommen war. Sie heißt Geraldine Lefebre, und ich habe ihren Namen zusammen mit einem Foto auf der Webseite der Bonner Zweigstelle gefunden!« Sie reichte einen Ausdruck herum, was Tobias erneut mit einem Stirnrunzeln quittierte.

»Das ist doch die Assistentin von diesem *CEO*!«, entfuhr es Martin, als die Reihe mit dem Bild an ihm war. »Ich erkenne sie wieder! Das ist die Frau, die in sein Büro kam, als wir dort waren, und auf Französisch mit O'Brian redete!« Sein Partner nickte ebenfalls, als er das Foto sah.

»Das kann auch einfach ein Zufall sein«, überlegte Tobias. »Wir werden es aber im Auge behalten. Eventuell statten wir dem Betrieb nun doch noch einen zweiten Besuch ab und fühlen denen ein wenig auf den Zahn. Ich lasse es mir durch den Kopf gehen, aber zuerst hören wir uns an, was Amara zu dem ›Spion-Teddy‹ zu sagen hat. Wenn wir Glück haben, wurde die Tat aufgenommen und der Täter ist zu erkennen, dann erübrigen sich weitere Diskussionen sowieso!«

»Da muss ich dich leider enttäuschen«, erklang die rauchige Stimme der IT-Spezialistin. »Ich bin ja nicht mein Chef, *ich* hätte mich längst zu Wort gemeldet, wenn es bahnbrechende Erkenntnisse gäbe!« Jürgen Vogel, Leiter der forensischen Abteilung, war dafür bekannt, brisante Informationen gerne mal bis zum Schluss zurückzuhalten, wenn er damit einen dramatischen Effekt erzielen konnte.

»Wie jetzt? War da doch keine Kamera in diesem Teddy?«, wunderte sich Erik. »Du warst dir gestern sicher, da wäre eine und wir haben alle das Geräusch der Motorsteuerung für den Fokus gehört!«

»Ich sagte nicht, dass es keine Kamera gibt«, wies Amara ihn zurecht, was sofort wieder eine zarte Röte auf sein Gesicht zauberte. Daran würde er noch zu arbeiten haben. »Es ist schon eine da, es ist nur so, dass keine Aufzeichnungen existieren«, fuhr sie fort. »Jedenfalls nicht im Teddy selbst, dort ist lediglich ein Adapter vorhanden, der die Aufnahmen an einen externen Datenspeicher weiterleitet. Und bevor ihr fragt: In der Wohnung haben wir einen solchen nicht gefunden. Die Aufnahmen könnten eventuell in eine Cloud gestreamt werden, doch das ist bisher nur eine Vermutung von mir. Ich bin derzeit dabei, die Protokolle des Routers zu analysieren, bin mir aber sicher, in Kürze die Zieladresse des Datenspeichers ermittelt zu haben. Dann sind wir jedoch immer noch meilenweit davon entfernt, ihn auch auszulesen, denn dafür werden wir ein Passwort benötigen!«

»Um die Cloud können wir uns doch kümmern, zumindest was die IP-Adresse angeht!«, bot Erik ihr sofort an und schaute fragend zu seiner Kollegin. Die nickte begeistert, Vanessa hatte ebenso wie er eine Vorliebe für forensische Analysen. »Dann hast du mehr Zeit für die Entschlüsselung des USB-Sticks!«

»Das ist ein sehr guter Gedanke!«, nickte Tobias. »Es geht aber auch noch anders: Ich werde Frau Kluge nachher einfach auf die Zugangsdaten für die Cloud ansprechen, dann könnt ihr euch voll und ganz auf die Sichtung der Videos konzentrieren«, versprach er mit einem Blick zur Uhr. »Sie wird uns sicher bereitwillig sagen, wie wir an die Aufnahmen gelangen, da es in ihrem eigenen Interesse liegen dürfte, dass der Fall zügig aufgeklärt wird. Bei der Gelegenheit kann sie uns auch gleich das Passwort für den USB-Stick verraten. Ich nehme doch an, dass du noch andere Dinge zu tun hast?«, wandte er sich an Amara. »Okay, dann ist diese Besprechung beendet«, verkündete er, nachdem sie die ohnehin rhetorisch gemeinte Frage mit einem Schulterzucken beantwortet hatte.

*　*　*

»Es tut mit leid, Sie enttäuschen zu müssen, aber ich weiß von keinem USB-Stick!« Maike Kluge sah den

SOKO-Chef verwirrt an. Sie hatte sich einige Minuten früher im Kommissariat eingefunden und saß ihm nun in seinem Büro gegenüber. Tobias Heller führte die Befragung alleine durch, da sie weder als Zeugin noch als Beschuldigte befragt werden sollte. Für solche Gelegenheiten gab es keine Vorschrift, sodass er auf ein zweites Paar Ohren verzichtet hatte. Seine Leute hatten schließlich genügend zu tun!

Er sah sein Gegenüber aufmerksam an. Sagte sie die Wahrheit? Bei der Erwähnung des USB-Sticks war sie fast unmerklich zusammengezuckt, schien jedoch buchstäblich erleichtert, als er ihr mitteilte, wo man ihn gefunden hatte. Er machte sich in Gedanken eine Notiz dazu und beschloss, das Gespräch zunächst in eine andere Richtung zu lenken. Die Umstände, die zum Auffinden der Leiche in ihrer Wohnung geführt hatten, hatte er nur kurz umrissen und auf die Frage, wer die Tote war, hatte Frau Kluge nur mit einem ratlosen Schulterzucken geantwortet. Sie habe nicht die geringste Ahnung, sagte sie und Heller glaubte ihr. Allerdings war auf dem Foto, das er ihr gezeigt hatte, ohnehin nicht viel zu erkennen gewesen.

»Sehen Sie«, sagte er, wobei er jedes Wort einzeln abwog, bevor er es aussprach. »Wir sind natürlich in erster Linie daran interessiert, die Identität der Toten zu lüften, weil sie der Schlüssel für alle Ermittlungen ist. Unser einziger Anhaltspunkt ist dabei momentan der Ort, an dem sie getötet und gefunden wurde: In *Ihrer* Wohnung! Sie werden verstehen, dass wir hier einen Zusammenhang geradezu vermuten *müssen*!«

»Bin ich etwa verdächtig?«, fuhr sie auf. »Ich kam geradewegs mit einem Taxi vom Konrad-Adenauer-

Airport, als ich gestern Nachmittag Ihren Kommissaren in die Arme lief. Hier ist meine Bordkarte!« Sie warf ihm förmlich das Dokument hinüber. »Zuvor war ich zwei Monate in den Vereinigten Staaten, auch das wird sich bestimmt leicht nachprüfen lassen! Ich flog vorgestern in der Nacht von Denver nach Paris, und von dort einige Stunden später weiter nach Köln. Ich habe also eine lange Reise hinter mir, bin müde und kann nicht mal in meine eigene Wohnung!«

»Es tut mir sehr leid, aber sie werden sich ein paar Tage gedulden müssen. Es handelt sich hierbei um einen Tatort, wobei die Auswertung der Spurenlage noch nicht ganz abgeschlossen ist. Ich werde mich jedoch persönlich dafür einsetzen, dass die Wohnung bis Ende der Woche freigegeben wird. Sie können uns dabei helfen, indem Sie uns freiwillig Ihre Fingerabdrücke und eventuell eine DNA-Probe zur Verfügung stellen. Wir wären dann in der Lage, Ihre Spuren von vornherein auszuschließen.« Maike Kluge nickte nur stumm und mit verbissener Miene dazu. Sie war also einverstanden.

Er langte zufrieden in seine Schreibtischschublade und holte ein steril verpacktes Wattestäbchen und einen speziellen Fingerabdruckscanner hervor, den er sich zuvor in der Forensik besorgt hatte. Die Zeiten von tintenbeschmierten Fingerkuppen und ebensolchen Abdrücken auf Papier waren im digitalen Zeitalter endgültig vorbei. »Wir haben in Ihrer Wohnung eine versteckte Kamera gefunden«, informierte er sie beiläufig im Plauderton, während er ihre Fingerabdrücke nahm. »Wir vermuten, dass die unbekannte Frau sich wochenlang in Ihren Räumen aufhielt. Ist Ihnen das nicht aufgefallen? Ich gehe davon aus, dass Sie die

Aufnahmen über Ihr Handy auch drüben in den Staaten abrufen konnten!«

»Sie haben recht, ich erhalte sogar eine Push-Mitteilung auf das Mobiltelefon, wenn die Kamera in ›Ben‹ aktiv wird. Bewegungsmelder, wissen Sie?«

»Ben?«

»Mein Teddy. Diese Kamera und die dazugehörige Software sind übrigens eine Spezialanfertigung von einer guten Freundin, die mit mir zusammen auf der Universität war. Sie hat Informatik studiert und ist ein wahres Genie!«

»Ich nehme an, sie ist auch für das virtuelle Aquarium in Ihrem TV-Gerät verantwortlich? Verraten Sie mir ihren Namen? Meine Forensiker bekamen glänzende Augen, als sie es sahen!«

»Ungern, sie hat nichts mit der Sache zu tun. Das Aquarium war eine Spielerei von ihr, man kann es in dieser Ausführung nirgends kaufen. Was die Überwachungskamera angeht, muss ich Ihnen aber leider mitteilen, dass mir das Handy schon vor drei Wochen in den Staaten gestohlen wurde. Ich musste mir ein billiges Wegwerfhandy besorgen, da meine Reisekasse ziemlich zusammengeschrumpft war. Da ich die Zugangsdaten für die App, mit der ich auf die Kamera in der Wohnung zugreifen konnte, nicht im Kopf hatte, wusste ich ab diesem Zeitpunkt auch nicht mehr, was dort vor sich ging und bis dahin war alles in Ordnung. Ist Ihre Frage damit beantwortet?«

»Nun ist mir auch klar, weshalb wir Ihr Handy nicht orten konnten. In den USA geht das von hier aus über eine einfache Funkzellenabfrage ja nicht«, meinte Heller und packte das Wattestäbchen aus. »Machen Sie bitte den Mund auf!«, forderte er sie auf, ohne auf ihre letzte Bemerkung einzugehen. Dann beugte er sich vor und bewegte das Stäbchen an ihrem Gaumen und auf den Innenseiten der Wangen mehrmals hin und her. »Wir benötigen dringend die Aufnahmen der Kamera«, beschwor er sie. »Sie könnten maßgeblich zur Aufklärung beitragen, mit ein bisschen Glück ist sogar die Tat und der Mörder darauf zu erkennen. Und Sie können sich wirklich nicht an die Zugangsdaten erinnern?«

* * *

Jonas Faber setzte an der Ausfahrt des Parkplatzes den Blinker rechts und fädelte sich auf die um diese Uhrzeit stark frequentierte B56 Richtung Alfter ein. Tobias Heller, der jetzt wohl mit der Befragung von Maike Kluge beschäftigt war, hatte nach kurzer Überlegung einem erneuten Besuch des Pharma-Konzerns zugestimmt. Diesmal sollten sie auch versuchen, die französische Assistentin des Firmenchefs möglichst unauffällig auszuhorchen. Eigentlich eine Paradedisziplin für Martin Weber.

Dieses Unterfangen war jedoch von vornherein zum Scheitern verurteilt, da man ihnen bereits unten am Empfang mitteilte, dass Mister O'Brian im Homeoffice arbeite und Mademoiselle Lefebre derzeit ebenfalls nicht anwesend sei und am frühen Nachmittag zurückwartet werde. Martin und Jonas beschlossen daraufhin, die Zeit bis dahin zu überbrücken, indem sie den *CEO* kurzerhand zu Hause aufsuchten. Dieser wohnte in Witterschlick, einem Stadtteil von Alfter, der von hier nicht nur weniger als fünf Fahrminuten entfernt war, sondern zudem den Vorteil hatte, zum

Rhein-Sieg-Kreis und somit zu ihrem Zuständigkeits-gebiet zu gehören. Seine Assistentin würden sie sich später gesondert vornehmen müssen, was vielleicht nicht mal so verkehrt war.

Duncan O'Brians Bungalow stand am Ortsrand in einem Wohnviertel der gehobenen Kategorie. Martin schätzte, dass hier kein Haus unter einer Million Euro zu haben war, dementsprechend musste das Gehalt des an Jahren jungen Mannes sein. Währenddessen suchte Jonas nach einer genügend großen Lücke in der hoffnungslos zugeparkten Einbahnstraße, die er ein gutes Stück von ihrer Zieladresse entfernt auf der linken Seite fand. Der Audi passte gerade noch hinein und er rangierte ihn vorsichtig vor und zurück, bis er auf den Millimeter genau zehn Zentimeter parallel zur Bordsteinkante ausgerichtet war.

In seinem Eifer hatte er aber den jetzt offensichtlichen Grund für die einzige Parklücke in dieser Straße übersehen: Direkt neben der Fahrertür stand nämlich ein Baum am Straßenrand, sodass er diese nicht weit genug öffnen konnte, um auszusteigen. »Tja, da nützt dir auch das vorbildliche Einparken nichts«, grinste Martin schadenfroh. »Du wirst wohl auf meiner Seite aussteigen müssen!«

Er wollte zum Türöffner greifen, doch sein Partner hielt ihn mit hartem Griff am Arm zurück. »Vielleicht war es gar nicht so falsch, dass ich beim Parken etwas umständlich war«, meinte er und deutete durch die Windschutzscheibe nach vorn. »Schau doch mal, wer da soeben das Haus von unserem Freund betritt!«

»Mich laust der Affe!«, entfuhr es Martin. »Das ist doch diese Französin! Siehst du irgendwelche Unterla-

gen, die sie ihrem Chef vielleicht zur Unterschrift vor-
beibringt? Ich nämlich auch nicht! Weißt du was? Wir
warten hier im Wagen, bis Mademoiselle wieder zum
Vorschein kommt. Ich bin ja mal gespannt, wie lange
sie da drin bleibt!«

* * *

»Das ist aber eine äußerst gewagte Theorie, dass
unsere unbekannte Tote die rechtmäßige Wohnungsinhaberin von *Twitter* her kannte!«, zweifelte Vanessa
die Nützlichkeit von Eriks neuester Idee an, die der
Kommissaranwärter soeben ihr und Jasmin ausführlich vorgetragen hatte. »Und dann: Wie willst du sie
unter all den Tausenden von Profilbildern überhaupt
erkennen? Wir haben ja nicht mal ihr Gesicht!«

Eriks Geistesblitz zielte darauf ab, die Identität des
Opfers womöglich herausfinden zu können, indem
man die Profile auf dieser *Social Media* Plattform mit
einem Foto der Toten verglich. Und zu dritt seien sie
bestimmt in ein paar Stunden durch, gab er sich seinem Naturell entsprechend optimistisch. Hätten sie
erst einen Profilnamen, wäre es sicher kein großes Problem, den Rest ebenfalls herauszufinden.

»Also, ich finde diesen Gedanken nicht schlecht«,
unterstützte Jasmin den Vorschlag. »Wir wissen zwar
noch nicht, was die Kluge dem Chef gerade erzählt,
aber dass die Frauen sich von irgendwoher kennen, ist
doch naheliegend, oder? Und *Twitter* ist zumindest ein
Ansatzpunkt, solange wir noch nicht mehr über das
Opfer haben. Da gibt es Gruppierungen und Gleichge-
sinnte, die sich dort in schöner Regelmäßigkeit über
alles Mögliche austauschen. Denkt nur an *#PharmaBe-
trug*. Du hast doch den Account gehackt«, wandte sie

sich an ihre Partnerin. »Wenn wir uns mit den Zugangsdaten anmelden, haben wir alle *Follower* gebündelt beieinander und können unter den weiblichen Nutzern gezielt nach einer Frau suchen, die ihr ähnlich sieht. Denn das ist unbestritten der Fall!«

»Das dürfen wir jetzt aber nicht mehr«, schüttelte Vanessa entschieden den Kopf. »Als ich das gemacht habe, dachte ich ja noch, dass Maike Kluge tot ist. Doch nun erfreut sie sich bester Gesundheit und sitzt in diesem Augenblick bei Tobias im Büro. Ohne ihre Zustimmung oder einen richterlichen Beschluss ist es uns nicht mehr gestattet, in ihren privaten Daten herumzuschnüffeln!«

»Wenn es weiter nichts ist!«, grinste Erik, drehte sich auf dem Absatz um und klopfte selbstbewusst an die Bürotür des Vorgesetzten. Die Wege waren in diesem Kommissariat nie weit. Zwei Minuten später stand er wieder vor den beiden Kommissarinnen. »Frau Kluge ist einverstanden!«, verkündete er. »Wir können also sofort loslegen!«

* * *

Zwei Stunden wurde ihre Geduld auf eine harte Probe gestellt. Gerade, als sie schon aufgeben wollten, ging die Tür der Hausnummer 10 auf und Geraldine Lefebre stöckelte auf ihren Pfennigabsätzen mühsam den Kiesweg entlang zu ihrem Auto. »Was macht eine junge, hübsche Frau eine so lange Zeit bei ihrem Chef zu Hause?«, fragte sich Jonas. »Und hatte sie vorhin nicht noch einen Schal oder ein buntes Halstuch um? Bei den derzeit herrschenden Temperaturen wäre das ja auch angemessen. Sie müsste doch frieren!«

»Vielleicht hat sie eine große innere Hitze«, grinste Martin anzüglich. »Und ihre Frisur scheint mir auch etwas derangiert. Wenn die beiden da drinnen bloß ein Diktat aufgenommen haben, will ich ab sofort Oskar heißen. Und zum Skat benötigt man bekanntlich *drei* Spieler! Komm, wir gehen hinein«, forderte er den Partner auf und griff zum Türöffner. Der rote Sportwagen der Französin fuhr die Straße hinunter und entschwand soeben ihren Blicken.

»Warte, ich habe eine bessere Idee«, hielt Jonas ihn erneut zurück, indem er ihn an den Arm fasste. »Wie wäre es, wenn wir den Wagen dorthin stellen, wo die Lefebre stand, also in die Einfahrt? Wir machen beim Aussteigen genug Getöse, dass unsere Ankunft auch ganz sicher von O'Brian bemerkt wird. Und dann schauen wir mal, was dieser feine Herr uns für eine abenteuerliche Geschichte auftischt.«

Jonas' Plan ging voll auf. Sie warteten eine Minute, dann rangierte er aus der engen Parklücke und fuhr die zwanzig Meter bis zur Grundstückseinfahrt. Dort lenkte er den Audi mit viel zu hoher Geschwindigkeit im rechten Winkel auf den Kiesweg und legte sofort eine Vollbremsung hin, sodass einige kleinere Steinchen von den blockierenden Reifen weggeschleudert wurden. Und weil dies eben eine Einbahnstraße war, musste Duncan O'Brian, sofern er ihre Ankunft wie erhofft mitbekommen hatte, auch davon ausgehen, dass die Neuankömmlinge die Abfahrt seiner Assistentin nicht mehr mitangesehen hatten.

Um dem ganzen die Krone aufzusetzen, raunzte Martin ihn beim Aussteigen wegen des rüden Fahrstils an und verkündete anschließend lautstark, den

Wagen auf der Rückfahrt selbst fahren zu wollen. Jonas schlug, über die Reaktion des Partners offenbar verärgert, die Fahrertür übertrieben heftig zu, was bei einem Audi nicht leicht zu bewerkstelligen war. Für diese Schmierenkomödie hatten sie sich vorher nicht mal absprechen müssen. Ihre Rechnung ging auf: Als sie sich der Haustür zuwandten, erwartete sie der Hausherr dort bereits kopfschüttelnd und mit finsterer Miene.

»Was wollen Sie denn jetzt wieder?«, blaffte er sie an, als sie auf ihn zugingen. »Ich sagte Ihnen doch gestern schon, dass Sie von mir keinerlei Auskünfte über Firmeninterna bekommen werden! Wird man euch irgendwann mal wieder los? Sie kommen mir fast vor wie dieser Inspektor aus dem Fernsehen, der einem auch dauernd auf die Nerven geht, nur dass Sie im Doppel auftreten!« Martin Weber grinste still in sich hinein, denn das war der Spitzname, den man ihm schon vor Jahren verpasst hatte. Aber das konnte O'Brian ja nicht wissen. Und was er ebenfalls nicht bedacht hatte: Wenn dieser Fernsehinspektor innerhalb kürzester Zeit ein zweites Mal auftauchte, war das meist bei einem Tatverdächtigen!

»Wir werden Sie bestimmt nicht lange aufhalten«, beschwichtige er ihn mit entschuldigend erhobenem rechten Arm. Auch dies war eine einstudierte Geste. »Es haben sich noch einige Fragen ergeben, die wir rasch mit Ihnen klären wollen, dann sind wir schon wieder verschwunden!«

Duncan O'Brian trat schulterzuckend einen Schritt zur Seite, um sie höchst widerwillig einzulassen. Auf dem Weg zum Wohnzimmer sah Martin Weber sich unauffällig in der Diele um, und da hing es: das grüne Halstuch mit gelben und blauen Punkten, das Mademoiselle Lefebre bei ihrer Ankunft vor zwei Stunden getragen hatte. Im Gegensatz zu seinem Partner hatte *er* genau hingeschaut, als die Dame vorhin aus ihrem roten Flitzer gestiegen war. In ihrer Eile, rechtzeitig ins Büro zu kommen, hatte sie es offenbar vergessen!

»Nun? Was ist denn dermaßen brandeilig, dass Sie mich hier bei mir zu Hause aufsuchen müssen und dabei um ein Haar meine Einfahrt ruinieren?«, fragte O'Brian unfreundlich, nachdem alle einen Sitzplatz gefunden hatten. Obwohl ihr Gastgeber kein Haustier hatte – zumindest gab es dafür keine Anzeichen – hatte Jonas ›seinen‹ Sessel gründlich inspiziert, bevor er sich niederließ. Das Debakel mit den Hundehaaren auf seinem neuen Anzug bei ihrem ersten Fall hatte ihn diesbezüglich extrem vorsichtig werden lassen.

»Geht es wieder um diese tote Frau, die *zufällig* vor ein paar Monaten in meiner Firma beschäftigt war?«, fuhr O'Brian sogleich fort, ohne den Beamten Zeit für eine Antwort zu lassen. »Ich sehe da ehrlich gesagt nicht den geringsten Zusammenhang. Zudem hatte ich Ihnen ja bereits mitgeteilt, dass ich zu Firmeninterna keine Angaben machen werde, und daran hat sich nichts geändert!«

»Was das angeht, kann ich Sie beruhigen«, ergriff Martin Weber das Wort und zog umständlich Notizblock und Stift aus der Hosentasche. Auch dies war eine Masche, da er sich selten Notizen machte. Das verband ihn mit seinem Chef Tobias Heller. Das Spiel mit dem Block diente in erster Linie als Blickfang, um den Befragten von der eigenen Person abzulenken.

Er blätterte durch die leeren Seiten. »Wo habe ich es denn? Ah, hier ist es ja schon … Die Frau, die wir zunächst irrtümlich als Maike Kluge identifizierten, tauchte gestern überraschend auf, und sie war quicklebendig! Wir müssten uns ansonsten auch fragen, weshalb in Ihrem Umfeld andauernd Menschen zu Schaden kommen! Es stimmt doch, dass in Ihrer vorigen Wirkungsstätte ebenfalls eine junge Frau auf ungeklärte Weise verstarb?«

O'Brian zuckte unter den letzten Worten merklich zusammen. Oder lag der Grund darin, dass die Totgeglaubte unverhofft wieder aufgetaucht war? Martin schalt sich in Gedanken einen Narren. Wie konnte er so dumm sein, zwei schwerwiegende Informationen in einem Satz vorzutragen? Unbewusste Reaktionen auf solche in subtiler Weise vorgebrachte Anschuldigungen waren bekanntlich ein wertvolles Kapital für jeden Ermittler. Diese einmalige Chance hatte er nun wie ein blutiger Anfänger leichtfertig vertan! Sein Partner schaute ihn auf seine unnachahmliche Weise vorwurfsvoll an, und das diesmal völlig zu Recht!

»Was macht ein Firmenchef wie Sie eigentlich im Homeoffice?«, übernahm Jonas schnell das Gespräch. Jetzt galt es zunächst, die aufkommenden Wogen zu glätten und für Ablenkung zu sorgen. »Ihr Betrieb ist zwar nur ein paar hundert Meter entfernt, aber gibt es für Frau Lefebre nicht viele unnötige Wege zurückzulegen, wenn beispielsweise eine Unterschrift benötigt wird?«

Das Kind war in dem Brunnen gefallen, daran ließ sich nichts mehr ändern, und ihr Ansinnen war es ursprünglich ohnehin gewesen, etwas zum persönlichen Verhältnis zwischen ihm seiner ›Assistentin‹ herauszufinden. Vielleicht konnte man ja später noch mal zu den Vorfällen in Lyon zurückkommen, falls es ihnen gelänge, O'Brian vorher genügend abzulenken.

»Mademoiselle Lefebre verfügt über umfangreiche Vollmachten«, bekam er zu hören. Die Antwort kam prompt, als habe er diese Frage erwartet. »Und alles andere kann meist bis zum nächsten Tag warten, es ist deshalb nicht nötig, dass sie sich hier herausbemüht, von einigen wenigen Ausnahmen abgesehen!«

»Dann hat sie ihr Halstuch sicher bei einem dieser *seltenen* Besuche vergessen«, warf Martin ein. »Das ist doch ihres, das bei Ihnen an der Garderobe hängt? Ich glaubte, es gestern an ihr gesehen zu haben. Da muss ich mich wohl geirrt haben!«

»Ähem … Das kann sein, es ist mir noch gar nicht aufgefallen. Aber danke, dass Sie es mir gesagt haben, ich werde es ihr morgen früh ins Büro mitbringen!« Dem rhetorisch geschulten Mann fehlten buchstäblich die Worte. Es bestand kein Zweifel: Martin hatte mit seiner Frage mitten ins Schwarze getroffen!

»Als Sie mit ihr redeten, ist mir aufgefallen, dass Sie sehr gut Französisch sprechen. Wie kommt das?«, warf Jonas im Plauderton ein. Etwas unüberlegt, wie sich zeigen sollte, denn O'Brians Miene verfinsterte sich auf der Stelle. Sofort wurde ihm sein grandioser Fauxpas bewusst. Martin schickte ihm einen schadenfrohen Seitenblick. Jetzt waren sie zumindest für den Augenblick in puncto Fettnäpfchen quitt!

»Tun Sie doch nicht so scheinheilig!«, rief Duncan O'Brian aufgebracht und sprang von seinem Sitzplatz auf. »Es ist noch keine fünf Minuten her, dass mich Ihr

Kollege auf den Vorfall in Lyon vor zwei Jahren ansprach. Sie wissen demnach sehr genau, dass ich und auch Frau Lefebre ursprünglich von dort kamen! Und jetzt sage ich kein Wort mehr. Guten Tag, meine Herren!«

* * *

Vanessa Fuchs hob den Kopf und blickte über den Computermonitor hinweg, als die Tür von Tobias Hellers Büro geöffnet wurde und ihr Chef mit Maike Kluge herauskam. »Das war ja eine sehr lange Unterredung!«, sagte sie zu Jasmin Brandt, nachdem sie auf ihre Uhr geschaut hatte. »Fast zwei Stunden! Was die ihm wohl alles erzählt hat?«

»Hoffentlich etwas, das uns endlich weiterbringt«, seufzte ihre Freundin und Kollegin. »Unsere Arbeit war nämlich wenig erfolgreich, und dabei haben wir drei in den vergangenen Stunden gefühlt eine Million Profile durchgesehen!«

»Jetzt übertreib mal nicht gleich«, lachte Vanessa. »Außerdem haben wir zumindest einen Profilnamen. Diese *Julia94* könnte dem Aussehen nach in Betracht kommen. Morgen früh werden wir versuchen, ihren richtigen Namen herauszubekommen. Jetzt machen wir uns aber schleunigst fertig, du hast doch nicht vergessen, dass heute Mittwoch ist? In einer halben Stunde beginnt unser Training! Der Bericht des Chefs über die Befragung wird daher sowieso erst morgen früh fällig sein.«

»Du, ich bin total geschafft!«, gestand Jasmin ihr. »Hoffentlich scheucht Denise uns heute mal nicht so herum!« Weil seine Leute zu Beginn ihrer Tätigkeit in der SOKO etwas ›schlafmützig‹ waren, wie Tobias es ausdrückte, hatte er kurzerhand zweimal die Woche ein Fitnesstraining angesetzt, mit seiner ehemaligen Ermittlungspartnerin Denise Malowski als Trainerin. Und die verlangte ihnen so einiges ab, allerdings mit sichtbarem Erfolg. Die sportliche Leistung aller hatte sich seitdem um hundert Prozent verbessert.

»Wovon träumst du nachts?«, grinste Vanessa und begann, leise vor sich hin pfeifend, ihren Schreibtisch aufzuräumen. Sie hatte gut lachen, denn sie war nach Erik die Fitteste von allen, direkt gefolgt von Tobias. Doch der war ebenso wie Denise ein rundes Dutzend Jahre älter als sie.

Kapitel 9

Zwei Wochen zuvor

Acht Tage war es jetzt her, dass ich mein altes Domizil in einer Nachbarstadt geradezu fluchtartig verlassen und mich hier vorübergehend ›einquartiert‹ hatte. Ich hatte mich inzwischen gut eingelebt, was vor allem daran lag, dass Maike denselben oder zumindest einen ähnlichen Geschmack in Mode- und Stilfragen hatte wie ich.

Witzig fand ich zunächst ihren Fernseher, der in eine Wand im Wohnzimmer eingelassen war und im Standby als virtuelles Aquarium diente. Es wirkte auf den ersten Blick so verblüffend echt, dass ich zuerst nach einer Luke gesucht hatte, um die Fische zu füttern. Aber ich kam sehr schnell hinter den Betrug und es wurde langweilig. Stattdessen widmete ich mich ihrem Kleiderschrank. Da wir ungefähr gleich- groß waren und eine ähnliche Figur hatten, konnte ich problemlos ihre Klamotten tragen, die überreichlich darin hingen.

Aber das war mir schon vorher bekannt gewesen, denn ich hatte sie genügend lange über Twitter und andere Social Media Plattformen ›beobachtet‹, um praktisch alles über sie zu wissen, was für mich von Wichtigkeit war. Wie leichtfertig doch die Menschen oft mit diesen

Informationen umgingen! Sie veröffentlichten winzige Informationsbrocken auf den verschiedensten Kanälen und glaubten tatsächlich, dass niemand in der Lage sei, daraus ein großes Ganzes zusammenzusetzen. Weit gefehlt! Und dann befasste sich ausgerechnet diese Frau beruflich mit Verschwörungstheorien!

Aber ich hatte sie mir nicht deswegen ausgesucht, weil wir uns bis auf einige Kleinigkeiten frappierend ähnlich sahen und dieselben Interessen hatten. Oder nicht nur. Das war der Anlass gewesen, überhaupt in ihrem Leben herumzuwühlen. Was ich dann aber herausbekam, war verblüffend, wenn nicht schockierend und ich beschloss, sie näher kennenzulernen und mich ihr zu offenbaren. Bis dahin hatte ich keinerlei Skrupel, mich bei ihr zu bedienen. Sie war im Gegensatz zu mir wohlbehütet bei wohlhabenden Eltern aufgewachsen, während Mutter sich die Gebühren für mein Studium vom Munde hatte absparen müssen. Sie war es mir irgendwie schuldig!

Das Leben in dieser Wohnung gestaltete sich im Grunde einfach und andererseits nicht. Ich konnte ja nicht nach draußen, da die Hausbewohner bestimmt wussten, dass Maike in die Staaten geflogen war. Falls die mich sahen, nutzte mir die äußerliche Ähnlichkeit nichts, denn dann würde es garantiert unangenehme Fragen hageln. Aber hin und wieder musste es sein und ich achtete sorgfältig darauf, dies nur zu tun, wenn die Herrschaften auf der Arbeit waren oder vor dem Fernseher saßen.

Jetzt kam ich gerade wieder von einem Einkauf zurück. Weil ich nur zu bestimmten Zeiten rauskonnte, waren meine Möglichkeiten arg eingeschränkt und erstreckten sich im Wesentlichen auf Tankstellen und Supermärkte, die bis 22:00 Uhr geöffnet hatten. Zum Glück gab es beides hier in unmittelbarer Nähe, sodass ich das zu Fuß erledigen konnte, denn ich hatte kein Auto.

Natürlich hatte ich meinen Mini, aber den hatte ich zur Sicherheit vorerst in einer Parallelstraße abgestellt, um kein unnötiges Aufsehen zu erregen. Ich musste ja damit rechnen, dass die Hausbewohner auf so etwas achteten, und dann wäre ich schnell aufgeflogen. Aus demselben Grund wollte ich den roten Flitzer auch vorläufig nicht mehr benutzen.

Aufgrund des Vorfalls vergangene Woche hatte ich eine gewisse Paranoia entwickelt. Jedes Mal, wenn ich die Wohnung verließ, platzierte ich einen Bindfaden oben zwischen das Türblatt und den Rahmen. So konnte ich bei meiner Rückkehr gleich sehen, ob in der Zwischenzeit jemand eingedrungen war oder nicht. Und jetzt lag dieser Faden auf der Fußmatte! Wenigstens musste ich nicht jedes Mal das Schloss mit einem Dietrich knacken, um hereinzukommen, denn an einem Haken in der Diele hatte ich einen kompletten Satz Schlüssel gefunden. Ich sperrte also vorsichtig auf.

In der Wohnung sah alles aus wie immer. Hatte ich beim Verlassen nicht richtig aufgepasst? Ich beschloss, kein Risiko einzugehen und für einige Tage unterzutauchen, am besten im Ausland. In der Diele brachte ich über der Wohnzimmertür eine Kamera mit Bewegungsmelder an, die ihre Bilder auf mein Handy übertrug. So würde ich sehen können, ob während meiner Abwesenheit jemand eindrang. Ebenfalls bereitete es mir Sorgen, dass Maike seit Tagen keine Tweets mehr verfasst hatte. War sie etwa vorzeitig auf dem Rückweg? Auch darüber würde mein kleiner ›Spion‹ mir Auskunft erteilen, sollte sie in der Zwischenzeit unverhofft auftauchen!

Dann verwischte ich rasch die offensichtlichsten Spuren meiner Anwesenheit, buchte über das Internet ein Last-Minute-Ticket nach Italien, wo ich Freunde hatte, bei denen ich für ein paar Tage unterkommen konnte, und verschwand von der Bildfläche. Den USB-Stick, den ich auch hier hinter der Couch versteckt hatte, nahm ich natürlich mit.

Kapitel 10

Irrungen und Wirrungen

Tobias hetzte durch das Foyer zu den Aufzügen. Er war spät dran, da sein Motorrad sich geweigert hatte, nach einer für diese Jahreszeit zu kalten Nacht anzuspringen. Es lag nicht mal an der Starterbatterie. Das ›alte Mädchen‹ hatte einfach keine Lust, da half auch ein Anschieben nicht. Er hatte notgedrungen auf die öffentlichen Nahverkehrsmittel ausweichen müssen, seine Frau hatte das Haus nämlich vor ihm verlassen und war bereits auf dem Weg in ihr eigenes Kommissariat. Selbstverständlich war der Bus vor seiner Nase abgefahren und er musste auf den Nächsten warten.

Denise hätte ihre wahre Freude an seinem Missgeschick gehabt. Sie hatte während ihrer zwölfjährigen Partnerschaft niemals eine Gelegenheit ausgelassen, ihn deswegen aufzuziehen. Das Motorrad hatte jetzt immerhin fünfunddreißig Jahre auf dem Buckel und die ›Arbeitsverweigerung‹ von heute Morgen war nur eine von vielen. Er war zwar im Grunde niemandem Rechenschaft schuldig, doch sie steckten mitten in einer Mordermittlung. Da zählte jede Minute!

Als er an der Empfangstheke vorbeikam, wurde er auf einen Tumult aufmerksam. Eine Frau südländischen Aussehens redete wie ein Wasserfall und wild gestikulierend auf den diensthabenden Beamten ein, der damit hoffnungslos überfordert zu sein schien.

Trotzdem Tobias in großer Eile war und eigentlich keine Zeit hatte, machte er auf dem Absatz kehrt und trat neugierig zu dem genervten Kollegen und seiner Besucherin. Es wäre nicht das erste Mal, dass er auf diese Weise unverhofft an Informationen gelangte!

Jetzt erkannte er auch den Grund für die Hilflosigkeit des jungen Polizisten: Der Wortschwall der Dame bestand nämlich zum überwiegenden Teil aus spanischen Vokabeln! Nun hatte er zwar auf dem Gymnasium Spanisch gehabt, doch das war sehr lange her und sein letzter Urlaub in diesem Land lag auch Jahre zurück. »Kann ich Ihnen behilflich sein?«, wandte er sich dennoch an den Kollegen, worauf die Frau sich ihm sofort zuwandte und nun auf *ihn* einredete.

»Nicht so schnell, Señora!«, lachte er. »Sprechen Sie bitte etwas langsamer!« Sie schien ihn zumindest teilweise verstanden zu haben, denn sie mäßigte ihr Sprechtempo deutlich, wobei sie Deutsch und Worte ihrer Muttersprache miteinander vermischte. Heller glaubte, aus diesem Durcheinander *acto criminal* und *Pharma Cosmetics* herausgehört zu haben.

Eine Straftat also in Verbindung mit dem Pharmakonzern! Das genügte ihm. Er griff der Frau an den Arm und forderte sie auf, mit ihm zu kommen. Sie hingegen schien das total missverstanden zu haben und streckte in einer international gebräuchlichen Geste beide Hände aus. »Nein, nein«, beruhigte er sie. »Ich werde Sie nicht verhaften. *No Arrestar!*«, wiederholte er vorsorglich auf Spanisch, worauf die Frau, er schätzte sie auf Anfang dreißig, erleichtert aufatmete und ihm bereitwillig folgte. Er würde sich irgendwie mit ihr verständigen!

* * *

»Hat dein Chef keine Zeit, oder hat er nur den Termin verbummelt?«, wandte Tobias Heller sich an Amara Jones, die heute ohne den Leiter der Forensik erschienen war. Stattdessen hatte Christina Ohlsen überraschend den Platz neben ihr eingenommen. Da sie nicht zum Team gehörte, verhieß ihre Anwesenheit neue Informationen, weshalb sämtliche SOKO-Mitglieder, Tobias eingeschlossen, äußerst gespannt auf ihren Vortrag waren.

»Jürgen ist noch mit einer Auswertung beschäftigt«, informierte Amara ihn. »Er vergleicht die am Tatort sichergestellten Fingerabdrücke mit denen, die du ihm gestern Nachmittag persönlich vorbeigebracht hattest. Er wollte aber nachkommen, sobald er damit fertig ist.«

»Okay, dann fangen wir ohne ihn an«, bestimmte Heller. »Zunächst möchte ich euch aber von Denise ausrichten, dass sie mit eurer Leistung beim Fitnesstraining sehr zufrieden ist«, wandte er sich an seine Leute. »Ich bin daher mit ihr übereingekommen, es ab jetzt nur noch einmal die Woche stattfinden zu lassen. Was ist euch lieber? Mittwoch oder Freitag?«

»Mittwoch!«, kam es von Jasmin prompt wie aus der Pistole geschossen, kaum dass er ausgesprochen hatte. Sie hob die Hand wie bei einer Abstimmung.

»Wer hätte das gedacht! Ist noch jemand für den Mittwoch?« Tobias sah in die Runde und zählte vier weitere erhobene Hände. Ein einstimmiges Ergebnis! Das war aber im Grunde logisch, denn so konnten sie an den Freitagen alle pünktlich ins Wochenende.

»Dann wäre das ja geklärt. Ich habe vorhin etwas äußerst Interessantes erfahren. Wenn du noch Zeit hast, würde ich deinen Vortrag daher gerne später hören«, wandte er sich an Chrissie Ohlsen, die dazu nur stumm mit dem Kopf nickte. Die werdende Mutter konnte so leicht nichts aus der Ruhe bringen, sie strahlte im Gegenteil eine erhabene Gelassenheit aus. Bis vor wenigen Wochen war das noch anders gewesen, wovon ihr Lebensgefährte Wolfgang Müller so manches Lied singen konnte.

»Ich traf vorhin unten im Foyer eine sehr temperamentvolle junge Spanierin namens Luisa Fernandez«, begann Tobias mit seinem Bericht. »Sie wollte …«

»Luisa Fernandez? Wie die Popsängerin?«, unterbrach ihn Martin Weber, wobei er beifallheischend in die Runde schaute. Doch er erntete nur ratlose Blicke. »Ach kommt! *Lay Love On You?* Nein?«

»Das habe ich sie natürlich auch gefragt«, grinste Tobias, »aber sie hat mich, ebenso wie die jüngeren unter uns, mit großen Augen angeschaut. Es scheint, als würde außer uns beiden diese Dame heute keiner mehr kennen! Na ja, das war immerhin in den Achtzigern.« *Mann, was bin ich alt geworden*, dachte er einigermaßen bestürzt. Erst gestern hatte seine Frau ein graues Haar in seiner dunkelblonden Mähne entdeckt und es kurzerhand ausgerissen. »Außerdem ist *diese* Luisa Fernandez dreißig Jahre jünger und erst seit kurzem in Deutschland. Sie arbeitet als Reinigungskraft bei einem Bonner Dienstleister, der auch für *Pharma Cosmetics* tätig ist«, fuhr er dann fort. »Und sie war jetzt hierhergekommen, um sich selbst einer Straftat zu bezichtigen!«

»Die mit unserem Fall *was* zu tun hat?«, zweifelte Jonas Faber. »In der Firma wurde der Mord doch gar nicht begangen und wer weiß, ob die überhaupt was damit zu schaffen haben. Beweise haben wir bisher keine dafür!«

»Das wird sich herausstellen, bildet euch selbst ein Urteil! Jedenfalls wurde unter den Reinigungskräften gemunkelt, dass die Polizei im Haus herumschnüffeln würde und Señora Fernandez befürchtete, dass man hinter ihr her sei. Sie wurde nämlich vor etwa einem Monat von einer vermummten Gestalt spät in der Nacht auf dem Parkplatz vor dem Gebäude angesprochen, als sie den Heimweg antreten wollte. Sie bekam einen kleinen Stecker in die Hand gedrückt, den sie zwischen Computer und Tastatur im Chefbüro anbringen sollte. Zweihundert Euro erhielt sie dafür. Ein paar Tage später lieferte sie das Teil auf dieselbe Weise wieder ab. Ich habe sie nach Hause geschickt. Was sie tat, ist ein Antragsdelikt und ich habe bestimmt nicht vor, O'Brian mit der Nase darauf zu stoßen. Na, was sagt ihr dazu?«

»Bei diesem ›Stecker‹ wird es sich um einen sogenannten *Keylogger* gehandelt haben«, meldete sich Amara Jones wie erwartet als Erste zu Wort. »Solche Systeme sind sehr klein und werden typischerweise so angebracht. Sie werden von Schutzmechanismen wie *Firewalls* auch nicht erkannt. Selbst Software, die unerwünschte USB-Geräte blockiert, ist dafür blind. Ihre einzige Aufgabe ist es, Tastatureingaben aufzuzeichnen. Und zwar umfassend. Sie können nicht aus der Ferne ausgelesen werden, es ist daher unbedingt notwendig, sie zur Auswertung nach einer gewissen Zeit zu entfernen, wie es hier der Fall war. Normalerweise setzt man so etwas ein, um Zugangskennungen auszuspionieren.«

»Könnte es sich um denselben USB-Stick handeln, den wir in einem Versteck in der Wohnung gefunden haben?«, wollte Martin wissen. »Ich frage nur, weil mir das langsam ein paar ›Zufälle‹ zu viel sind. Das gehört alles irgendwie zusammen, darauf verwette ich meine Pension!«

»Eher nicht«, übernahm Vanessa an Amaras Stelle die Antwort. »Das ist im Grunde eine Art Kupplung. Eine Seite kommt in den Slot am Computer, wo die Tastatur eingesteckt war. Diese wird dann einfach hintendrauf gestöpselt. Innen drin ist ein Datenspeicher, der praktisch alles mitschneidet, was über die Tasten eingegeben wird, auch Zugangskennungen und Passwörter. Das Teil sieht man nur, wenn gezielt danach gesucht wird, und da passt wirklich eine Menge drauf. *Unser* Stick ist aber ein ganz normaler Datenträger, der außerdem hochwertig verschlüsselt ist«, nickte sie der IT-Spezialistin zu.

»Richtig. Falls er derselben Person gehörte, wurde der Inhalt entweder aus dem Keylogger übertragen oder, was wesentlich wahrscheinlicher ist, über eine Internetverbindung später aus dem Firmennetzwerk gestohlen. Nachdem die Zugangsdaten für den Server erst mal bekannt waren, wird das für einen Profi ein Kinderspiel gewesen sein. Eine andere Vorgehensweise erscheint mir auch wenig sinnvoll. Den Stick habe ich leider immer noch nicht geknackt«, musste Amara Jones zugeben. »Das Kennwort vom Twitter-Account dieser Maike Kluge passt auch nicht!«

»Womit wir beim Thema wären«, nahm Tobias dies als Überleitung, von seiner gestrigen Befragung zu berichten. »Einen vollständigen Mitschnitt meines zweistündigen Gesprächs mit ihr könnt ihr euch als Audiodatei herunterladen, für jetzt nur so viel: Sie bestritt, den USB-Stick in ihrem Wohnzimmer deponiert zu haben, und konnte oder wollte mir deshalb auch das Passwort nicht nennen. Dasselbe gilt für die Cloud, in der die Aufnahmen aus dem Teddy abgelegt werden. Die Zugangsdaten dafür waren angeblich auf ihrem Smartphone gespeichert, welches ihr vor fast einem Monat gestohlen wurde. Sie meinte aber, die Kennung und den Link irgendwo aufgeschrieben zu haben. Der Verlust des Handys war der Grund dafür, dass ihre täglichen *Tweets* ausblieben und sie von der Wohnungsbesetzung nichts mitbekommen hat. Die Frau will sie noch nie zuvor gesehen haben.«

»Du glaubst ihr nicht?«, hakte Christina Ohlsen an dieser Stelle ein. Sie hatte die mehrfachen Konjunktive in seiner Rede natürlich nicht überhört und sie kannte ihn von allen Anwesenden am längsten. Eine gewisse Skepsis war deutlich zu erkennen gewesen.

»Meine Nase hat die ganze Zeit über fürchterlich gejuckt«, gestand der SOKO-Chef ihr lächelnd. »Das ist meist ein untrügliches Zeichen dafür, dass irgendetwas absolut oberfaul ist. Als ich beiläufig den USB-Stick erwähnte, ist sie fast unmerklich zusammengezuckt, beruhigte sich aber schnell wieder, als ich ihr sagte, *wo* wir ihn fanden. Sie verbirgt auf jeden Fall etwas vor uns, da bin ich mir sicher! Allerdings gab sie zu, sowohl in Denver als auch in Lyon Recherchen zu ihrem neuen Buch durchgeführt zu haben.«

»Mit dem Keylogger kann sie nichts zu tun haben, Chef«, widersprach Erik ihm. »Zu dieser Zeit war sie in den USA!«

»War sie das wirklich? Wie lange dauert ein Flug von Denver nach Köln? Ich denke, es wäre durchaus möglich, innerhalb von achtundvierzig Stunden den Weg über den ›Großen Teich‹ zweimal zurückzulegen und zwischendurch eine Person zu erschlagen, die es sich in der Wohnung gemütlich gemacht hatte! Dass sie nichts davon wusste, ist ja längst nicht erwiesen! Leider wird es uns kaum möglich sein, ihr das zu beweisen, es gibt einfach zu viele Abflug- und Ziel-flughäfen. Sollten ihre Angaben allerdings der Wahr-heit entsprechen, hätten wir einen Anhaltspunkt für das früheste Erscheinen des späteren Mordopfers in ihrer Wohnung. Das wäre übermorgen vor genau vier Wochen gewesen, am Tag zuvor hatte Frau Kluge das letzte Mal ihre Kamera gecheckt, wie sie sagte. Wir werden sie vorsorglich zunächst wie eine Verdächtige behandeln. Allerdings bin ich ebenfalls der Meinung, dass sie mit dem Keylogger nichts zu tun hat, das ist aber eher ein Bauchgefühl. Señora Fernandez konnte die Person jedoch nicht beschreiben. Nicht mal, ob es ein Mann war oder eine Frau, konnte sie sagen.«

»Wenn es dir recht ist, würde ich jetzt gerne zuerst meine neuesten Informationen vortragen«, meldete sich Chrissie erneut zu Wort. »Ich muss langsam mal wieder ins Kommissariat zurück, ich habe dem Chef nämlich nicht gesagt, wo ich bin!«

»Ich möchte selbstverständlich nicht Schuld daran sein, wenn Donner dich zur Fahndung ausschreibt!«, lächelte Tobias. »Dann schieß mal los!«

»So schlimm ist es nun auch wieder nicht, er ist gerade in einem Verhör. Das kann etwas dauern, doch wir sind uns sicher, einen Komplizen des Serientäters erwischt zu haben, der uns seit Wochen in Atem hält. Die DNA passt zumindest. Aber zurück zu eurem Fall: Claude Girard von der Gendarmerie in Lyon rief mich heute Morgen an. Er hatte aufgrund meiner Anfrage noch einmal in der Akte gelesen und konnte einige Einzelheiten nennen, die er zuvor vergessen hatte.«

»Wichtige Einzelheiten? Einen herzlichen Glückwunsch übrigens zu eurem Erfolg, das ganze Haus spricht schon davon!«

»Danke, wir hatten einfach nur Glück. Was Lyon angeht, urteilt ihr am besten selbst, was die Information wert ist. Girard konnte mir jedenfalls mitteilen, dass damals Grund zu der Annahme bestand, dass dieses Serum, an dem die junge Frau infolge eines anaphylaktischen Schocks verstarb, eventuell manipuliert gewesen sein könnte. Unter Verdacht standen außer dem Laborleiter Duncan O'Brian und Geraldine Lefebre. Allerdings konnte weder die Manipulation noch eine Täterschaft bewiesen werden. Ich dachte, das solltet ihr wissen!«

»Danke Chrissie, du kannst dann gehen. Leider haben unsere ›Meisterdetektive‹ gestern nur herausgefunden, dass der jetzige *CEO* und seine Assistentin möglicherweise eine Affäre haben«, nickte er in Richtung Jonas und Martin, die ein zerknirschtes Gesicht aufgesetzt hatten. »Das ist ja nicht verboten. Wenn wir allerdings weiterhin davon ausgehen, dass Frau Kluge ihre kurze Anstellung bei *Pharma Cosmetics* zur Spionage benutzte, und bei Señora Fernandez unser Opfer war, dann stellt sich mir doch die Frage, was an dieser Firma so verdammt interessant ist, dass sich innerhalb von wenigen Wochen gleich *zwei* Personen unabhängig voneinander darin versuchten, an deren Firmengeheimnisse zu gelangen! Die eine schweigt sich dazu leider aus, aber da ist ja noch die andere aus ihrer Wohnung. Wir müssen unbedingt schnellstens herausfinden, wer sie ist! Und wir brauchen dringend die Videoaufnahmen aus dem Teddy und den Inhalt dieses USB-Sticks!«

»Wir drei werden natürlich weiterhin mit Hochdruck daran arbeiten, die Zugangsdaten für die Cloud zeitnah in Erfahrung zu bringen«, versprach Vanessa. Wen sie mit ›wir drei‹ meinte, war allen klar. »Wenn Frau Kluge die Angaben notiert hat, wie sie sagte, finden sie sich womöglich in ihren Unterlagen.«

»Und ich widme mich wieder der Entschlüsselung des Sticks«, seufzte Amara. »Mit Informationen zur Person der Eigentümerin ginge es sicher schneller, da die meisten Menschen aus purer Bequemlichkeit oft Kennworte verwenden, die mit dem privaten Umfeld zu tun haben.«

»Dazu kann ich womöglich etwas sagen«, ertönte die gelangweilt klingende Stimme Jürgen Vogels von der Tür her. Er hatte den Raum ausgerechnet in dem Moment betreten wollen, als Christina Ohlsen diesen verließ. Und in seiner schon sprichwörtlichen Hektik, die diametral zu seiner phlegmatischen Sprechweise stand, wäre er fast mit ihr zusammengestoßen. Da er sich augenblicklich in aller Form bei der schwangeren Kollegin entschuldigt hatte, bekam er nur noch den letzten Satz seiner Mitarbeiterin mit.

Er setzte sich auf den nun freigewordenen Stuhl neben Amara Jones und holte einen Datenstick und seine Lesebrille hervor. »Also, ich habe vorhin das Fingerabdruckblatt mit der Kennung ...« Er sah kurz auf den Bildschirm, um die vom Handscanner automatisch eingefügte Überschrift vorzulesen. Tobias hatte es nämlich versäumt, das Dokument ordnungsgemäß mit Name und Datum zu beschriften, bevor er es in die Forensik gegeben hatte. Wie sich herausstellen sollte, war das nicht die einzige Nachlässigkeit gewesen. Mit Denise an seiner Seite war ihm sowas nie zuvor passiert, offenbar bekam ihm die Arbeit als ›Einzelkämpfer‹ nicht. *Sie müsste eigentlich auf diesem Platz sitzen*, dachte er betroffen.

»Ich habe also diese Abdrücke mit den bisher nicht zugeordneten Fingerabdrücken in der Wohnung des Mordopfers verglichen«, fuhr Jürgen Vogel anschließend fort. »Wie ich bereits sagte, deuten sie in ihrer Vielzahl darauf hin, dass sich diese Person öfter und/oder für längere Zeit dort aufgehalten hat. Und sie sind bis auf zwei Ausnahmen identisch!«

Das war für die Ermittler nichts Neues, da sie im Gegensatz zu ihm seit gestern ja wussten, von wem die Abdrücke stammten. »Das ist ehrlich gesagt keine Überraschung mehr für uns«, gab Tobias zu, was der Forensiker umgehend mit einem unwilligen Stirnrunzeln quittierte. Er schätzte es naturgemäß nicht besonders, wenn man ihn und seine Leute vermeintlich unnötige Arbeit machen ließ. »Und was sind das für Ausnahmen, die du erwähnt hattest?«, schickte Heller schnell hinterher, um von sich abzulenken.

»Ach, *das* weißt du also nicht schon? Dann bin ich ja doch für etwas zu gebrauchen«, ätzte Vogel. »Es handelt sich dabei um einen kompletten Abdruck der rechten Hand, allerdings ohne den Daumen, und er kommt nur ein einziges Mal vor. Und zwar außen auf dem Türblatt neben dem Spion. Einen Daumenabdruck, ebenfalls von der rechten Hand, gibt es dafür auf dem Internet-Router, genauer gesagt: auf dem Steckernetzteil.«

»Ohne Daumen? Wie kann ich das verstehen?«, warf Erik ein. »Bei einem vollständigen Handabdruck müsste der doch ebenfalls vorhanden sein, oder hatte derjenige keinen?«

»Doch, natürlich. Ihr müsst es euch so vorstellen: Jemand möchte von außen durch den Türspion in die Wohnung schauen. Er oder sie stützt sich bewusst oder unbewusst mit der Hand ab, wobei der Daumen seitlich aufliegt. Ihr könnt es selbst nachmachen. Legt einfach eine Hand mit der Innenseite flach vor euch auf den Tisch!« Zwei Kommissare folgten seiner Aufforderung. »Ihr seht, bei der rechten Hand ist es die linke Daumenseite. Papillarleisten, die uns eine eindeutige Zuordnung erlauben, sind dort aber nicht vorhanden. Einen Treffer in der Datenbank für die vier Finger gibt es ebenfalls nicht. Auch nicht für den Daumenabdruck am Netzteil.«

»Das würde sowieso nicht viel bringen«, wiegelte Tobias ab. »Es ist zwar nicht unbedingt üblich, aber auch nicht direkt verboten, von außen durch einen Türspion zu sehen. Wir müssten dieselben Abdrücke schon im Inneren der Wohnung gefunden haben, um etwas damit anfangen zu können! Der Handabdruck kann vom Postboten bis hin zu extrem neugierigen Nachbarn praktisch von jedem hinterlassen worden sein, wir werden ihn daher zunächst ignorieren. Der Daumenabdruck auf dem Netzteil wäre dagegen für uns schon wesentlich interessanter.«

»Und was ist jetzt mit den Hinweisen, die mir das Entschlüsseln dieses USB-Sticks erleichtern sollen?«, wandte sich Amara Jones mit hochgezogenen Augenbrauen an ihren Vorgesetzten. »Du meintest vorhin, du könntest dazu etwas sagen!«

»Stimmt, das sagte ich. Zumindest kann ich euch seit heute die Identität der Leiche zweifelsfrei bestätigen!«, gab Vogel siegesgewiss zurück. Sofort wurde es still im Raum, man hätte vermutlich die berühmte Stecknadel fallen hören können. Hatte dieser Mensch das Beste mal wieder bis ganz zum Schluss zurückgehalten? »Und wenn du wüsstest, wer diese Frau ist, könntest du auch das Passwort erraten«, fuhr er fort. »Das sagtest du doch, oder nicht? Nun, dann kann ich dir wahrscheinlich tatsächlich weiterhelfen. Ich habe zwar noch nicht alle Ergebnisse beisammen, es gibt jedoch bereits einen Treffer!«

»Jetzt mach's nicht so spannend!«, fuhr Heller ihn an. »Ständig muss man dir alles einzeln aus der Nase ziehen! Wer ist es?«

»Wie ich schon sagte, fehlt mir zur Vollständigkeit noch eine DNA«, hob Vogel die Schultern und lud eine weitere Datei von seinem Stick auf das ›Denkbrett‹ hoch. »Und zwar die der Mutter, die sich wohl geweigert hatte, eine Speichelprobe abzugeben. Aber das ist in unserem Fall ohnehin irrelevant. Die Übereinstimmung der für einen Vergleich relevanten Sequenzen aus der DNA von Thorsten Kluge mit den Genen der Toten beträgt nämlich exakt fünfzig Prozent, was nach der Vererbungslehre bekanntlich nichts anderes bedeutet, als dass er ohne jeden Zweifel der Vater dieser Frau ist!«

Er wollte sich gerade zufrieden zurücklehnen, als ein lautes Zischen von allen Seiten ihn förmlich zusammenfahren ließ. Es war die Luft, die synchron aus den Lungen der Ermittler entwich. Die hatten sie nämlich bei Vogels Eröffnung, den Namen der Toten zu kennen, unwillkürlich angehalten.

»Aber … Bei der Leiche handelt es sich definitiv *nicht* um die Wohnungsinhaberin!«, entfuhr es ihrem Chef Tobias Heller entgeistert. »Maike Kluge tauchte vorgestern quicklebendig unverhofft wieder auf, sie war für längere Zeit in den USA gewesen! Wir haben sie sogar schon vernommen. Sagte ich das nicht?«

»Musst du wohl vergessen haben«, brummte Vogel missgelaunt. »Aber andere niedermachen, wenn sie mal etwas Schwung in die ansonsten staubtrockene Angelegenheit einer Fallbesprechung bringen wollen! *Eure* Maike Kluge ist entweder eine Betrügerin, oder die Tote aus ihrer Wohnung ist eine Schwester von ihr. Mehr habe ich dazu nicht zu sagen. Die Gene lügen nicht!«

Kapitel 11

Neun Tage zuvor

Ich unterbrach meine Arbeit, als ich von der Tür her ein verdächtiges Geräusch vernahm. Es war nicht besonders laut, eher ein leichtes Schaben oder Kratzen, als würde sich jemand daran lehnen, um zu lauschen. Ich hatte mir jedoch angewöhnt, mich in jeder Sekunde auf meine Sinne zu konzentrieren. Spätestens nach dem Vorfall in der alten Wohnung musste ich jederzeit darauf gefasst sein, auch hier unerwünschten Besuch zu erhalten. Was, wenn man mich auf dem Firmengelände gesehen hatte? Oder war mir womöglich jemand hierher gefolgt, als ich meine eigene Unterkunft verließ?

Seit gestern war ich wieder zu Hause, was in diesem Fall bedeutete, dass ich in Maikes Wohnung zurückgekehrt war. Nachdem vier Tage lang keine Warnmeldung von meiner hier zurückgelassenen Spionkamera gekommen war, hielt ich einen weiteren Aufenthalt in Italien für sinnlos und nahm den nächsten Billigflieger. Spät in der Nacht konnte ich mich ungesehen ins Haus schleichen. Nach wie vor gab es kein Lebenszeichen von Maike, ihr letzter Tweet lag mehr als zwei Wochen zurück. War ihr womöglich drüben in den Staaten etwas zugestoßen? Völlig auszuschließen was das ja nicht, im Gegenteil! Sie beschäftigte sich schließlich mit derselben Sache wie ich, im Grunde war ich dadurch auf die von mir verzweifelt Gesuchte erst aufmerksam geworden!

Mutter war vor zwei Jahren an ihrer schweren Krankheit gestorben. Auf dem Sterbebett hatte sie mir mit letzter Kraft etwas nahezu unglaubliches anvertraut: Ich hatte eine Schwester, die etwa in meinem Alter sein müsste! Leider kam sie nicht mehr dazu, mir Einzelheiten zu nennen, bevor sie die Augen für immer schloss. Selbst der Name blieb bis vor wenigen Monaten im Dunkeln. Und dann stolperte ich eines Tages über ihr Profil bei Twitter: Maike93. Ich erkannte sie sofort, sie sah mir wirklich verblüffend ähnlich. Mich an ihre digitalen Spuren zu heften, war für eine Hackerin meiner Klasse überhaupt kein Problem gewesen, dennoch war ich viel zu spät auf ihre vorübergehende Anstellung bei Pharma Cosmetics aufmerksam geworden. Dieselbe Firma, auf die auch ich ein Auge geworfen hatte!

Doch dann hatte ich unverschämtes Glück. Die Daten, die ich dank der Mithilfe einer Reinigungskraft aus dem Firmennetzwerk saugen konnte, beinhalteten nämlich neben Beweisen für die kriminellen Machenschaften der Konzernleitung auch die Personalakten der Mitarbeiter samt Foto. So kam ich nicht nur an den Namen meiner Schwester, sondern erfuhr zudem, wo sie wohnte. Und jetzt war ich hier, doch wo war sie? Oder war das etwa Maike, die dort vor der Tür stand? Aber warum kam sie dann nicht herein, hatte sie ihren Schlüssel verloren?

Schnell speicherte ich den umfangreichen Datensatz mit den Ereignissen der letzten Wochen ab, den ich meinem seit Jahren geführten elektronischen Tagebuch soeben hinzugefügt hatte, und ging zur Wohnungstür. Das Herz klopfte mir bis zum Hals. Was sollte ich ihr sagen, wie ihr meine Anwesenheit erklären? Natürlich öffnete ich nicht unbedacht die Tür, sondern riskierte vorher einen raschen Blick durch den Spion. Doch alles, was ich sah, war eine Iris, und zwar eine Grüne. Maike hatte jedoch, ebenso wie ich, blaue Augen! Jetzt zuckte der Kopf des unbekannten Lauschers erschrocken zurück, aber leider ging in diesem Moment die Treppenhausbeleuchtung aus, sodass ich nichts sah als einen davonhuschenden Schatten.

Verdammt, wer war das? Holte mich das Schicksal, dem ich gerade entkommen zu sein glaubte, nun doch ein? In welches Wespennest waren Maike und ich da getreten? Oder handelte es sich nur um einen Nachbarn aus dem Haus, der irgendwie misstrauisch geworden war, und sich jetzt vergewissern wollte, dass alles seine Richtigkeit hatte? Egal, ich konnte kein Risiko eingehen. Die bei Pharma Cosmetics erbeuteten Daten waren zu wertvoll!

Ich fügte dem Tagebuch das gerade Erlebte hinzu und schloss den Laptop, nachdem ich den Datensatz erneut gespeichert hatte. Dann holte ich den Stick aus seinem Versteck hinter dem Sofa hervor und kopierte den Inhalt auf einen Safe-Stick, der mit einem Passwort gesichert werden konnte. Ich hatte ihn in einem dieser Shops am Flughafen gesehen und aus einer Laune heraus gekauft.

Die hochwertige AES-Verschlüsselung mit 256 Bit, mit der auf der Verpackung geworben wurde, wäre selbst für mich nicht ohne weiteres zu knacken und wenn jemand fünfmal hintereinander das falsche Kennwort eingab, würde der gesamte Inhalt des Datenträgers durch einen ausgeklügelten Algorithmus gelöscht werden.

Über das Passwort musste ich nicht lange nachdenken, da kam nur eines infrage! Ich versteckte den neuen, jetzt hoffentlich krisensicheren USB-Speicher ebenfalls hinter der Couch und vernichtete den alten Datenträger auf unkonventionelle, jedoch höchst wirksame Weise, indem ich ihn einfach entzweibrach. Wertvolle Dienste leistete mir dabei ein simpler Nussknacker, den ich in einer der Küchenschubladen fand. Jetzt war mir schon wesentlich wohler. Sollten sie nur kommen, ich war gerüstet!

Kapitel 12

Der Nebel lichtet sich

Tobias Heller fasste sich als Erster wieder. »Ruhe, Leute!«, versuchte er, den nach der Eröffnung des Forensikers entstandenen Tumult zu übertönen. Es war zwecklos, alle redeten wild durcheinander und diesmal war keine pfeifende Chrissie Ohlsen anwesend, die ihnen Einhalt gebot. Hilfe kam indes von völlig unerwarteter Seite. Amara Jones beherrschte dieses Kunststück nämlich ebenfalls, wie sie jetzt breit grinsend unter Beweis stellte. Ihr alles durchdringender Pfiff war sogar noch um einige Dezibel lauter. Sofort trat Stille ein.

»Jürgen hat recht«, wandte er sich an seine aufgebrachten Mitarbeiter. Verstehen konnte er ihre Aufregung allemal. »Die Gene lügen nicht! Maike Kluge ist zwar laut Melderegister ein Einzelkind, aber die DNA-Analyse beweist eindeutig, dass diese andere Frau zumindest denselben Vater hat! Ihr wisst alle, wie ich darüber denke, und werdet mir zustimmen, dass es kein Zufall sein kann, dass sie ausgerechnet in der Wohnung ihrer Schwester gefunden wurde!«

»Was die wiederum in höchstem Maße verdächtig macht!«, rief Jonas Faber dazwischen. »Es kann mir doch niemand erzählen, dass die nichts voneinander wussten! Wir müssen diese Person ein weiteres Mal dazu befragen!«

»Das werden wir, ich bestelle sie noch heute ein! Ich darf in diesem Zusammenhang darauf hinweisen, dass es einen ähnlichen Fall sogar in unseren eigenen Reihen gab! Meine frühere Partnerin Denise glaubte dreißig Jahre, ein Einzelkind zu sein, bis dann eines Tages ihre Zwillingsschwester auftauchte. Sie waren als Kleinkinder getrennt worden. Ob es sich hierbei eventuell auch um eineiige Zwillinge handelt, muss ein direkter DNA-Vergleich zwischen den Schwestern klären, den ich umgehend in Auftrag gebe. Das Alter und die von mehreren Zeugen erwähnte Ähnlichkeit würden darauf hindeuten, allerdings müssten sie in dem Fall ja dieselbe Mutter haben. Außerdem sollten wir ein paar Takte mit dem Vater reden!«

»Vanessa, Jasmin und ich hatten bei unserer Suche in den *Twitter*-Profilen gestern einen Namen ermittelt«, meldete sich Erik jetzt zu Wort. »Ihrem Profilbild gemäß könnte es sich bei dieser *Julia94* durchaus um die gesuchte Person handeln. Leider war es uns nicht möglich, den Klarnamen herauszubekommen, da die Firma in den USA beheimatet ist und wir dafür keinen Beschluss bekommen. Auf meine telefonische Anfrage hat man mich jedenfalls eiskalt abserviert.«

»Das war zu erwarten«, nickte Tobias. »Diese Leute interessieren sich zwar normalerweise einen Dreck für unsere Datenschutzrichtlinien, solange sie ihre Geschäfte mit dem Verkauf von personenbezogenen Informationen machen, doch wenn es einmal um die Herausgabe ihrer Mitgliederdaten an Behörden geht, erinnern sie sich nur zu gerne daran! Wir haben aber dank eurer Recherche vermutlich einen Vornamen, nämlich Julia. Die Zahl dahinter mag das Geburtsjahr sein. Das machen viele, wenn sie einen Namen oder einen häufigen Begriff im Profil benutzen. Auch käme es vom Alter her ungefähr hin. Diese Information ist also nicht unerheblich und wird uns im Gespräch mit ihrem mutmaßlichen Vater Thorsten Kluge womöglich sogar helfen. Ich werde ihn sofort anrufen!«

* * *

Zur selben Zeit, etwa 30 km entfernt

»Was hast du vor, Thorsten?« Cornelia Kluge baute sich mit in die Hüften gestemmten Armen vor ihrem Ehemann auf, der Hut und Mantel von der Garderobe nahm und sich nach einem Griff zum Autoschlüssel anschickte, das Haus zu verlassen. Allerdings hätte er sie dazu erst beiseiteschieben müssen, denn sie stand dummerweise genau zwischen ihm und der Tür und machte auch keine Anstalten, den Weg für ihn freizumachen.

»Wohin sollte ich denn schon wollen?«, knurrte er sie angriffslustig an. »Ich fahre natürlich zum Polizeipräsidium. Es ist jetzt immerhin über drei Tage her, dass diese Beamten bei uns waren, um eine Speichelprobe zu erbitten. Die *du* ihnen übrigens verweigert hast! Aus welchem Grund auch immer! Am Telefon wollten sie mir ja nichts sagen, ich will aber endlich wissen, was die herausgefunden haben!«

»Aus gutem Grund habe ich das nicht gemacht!«, fauchte sie aufgebracht. »Ich bin mit meinen Genen eben nicht so freizügig wie gewisse andere Leute! Da weiß man doch nie, was die alles damit anstellen. Ist deine DNA erst in deren Kartei, kommt sie nie wieder heraus! Außerdem weiß ich im Gegensatz zu dir ganz genau, dass es sich bei der Leiche in Maikes Wohnung *nicht* um unsere Tochter handeln kann, da sie doch seit Wochen in den USA ist!«

»Ach ja? Und warum geht sie nicht ans Telefon? Ich habe ihr seit Montag bestimmt ein Dutzend Nachrichten hinterlassen, aber sie ruft nicht zurück. Gibt dir das nicht zu denken? Ich werde mir jetzt Gewissheit verschaffen, du kannst ja machen, was du willst. Wenn du mich bitte durchlassen würdest? Danke!« Er setzte den Hut auf, nickte ihr ein letztes Mal mit finsterer Miene zu und verließ das Haus. Seine Frau schaute ihm besorgt hinterher.

* * *

»Haben Sie vielen Dank, Frau Kluge«, beendete Tobias Heller das Gespräch. »Sagen Sie Ihrem Mann bitte, er möge sich umgehend bei mir melden, sobald er zurück ist!« Er legte sein Handy vor sich auf den Tisch und wandte sich seinen Ermittlern zu. Jürgen Vogel und Amara Jones waren in der Zwischenzeit gegangen, auf sie wartete in der Forensik eine Menge Arbeit.

»Maikes Vater hat vor ein paar Minuten das Haus verlassen«, berichtete er ihnen. »Seine Frau benahm sich irgendwie merkwürdig reserviert, nachdem ich mich vorgestellt hatte, und wollte mir nichts Näheres sagen. Wie lange er wegbleiben würde und so. Ich bin daher nicht konkret geworden, wie ihr ja alle mitbekommen habt. Es könnte sich bei der zweiten Tochter immerhin um einen Fehltritt ihres Mannes handeln, von dem sie vielleicht gar nichts weiß. Bis das geklärt ist, bitte ich euch, dies bei einem Kontakt mit ihr zu berücksichtigen. Jedenfalls, solange es unsere Ermittlungen nicht tangiert.«

»Geht klar, Chef!«, meldete Erik dienstbeflissen, fast militärisch. »Warum hast du *sie* eigentlich nicht herzitiert, wo du sie schon am Telefon hattest? Und wissen die Eltern, dass ihre Tochter noch lebt?«

»Frau Kluge wollte sich selbst darum kümmern. Keine Ahnung, ob sie das schon getan hat, es ist auch unerheblich. Und die Mutter brauche ich momentan nicht, da ein Verwandtschaftsverhältnis zum Mordopfer nun doch nicht so wahrscheinlich ist. Zudem hat sie bereits einmal eine DNA-Probe verweigert und würde es wieder tun. Zwingen können wir sie nach Lage der Dinge nicht. Ihr Mann hingegen ist durch den Genvergleich als Erzeuger entlarvt und wird uns hoffentlich den Namen der Mutter nennen können. Falls nicht, kann ich immer noch versuchen, einen Gerichtsbeschluss für eine DNA-Probe seiner Frau zu erwirken. Reicht das als Begründung?«

»Und was machen wir, bis dieser Thorsten Kluge erscheint?«, wollte Vanessa wissen. Jasmin sah ihn ebenfalls fragend an, wohingegen Jonas und Martin sich völlig unbeteiligt gaben. Sie würden sich wieder um den gesammelten Papierkram aus der Wohnung kümmern, nahm sich Tobias vor. Nachdem sie ihren letzten Außeneinsatz mehr oder weniger in den Sand gesetzt hatten, würde ihnen etwas Schreibtischarbeit ganz guttun.

»Ihr drei findet schleunigst heraus, wie wir an die verdammte Cloud kommen«, knurrte er. »Auf den Aufnahmen *muss* der Mord zu sehen sein, wir benötigen sie daher dringend. Am besten gestern! Ich selbst werde Maike Kluge einbestellen und sie noch einmal eingehend befragen, vielleicht rückt sie ja doch mit ein paar Wahrheiten heraus! Martin und Jonas: Ihr beide kümmert euch um die Dokumente, sie müssen ja nicht alle von der Wohnungsinhaberin sein! Sucht nach möglichen Hinweisen zu dem Passwort, das den USB-Stick entsperrt!«

* * *

Jasmin stellte ihrer Partnerin einen der beiden Kaffeebecher auf den Tisch, die sie in der ›Küche‹ gleich neben dem Eingang geholt hatte. Wie alles in diesem Kommissariat – von dem Büro des Chefs und dem daran anschließenden Besprechungsraum abgesehen – war auch das nur eine durch Stellwände abgetrennte Nische. Ihre eigene ›Parzelle‹ hatte heute in Absprache mit Tobias Zuwachs bekommen. Erik, bisher bei Jonas und Martin angesiedelt, hatte seinen Tisch nun hier. Da der forensisch begabte Kommissaranwärter meist mit Vanessa zusammenarbeitete, war dies die bessere Lösung und es mussten nur zwei der Paravents leicht umgestellt werden, um den dazu nötigen Raum zu schaffen.

Erik trank selten Kaffee. Neben seinem Bildschirm stand eine große Flasche mit einem selbstgemixten, supergesunden und damit bestimmt ekelhaft schmeckenden *Smoothie*, von dem er hin und wieder einen kleinen Schluck nahm. Er hatte sich in der Zwischenzeit von zu Hause mitgebrachte Kopfhörer aufgesetzt und lauschte mit blicklos in unergründliche Ferne gerichteten Augen etwas, das nur er hören konnte.

»Was macht der ›Kleine‹ denn da?«, wollte Jasmin wissen. »Musik im Dienst?«

»Das habe ich gehört!«, rief Erik herüber. Vanessa grinste still in sich hinein. Der ›Schlaks‹, wie sie den langen, dürren Kerl bei sich nannte, war fast einen Kopf größer als Jasmin. Ihn mit ›der Kleine‹ zu beiteln, war von der größenmäßig nur einen Zentimeter über dem vorgegebenen Mindestmaß für den Polizeidienst liegenden Kollegin schon frech.

»Er hat es sich in den Kopf gesetzt, das Audioprotokoll der Befragung von Maike Kluge durch den Chef abzuhören«, klärte ihre sie Partnerin auf. »Nachdem es zwei Stunden dauert, hat er bis in den Nachmittag damit zu tun. Die Systemprotokolle des Routers aus ihrer Wohnung können wir auch alleine durchsehen. Hier ist dein Anteil der Liste!« Sie reichte ihr einen Stapel Papier hinüber. »Achte dabei vornehmlich auf immer wiederkehrende IP-Adressen, es könnte sich um Aufrufe der Cloud für die Videoaufnahmen aus dem Teddy handeln.«

»Warum ist die Liste überhaupt so umfangreich?«, wunderte sich Jasmin über den dicken Stapel Papier in ihrer Hand. Vanessas Anteil war noch mal genauso groß. »Maike war doch viele Wochen nicht zu Hause, sollten die Aufrufe der Videokamera daher nicht die einzigen Einträge sein?«

»Solche Router produzieren auch dann jede Menge Müll, wenn man gar nichts macht«, belehrte Vanessa sie. »Außerdem hielt sich die andere Frau womöglich wochenlang in dieser Wohnung auf und benutzte das System ebenfalls für sich. Bei Telekom-Routern steht das WLAN-Kennwort nämlich hinten drauf und es wurde offenbar niemals geändert. Wir sollten daher aus den Protokolldaten entnehmen können, wann sie erstmals in Erscheinung trat!«

»Der früheste Zeitpunkt für den ›Einzug‹ ist ungefähr bekannt!«, rief Erik und zeigte damit, dass er
ihrer Unterhaltung nebenbei gefolgt war. Er nannte
ein Datum, das er gerade im Audiomitschnitt gehört
hatte. »An dem Tag wurde Maike Kluge das Handy
gestohlen und sie konnte ab da ihre Cloud nicht mehr
einsehen, was sie vorher fast täglich tat. Sie würde es
daher ganz sicher bemerkt haben, wenn sich jemand
in ihrer Wohnung herumgetrieben hätte!«

* * *

»Danke, dass Sie mich zurückrufen, Frau Kluge«,
begrüßte Tobias die Anruferin. »Ich hatte mehrfach
auf Ihre Sprachbox gesprochen … … Ein Funkloch? Ja,
sowas passiert schon mal, obwohl die Abdeckung in
dieser Gegend vorbildlich ist … … Ihre Wohnung?
Nein, die benötigen wir nicht mehr, Sie können also
meinetwegen sofort wieder hinein, dann sparen Sie
sich das Geld für ein Hotel. Allerdings wird es viel aufzuräumen geben, fürchte ich. Weshalb ich aber eigentlich anrief … Es sind noch einige kleine Fragen in
Zusammenhang mit Ihrer USA-Reise aufgetaucht, die
ich gerne mit Ihnen klären möchte. Ginge es bei Ihnen
gleich morgen Vormittag? … … Okay, ich erwarte sie
um 08:00 Uhr in meinem Büro, wenn es Ihnen zu dieser frühen Stunde recht ist? … … Fein, dann also bis
morgen!« *Jetzt hat sie fast einen ganzen Tag Zeit, sich
eine Geschichte auszudenken*, dachte er unzufrieden,
nachdem er aufgelegt hatte.

Lieber wäre es ihm natürlich gewesen, sie spontan
zu einer Befragung aufzusuchen. Es geht bei Vernehmungen nichts über Überraschungsbesuche, wie er
aus langjähriger Erfahrung nur zu gut wusste. Allein

die Reaktion von Verdächtigen, wenn unerwartet die Polizei vor der Tür steht, ist mit Gold oft nicht aufzuwiegen.

Allerdings war diese Frau im Grunde gar keine Verdächtige. Es war eher eine Art Bauchgefühl, das ihm einflüsterte, dass man bei ihr womöglich wichtige Informationen zu dem Mord erhalten könnte. Es musste ihr ja nicht mal bewusst sein, dass sie über solche Kenntnisse verfügte, aber immerhin war die Tote in *ihrer* Wohnung gefunden worden! Er wurde abrupt aus seinen im Grunde zu nichts führenden Überlegungen gerissen, als es an der Tür klopfte.

»Dieser Herr möchte mit einem Verantwortlichen der Ermittlungen im Fall Kluge sprechen«, meldete der eintretende Wachmann und schob einen stämmigen, zu Glatze und Korpulenz neigenden Besucher Ende fünfzig oder Anfang sechzig in den Raum.

»Ich … Mein Name ist Kluge«, stellte dieser sich vor und reichte Heller die Hand. »Man hat mich in Rheinbach an Sie verwiesen. Ich wollte …«

»Ah, Herr Kluge! Ich habe gerade mit Ihrer … Aber nehmen Sie doch erst einmal Platz! Ich hatte bereits Ihre Frau kontaktiert. Hat sie Ihnen nichts gesagt?«

»Mit meiner Frau habe ich nicht mehr gesprochen. Ich komme, wie schon erwähnt, geradewegs von der Polizeistation in Rheinbach. Dort sagte man mir, dass ich bezüglich der DNA-Analyse bei Ihnen vorsprechen soll. Was ist nun mit unserer Tochter? Haben Sie schon ein Ergebnis vorliegen? Meine Frau und ich hätten ganz gerne Gewissheit und Maike ist telefonisch nach wie vor nicht zu erreichen!«

* * *

»Ich hab was gefunden, glaube ich!«, rief Jasmin nach einer Stunde unermüdlichen Durchsehens der Liste. Sie hatte ungefähr ein Drittel ihres Pensums geschafft. Erleichtert wurde ihr die Arbeit dadurch, dass der Router – oder sein Betriebssystem – viele der Einträge mit Kommentaren versehen hatte. Das seien die Systemlogs, wie Vanessa ihr kurz erklärt hatte, man könne sie getrost unberücksichtigt lassen.

Was dann übrigblieb, musste in ein Computerprogramm eingegeben werden, das ihr mitteilte, welche ›Ports‹ oder Dienste die Zieladresse unterstützte. Von Bedeutung waren Bezeichnungen wie HTTP/HTTPS, FTP und einige andere, die ihr nichts sagten. Vanessa meinte, das sei auch nicht unbedingt notwendig. Erik saß nach wie vor reglos mit den Kopfhörern da, und dass er noch lebte, war nur daran zu erkennen, dass er ab und zu aus seiner Flasche trank.

Jasmin schüttelte sich in Gedanken an das sicher saure Zeug. Sie bevorzugte eher etwas Süßes, wie ihre heißgeliebte Schokolade, die sie aber mittlerweile auf eine ›Dosis‹ täglich reduziert hatte. Sie schaute den einsamen Riegel neben dem Telefon sehnsüchtig an, doch der war für den Nachmittag reserviert.

»Etwa die Cloud?«, vergewisserte sich die Kollegin. Sie klang aufgeregt, offenbar hatte sie noch nichts Vergleichbares gefunden.

»Keine Ahnung. Die IP-Adresse unterstützt jedenfalls alle von dir genannten Protokolle und Dienste und wurde in den vergangenen Wochen auch mehrfach aufgerufen, jedoch nicht, bevor ›Jane Doe‹ erstmals in der Wohnung aufgetaucht sein kann.«

»Dann handelt es sich nicht die gesuchte Cloud, da die Kamera andauernd etwas übermitteln müsste. Es sei denn, ein Filter verhindert es! Da bin ich aber noch dran. Gib mir das mal rüber!« Jasmin schob ihr wortlos eine Seite hinüber, auf der sie einen Eintrag markiert hatte. »Wie ich mir gedacht habe«, äußerte sich Vanessa dazu, nachdem sie den Link in ihrem Browser aufgerufen hatte. »Das sieht mir eher nach einem *BLOG* aus! Das sind Online-Tagebücher. Die sind zwar normalerweise öffentlich zugänglich, aber es gibt manchmal auch Einträge privater Natur.«

»Was du nicht sagst!«, horchte Jasmin auf. »Ich weiß natürlich, was ein *BLOG* ist, aber wenn dieses Online-Tagebuch definitiv während der Abwesenheit von Maike Kluge bearbeitet wurde …«

»… Sind die womöglich vorgenommenen Einträge von unserem Opfer!«, beendete Vanessa den Satz mit glänzenden Augen. »Ich werde sofort Amara darauf ansetzen, den Zugang zu hacken. Mit ein wenig Glück erfahren wir dort etwas über diese Frau!«

»Und nicht nur das!«, meldete sich Erik aus seiner Ecke erneut lautstark zu Wort, und dieses Mal riss er den Kopfhörer förmlich von seinen Ohren. »Ich habe soeben einen Hinweis auf den Cloudspeicher für die Überwachungskamera entdeckt! Zumindest sagte Maike Kluge etwas dazu zum Chef, das eventuell eine Überprüfung wert ist!«

»Ein Hinweis? In dem Vernehmungsmitschnitt?«, wunderte sich Jasmin stirnrunzelnd. »Den hätte der Chef doch sicher selbst erkannt. Ich kann mir jedenfalls nicht vorstellen, dass er das einfach so überhört hat!«

»Es ist eigentlich gar kein richtiger Hinweis«, relativierte Erik seine erste Aussage. »Eher ein indirekter. Mir ist das auch erst aufgefallen, nachdem ich mir die entsprechende Stelle mehrmals hintereinander angehört hatte, weil mir an einer Bemerkung der Zeugin irgendwas ... merkwürdig vorkam. Ich sage es Tobias, dann kann er sie gleich darauf ansprechen, wenn sie zur Vernehmung erscheint!«

* * *

»Zunächst einmal kann ich Sie beruhigen, Herr Kluge«, wandte sich Tobias Heller an den Mann. »Ihre Tochter ist wohlauf, sie war gestern erst hier bei uns im Kommissariat und ich habe gerade eben noch mit ihr telefoniert!« Kluge schien hochgradig nervös zu sein, denn er trommelte, wahrscheinlich unbewusst, mit seinen Fingern auf der Tischplatte herum. Übergangslos hörte er nun damit auf.

»Dann hatte meine Frau also doch recht!«, rief er aufatmend aus und holte mit zitternden Händen ein Papiertaschentuch hervor, um die Schweißperlen von der Stirn zu tupfen. »Aber ... Wenn Maike nicht mehr in den Vereinigten Staaten ist, warum meldet sie sich dann nicht bei uns? Und weshalb geht sie nicht an ihr Telefon? Und das Wichtigste: Warum haben Sie uns nicht sofort darüber informiert? Meine Frau und ich haben Todesängste ausgestanden!«

»Die erste Frage vermag ich leider nicht zu beantworten«, beschwichtigte Tobias den Mann. »Der Rest ist da schon einfacher zu erklären. Ihre Tochter hatte mich darum gebeten, sich selbst bei Ihnen und Ihrer Frau zurückmelden und alles aufklären zu dürfen. Ich hatte keine Veranlassung, diesem Wunsch nicht zu entsprechen. Und an ihr Telefon kann sie gar nicht gehen, da es ihr bereits vor vier Wochen in den USA gestohlen wurde.« Anschließend berichtete er dem erleichterten Vater, was seiner Tochter widerfahren war. Zumindest den für ihn relevanten Teil.

»Jetzt verstehe ich alles«, nickte Thorsten Kluge, nachdem er geendet hatte. »Sie hat unsere Nummer nicht mehr und bis Rheinbach sind es ein paar Kilometer. Maike kann sich einfach keine Telefonnummern merken, ohne die Kontakte auf ihrem Handy ist sie hilflos! Mit Passwörtern ist es ähnlich, dabei hat sie sonst so einen brillanten Verstand! Wir verfügten in diesem Alter ja noch nicht über Smartphones und mussten alles im Kopf behalten. Das war im Grunde eine schöne Übung!«

»Ja, ich weiß, was Sie meinen«, lächelte Heller. »Ich schreibe mir auch niemals etwas auf.« Er schob ihm einen Zettel und einen Stift über den Tisch. »Wenn Sie mir bitte Ihre Handynummer und vielleicht auch die Ihrer Frau aufschreiben wollen? Dann werde ich sie Maike morgen geben, wenn sie zur Vernehmung erscheint.«

»Warum geben Sie mir nicht stattdessen *ihre* Telefonnummer?«, konterte Kluge. »Die kennen Sie doch offensichtlich, da sie mit ihr in Kontakt stehen. Das wäre auch wesentlich zielführender!«

»Wie ich Ihnen bereits sagte, hat sie mich darum gebeten, Ihnen selbst Bescheid geben zu dürfen. Sie werden verstehen, dass ich an meine diesbezügliche Zusage gebunden bin«, beharrte Heller. Kluge griff wortlos zu dem dargebotenen Stift und schrieb etwas auf den Zettel, den er ihm zurückgab.

»Haben Sie vielen Dank. Ich werde es ... Erik? Was ist denn jetzt so dringend, dass es nicht bis später warten kann?«, wandte Heller sich an den Kommissaranwärter, der ohne anzuklopfen, wie es in diesem Kommissariat absolut üblich war, in sein Büro gestolpert kam.

»Ähem ... also, es geht um diesen Teddy«, stotterte Erik mit einem fragenden Seitenblick zu Kluge, den er nicht kannte und daher nicht einschätzen konnte. Tobias gab ihm mit einem angedeuteten Kopfschütteln zu verstehen, dass er sich in Anwesenheit des Besuchers nicht allzu ausführlich äußern solle. »Im Audioprotokoll deiner ... Vernehmung ist mir vorhin eine Stelle aufgefallen, wo ... äh ... gesagt wird, dass eine gute Freundin ihn gebaut hat«, blieb er so vage, wie es ihm nur möglich war, ohne die Information zu verstümmeln. »Ich dachte mir, dass wir bei ihr vielleicht mal anfragen sollten, wie wir an die Videoaufnahmen gelangen. Sie hat das Teil immerhin ... äh ... erfunden!«

»Wenn du mir ihren Namen sagst, werde ich gerne Kontakt aufnehmen«, bremste Tobias den Redefluss seines jüngsten Mitarbeiters, der daraufhin den Blick senkte. Heller wollte damit nur vermeiden, dass er in Gegenwart eines Fremden, der dazu noch irgendwie involviert war, zu viel ausplauderte.

»Ich hatte mir gedacht, wir könnten vielleicht ›du-weißt-schon-wen‹ fragen, wenn sie zu ihrer Vernehmung erscheint«, hob Erik die Schultern. »War ja nur so eine Idee!«

»Die gar nicht mal schlecht war!«, lächelte Tobias. »Zumal ich selbst das bei meiner Befragung offenbar überhört habe. Leider kommt ›sie‹ erst morgen früh, aber ich werde sie umgehend anrufen, sobald ich mit diesem Herrn fertig bin. Ach, übrigens: Das war gute Arbeit!«, rief er Erik hinterher, als dieser enttäuscht den Raum verlassen wollte. An seiner Menschenführung würde er noch zu arbeiten haben.

»Entschuldigen Sie, dass ich mich einmische, aber sprach ihr junger Mitarbeiter von der getarnten Überwachungskamera in der Wohnung meiner Tochter?«, erkundigte sich Kluge zu seiner Überraschung, als sie wieder unter sich waren.

»Sie wissen davon?«

»Selbstverständlich! Maike führte uns das System stolz vor, als meine Frau und ich zu ihrer Wohnungseinweihung zu Besuch waren. Das ist jetzt zwei Jahre her, sie war damals gerade mit ihrem Studium fertig. Ihre Studienkollegin, von der die Idee zu dem umgebauten Teddy kam, war auch dabei. Irgendwas Spanisches. Warten Sie … Ja, richtig: Julia Gomes hieß sie!«

Hatten meine Leute nicht eine Julia94 in Twitter ermittelt, die eventuell als Opfer infrage kommt?, überlegte Heller. *Falls sie das wirklich ist und außerdem die Freundin von Maike, ist die Welt noch viel kleiner, als ich sie ohnehin im Verdacht habe!* »Haben Sie auch die Adresse?«, hörte er sich sagen.

»Nein, doch die werden Sie mit Ihren umfangreichen Möglichkeiten bestimmt bald herausgefunden haben. Sie ist ein Jahr jünger als Maike und wohnt und arbeitet in Köln, soweit ich weiß. Irgendwas Freischaffendes mit Computern. Webdesign, wenn ich mich recht erinnere. Es kann aber auch was anderes gewesen sein. War es das jetzt, oder haben Sie noch weitere Fragen?«

»Nun wird es sogar erst interessant!«, sagte Heller schnell, als er sah, dass Kluge sich von seinem Platz erheben wollte. »Eigentlich hatte ich sowieso heute mit Ihnen reden wollen. Es geht um die DNA-Probe, die Sie in Rheinbach abgegeben hatten. Der Vergleich mit der Leiche ist positiv verlaufen. Das bedeutet, dass die Tote Ihre Tochter ist!«

Heller beobachte sein Gegenüber genau, wie er es seit vielen Jahren gewohnt war, wenn er eine brisante Information weitergab. Aus der Reaktion konnte ein geübter Fragesteller erkennen, ob der Befragte bereits davon gewusst hatte oder nicht und Tobias hatte sich bisher selten getäuscht. Kluges erschrocken aufgerissene Augen und sein Erbleichen ließen ihn Letzteres vermuten. Eine absolute Gewissheit bestand natürlich nicht, da dieser ein begnadeter Schauspieler sein könnte. Er hatte diesbezüglich schon einiges erlebt. Nirgends wurde mehr gelogen als bei Wahlveranstaltungen und polizeilichen Vernehmungen.

»Meine … Tochter?«, hauchte Thorsten Kluge jetzt fassungslos, und sämtliches Blut war urplötzlich aus seinem Gesicht gewichen. »Was sagen Sie denn da? Aber … Das kann doch gar nicht sein!«

»Die Gene lügen nicht«, wiederholte Tobias Heller wortgetreu, was er vor knapp zwei Stunden erst von Jürgen Vogel gehört hatte. »Die Tote ist Ihre Tochter, daran besteht kein Zweifel! Fällt Ihnen dazu denn gar nichts ein?«

Kluge zog ein weiteres Papiertaschentuch aus der Packung und wischte sich über die nun schweißnasse

Stirn. Plötzlich erstarrte er und bekam große Augen. »Was sagten Sie noch, wie alt diese Frau in Maikes Wohnung war?«, wandte er sich in jäher Erkenntnis an den SOKO-Chef.

»Ich sagte gar nichts, aber wir hielten sie bekanntlich zunächst für Ihre Tochter, zumal sie ihr ähnlich sah. Jedenfalls, soweit das ohne intakte Gesichtszüge erkennbar war. Das gerichtsmedizinische Gutachten bestätigte dann auch zumindest das Alter, was uns in der Annahme bestärkte. Sie war zwischen sechsundzwanzig und achtundzwanzig, denke ich.«

»Siebenundzwanzig!«, bekam Tobias Heller nach einer gefühlten Ewigkeit zu hören, in der Thorsten Kluge, den Falten auf seiner Stirn nach zu urteilen, angestrengt nachzudenken schien. In Wahrheit war kaum eine halbe Minute vergangen. »Ich denke, ich weiß jetzt, wer das ist«, nickte er. »Wenn ich richtig gerechnet habe, müsste sie heute siebenundzwanzig Jahre alt sein!«

»Erzählen Sie mir mehr darüber«, forderte Heller ihn auf und schob den Handabdruckscanner zu ihm hinüber. »Aber zunächst benötige ich Ihre Fingerabdrücke!«

Kapitel 13

Wohin führt die neue Spur?

»Julia Gomes, die Freundin von Maike Kluge, ist *nicht* unsere Tote, wie ich anfangs befürchtet hatte«, informierte Tobias seine Leute. »Sie wohnt wahrscheinlich in Köln, mehr weiß ich nicht. Sie sieht laut Herrn Kluge aber ganz anders aus als ›Jane Doe‹ und scheidet daher als Opfer aus. Sie ist Jahrgang 1994 und wenn das stimmt, was er über seine vermutlich ebenso heißende uneheliche Tochter sagte, ist *diese* Julia im selben Alter. Der Vorname war damals sehr beliebt, es ist deshalb nicht verwunderlich, dass uns jetzt gleich zwei davon unterkommen, mit Zufall hat das also nichts zu tun.«

»Hast du schon Kontakt zu ihr aufgenommen und sie nach den Zugangsdaten für die Cloud gefragt?«, wollte Erik wissen.

»Zu Julia Gomes? Sie steht nicht im Telefonbuch. Vielleicht weiß ihre Freundin die Nummer, doch ich bin noch nicht dazu gekommen, sie zu fragen. Allerdings fürchte ich, dass sie die auch nicht mehr kennt, seit sie ihr Handy verloren hat. Da du ja ohnehin mit dieser Sache beschäftigt bist, schlage ich vor, du erledigst das auch gleich mit. *Ihre* Telefonnummer steht im Ermittlungsbericht. Ansonsten findest du sicher schnell die Anschrift ihrer Freundin heraus, so viele Frauen mit einem so ungewöhnlichen Namen wird es in Köln ja nicht geben, und dann fährst du eben mit Vanessa oder Jasmin dorthin. Als Freiberuflerin wird sie wohl auch tagsüber anzutreffen sein. Maike Kluge kommt zwar morgen früh, aber so lange möchte ich eigentlich nicht warten.«

»Mit dem Eingeständnis ihres Vaters, während der Schwangerschaft seiner Frau fremdgegangen zu sein, sind wir aber noch keinen Schritt weiter!«, erinnerte Jonas ihn an die Tatsache, dass der untreue Ehemann nur den Vornamen seines ›One-Night-Stands‹ wusste und nach dieser einen Nacht keinen Kontakt mehr zu ihr gehabt haben wollte. »Und ›Susanne‹ heißen nun wirklich viele, zumal das fast dreißig Jahre her sein dürfte!«

»Amara arbeitet mit Hochdruck daran, das von Jasmin und Vanessa entdeckte Tagebuch zu hacken«, entgegnete Tobias. »Sie meinte, sicher noch heute ein Ergebnis liefern zu können. Da diese Seite im Gegensatz zum USB-Stick nicht so empfindlich auf Fehleingaben reagiert, kann sie das mit einem Computerprogramm erledigen, dass ihr automatisch hunderte von Passwörtern pro Minute generiert. Sie lieferte uns ja schon oft Proben ihres Könnens, ich bin daher zuversichtlich, dass sie es auch diesmal schafft. Zusammen mit den uns nun hoffentlich in Kürze zur Verfügung stehenden Aufnahmen der Teddy-Kamera hätten wir dann vielleicht genügend Informationen.«

Er zeigte zwischen Daumen und Zeigefinger einen winzigen Spalt an. »Leute, wir stehen so kurz davor, diesen Fall abzuschließen«, gab er sich optimistisch. »Es ist aber noch viel zu tun, daher machen wir uns am besten sofort wieder an die Arbeit!«

＊＊＊

»Ich habe einige interessante Informationen zu den Eltern zusammengetragen«, sagte Jasmin eine Stunde später zu ihrer Partnerin. Vanessa recherchierte seit geraumer Zeit irgendetwas online, wobei sie sich über die Natur ihrer Arbeit aber ausschwieg. Jasmin vermutete jedoch, dass es mit dem Pharma-Konzern, beziehungsweise mit der Firmenleitung zu tun hatte. Dieser Ermittlungszweig war inzwischen ein wenig ins Hintertreffen geraten, da eine Aussicht auf Erfolg ohnehin kaum vorhanden war. Und jetzt war halt Zeit dazu.

Hinter der Stellwand zur Nachbarparzelle hörte man Jonas und Martin streiten, was bei den mittlerweile zu Freunden gewordenen Männern nach wie vor an der Tagesordnung, jedoch meist harmlos war. Im Anschluss an die Einsatzbesprechung hatten sie sich erneut, wenn auch unter Protest, der Durchsicht der Dokumente vom Tatort gewidmet. Ein Erfolg wurde allerdings mit jeder Stunde, die verstrich, auch hier immer unwahrscheinlicher.

Erik knallte den Telefonhörer mit Wucht auf die Gabel und schimpfte lautstark vor sich hin. Er hatte soeben mit Maike Kluge wegen der Telefonnummer ihrer Freundin gesprochen und sich, wie von Tobias vorausgesagt, eine Abfuhr eingehandelt. Jetzt nahm er, immer noch brummelnd, Tastatur und Maus zur Hand, um die Anschrift dieser Julia Gomes über die Einwohnerauskunft zu ermitteln. All dies stellte, im Gegensatz zu den in Fernsehkrimis oft dargestellten aufregenden Verfolgungsjagden und wilden Schießereien, die tägliche Routine polizeilicher Ermittler dar.

»Hm? Wessen Eltern denn?«, brummte Vanessa geistesabwesend, ohne den Blick von ihrem Computerbildschirm zu nehmen.

»Hallo? Jemand zu Hause?«, lachte ihre Partnerin. »Die von Maike natürlich! Du wirst es nicht glauben, aber der Vater hat ein starkes Motiv für den Mord! Er ist nämlich …«

»Keine Zeit für Klatsch und Tratsch!«, platzte Erik dazwischen. In der Hand schwenkte er einen Zettel wie eine Trophäe. »Ich habe die Adresse dieser Julia Gomes! Kommst du, Vanessa?«

»Du hast es gehört«, nickte diese ihrer Kollegin zu, nahm noch einen letzten Schluck aus der Kaffeetasse und hastete mit Erik davon. »Du kannst es mir später erzählen!«, rief sie über die Schulter. Dann waren die beiden verschwunden.

Das ist genau die richtige Zeit für den Schokoriegel, beschloss Jasmin spontan. Allerdings war die eigentlich als Belohnung für gute Arbeit gedachte Leckerei nun zu einem Frust-Riegel verkommen. Es sollte ihr aber auch diesmal nicht gelingen, ihre Absicht in die Tat umzusetzen. Denn gerade, als sie die Hand gierig nach dem Naschwerk ausstreckte, bog Amara um die Stellwand und baute sich vor ihr auf.

»Bist du alleine? Sind die etwa alle ausgeflogen?«, wunderte sich die IT-Spezialistin, wobei sie über das ganze Gesicht strahlte. Sie reichte der Kommissarin einen Zettel. »Hier! Das sind die Zugangsdaten zu dem Online-Tagebuch, das ich für euch hacken sollte! Sieh selbst mal rein, ich hatte noch keine Zeit dazu!« Sprach's und war wieder fort.

Plötzlich geht alles Schlag auf Schlag, dachte Jasmin, ließ den Schokoriegel links liegen und widmete sich stattdessen mit Feuereifer der neuen Aufgabe. Sie gab den zuvor ermittelten Link in den Browser ein, wobei sie durch eine vorangestellte numerische Kennung direkt auf die Benutzerseite gelangte. Sie musste nur noch das von Amara errechnete Kennwort eingeben. Vanessa hatte ihr einmal erklärt, dass es um ein Vielfaches schwieriger sei, Anmeldename *und* Passwort zu knacken, weshalb man leicht zu erratende Begriffe nicht verwenden sollte. Dies hier war also ein Glücksfall, denn den Benutzernamen hätte sie ohne detaillierte Kenntnisse zur Person nicht gewusst.

Jasmin ließ den Mauszeiger einige Sekunden über dem Button schweben, bevor sie entschlossen fast ein wenig heftig darauf klickte. Dass sie dabei den Atem angehalten hatte, wurde ihr erst bewusst, als sie ihn pfeifend wieder ausstieß. Die Anmeldeseite war jetzt nämlich verschwunden und hatte einem Menü Platz gemacht. Und da waren sie: Jede Menge Einträge, fein säuberlich nach Erfassungsdatum sortiert. Ihr Blick wurde indes magisch von dem Menüpunkt ganz oben angezogen. Sie klickte darauf. »Da sieh mal einer an!«, entfuhr es ihr begeistert, als sie erkannte, was sich dahinter verbarg. Schnell schrieb sie etwas auf einen Zettel.

»Jonas? Martin? Ich habe hier was für euch!«, rief sie nach nebenan, wo die zwei sich wieder mal über irgendetwas in der Wolle hatten. Es wurde langsam Zeit, dass die beiden Streithähne etwas Sinnvolles zu tun bekamen, und außer ihnen war ja niemand mehr da, von Tobias und ihr abgesehen.

»So, und nun bist du endlich an der Reihe, mein Lieber!«, versprach sie ihrem Schokoriegel, nachdem sie dem sofort herbeigeeilten Martin den Zettel in die Hand gedrückt und ihm kurz erklärt hatte, worum es dabei ging. »Dich habe ich mir jetzt wirklich redlich verdient, und danach lesen wir zwei zusammen ein Tagebuch!«

* * *

Tobias sollte recht behalten, was die Wahrscheinlichkeit betraf, Julia Gomes zu Hause anzutreffen. Es war für Erik nicht besonders schwierig gewesen, ihre Anschrift zu ermitteln, da sie sich als freiberufliche Grafikerin und Webdesignerin eine Homepage eingerichtet hatte. Wieder einmal hatte sich die Weisheit bewahrheitet: Kannte man erst den Namen, war der Rest oft ein Kinderspiel. Letzte Gewissheit hatte er dann durch die Einwohnermeldeauskunft erhalten. Weit mussten sie nicht fahren, da die junge Unternehmerin in Porz wohnte, einem rechtsrheinischen Vorort Kölns, der über die B8 ganz bequem in einer Viertelstunde zu erreichen war.

Julia Gomes empfing sie in der ersten Etage an der Wohnungstür, nachdem sie über die Gegensprechanlage zuvor schon ihr Sprüchlein aufgesagt hatten. Die junge Frau blickte ihnen mit unverhohlener Neugier entgegen, als sie die Treppe hochkamen. Ihr dunkler Teint und die schwarzen Haare ließen in Verbindung mit den ausdrucksstarken, haselnussbraunen Augen auf eine südeuropäische oder vielleicht lateinamerikanische Abstammung schließen, was auch ihren Namen erklären würde.

»Ja, das sieht meiner Freundin ähnlich«, lachte sie einige Minuten später, nachdem Vanessa sie in aller Kürze über den Grund des Überfalls aufgeklärt hatte. Sie hatte eine angenehm dunkle Stimme. »Sie würde ihren Hintern vergessen, wenn er nicht angewachsen wäre. Gleich das Handy mit den darauf gespeicherten Kontakten zu verlieren, ist eine wahre Katastrophe für Maike! Das ist sowas wie ein externes Gedächtnis für sie. Ich habe auch nicht die leiseste Ahnung, wie sie mit dieser Schusseligkeit ihr Studium geschafft hat! Ich werde Ihnen meine Nummer aufschreiben. Wenn Sie ihr die bitte geben würden? Dann kann sie wenigstens mal anrufen. Und was genau wollen Sie jetzt von mir?«

Vanessa hatte an Eriks Seite geduldig den Redeschwall ihrer Gastgeberin abgewartet. Auch das war, zusammen mit dem Tempo, mit dem die Worte über ihre Zunge kamen, ein nahezu eindeutiges Indiz für ihre Herkunft. Alles ohne Punkt und Komma. Das war der Grund, warum man sich als Tourist in diesen Ländern schwertat, allein durch Zuhören die Sprache zu erlernen: Während man noch dabei war, das erste Wort zu übersetzen, waren die Einheimischen bereits einen halben Roman weiter. »Nun, genau genommen ist es ein Versuch«, wandte sie sich an Julia Gomes, als diese erst einmal Luft holen musste. »Wir wissen nicht mal, ob Sie uns weiterhelfen können.«

»Es geht um einen Teddybären mit eingebauter Spionkamera. Soweit es uns bekannt ist, haben Sie seinerzeit so etwas für Ihre Freundin gebaut«, warf Erik ungeduldig ein. Ihm ging das alles nicht schnell genug.

»Der Teddy in Maikes Wohnung? Ja, der ist in der Tat von mir. Es handelt sich dabei lediglich um eine kleine technische Spielerei, wie auch das Aquarium. Was ist denn damit?«

»Während sie in den USA war, wurde dort ... äh ... eingebrochen«, antwortete Vanessa rasch, bevor Erik womöglich noch zu viele Details ausplauderte. Auch, wenn diese Frau momentan nicht zu den Verdächtigen zählte, musste der Kreis der Informierten so klein wie möglich gehalten werden. »Wir benötigen daher jetzt die Aufnahmen dieser Kamera, die laut unserer Forensik aber nicht lokal, sondern in einer Cloud gespeichert sind. Maike konnte sich leider nicht mehr an die Zugangsdaten erinnern.«

»Das ist absolut typisch für meine Freundin! Und jetzt denken Sie, dass ich diese Daten weiß? Ich habe zwar die App programmiert, aber das ist auch schon alles. Und es ist immerhin zwei Jahre her!«

»Das war es tatsächlich, was wir uns von Ihnen erhofft hatten«, hob Vanessa bedauernd die Schultern. »Aber Sie haben recht, es war im Grunde kaum damit zu rechnen, dass sie uns helfen können!«

»Das habe ich nicht gesagt«, grinste Julia Gomes. »Sie fragten mich nach den Zugangsdaten, und diese weiß ich nun wirklich nicht. Wenn es jedoch nur um die Videoaufnahmen geht, kann ich Ihnen womöglich trotzdem weiterhelfen!«

Die studierte Informatikerin benahm sich fast wie Kollegin Amara Jones. Offenbar pflegte man in diesen Kreisen eine besondere Art von Humor. Sie ging zu ihrem mit allem möglichen technischen Equipment vollgestellten Arbeitsplatz in der hinteren Ecke des

Raumes, nahm aus einem Wandregal zielsicher eine der Festplatten, die dort gestapelt waren, und reichte diese der Kommissarin mit einem triumphierenden Lächeln. »Genügt Ihnen eine Sicherungskopie von vorgestern?«

* * *

Martin und Jonas hatten an keiner der bisherigen Ortsbegehungen des Tatortes teilgenommen, weil sie jedes Mal mit einer anderen Arbeit betraut gewesen waren. Vanessa, Jasmin und Erik waren außer den Forensikern und Amara die Einzigen, die jemals diese Wohnung betreten hatten. Auf den Anblick, der sich ihren Augen jetzt bot, waren sie daher zwar in keiner Weise vorbereitet, doch die unübersehbaren Parallelen waren durch die Tatortfotos in der Ermittlungsakte kaum zu übersehen.

Martin hatte die Wohnungstür in Ermangelung eines Schlüssels oder wenigstens eines Hausmeisters, der dies für die Kommissare hätte erledigen können, unter den kritischen Blicken seines Partners innerhalb weniger Sekunden geöffnet. Den dazu notwendigen Dietrich hatte er mit einem Grinsen aus einer seiner nahezu unergründlichen Hosentaschen gezaubert. Einen Rechtsbruch hatte er damit jedoch nicht begangen, da Tobias vor Antritt der Fahrt in aller Eile einen Durchsuchungsbeschluss für diese Wohnung besorgt hatte und die Mieterin mit ziemlich großer Wahrscheinlichkeit ohnehin nicht mehr unter den Lebenden weilte. So ganz korrekt war sein Vorgehen dennoch nicht, da ein neutraler Zeuge fehlte.

Die Tür an der Stirnwand der kurzen, kaum mehr als drei Meter messenden Diele stand weit offen und erlaubte den Ermittlern einen ungehinderten Blick auf ein Wohnzimmer, in dem es aussah, als habe eine Bombe eingeschlagen. Spuren eines Kampfes, wie sie Jonas und Martin von den Tatortfotos her bekannt waren, gab es zwar nicht, dafür war *hier* definitiv etwas gesucht worden!

Schon in der Diele ging es los: Die Schublade einer kleinen Kommode war herausgerissen und ihr Inhalt auf dem Fußboden verstreut. Zwei Jacken, die zuvor an den Garderobenhaken gehangen haben dürften, lagen ebenfalls dort. Aber die größte Unordnung wies das Wohnzimmer auf. Einige der Einrichtungsgegenstände waren achtlos umgestoßen worden und auch hier war der Inhalt von Schränken und Schubladen wahllos auf dem Boden verteilt. Eine große Couch der Tür direkt gegenüber stand in einem merkwürdigen Winkel von der Wand ab, als habe man sie abgerückt, um dahinter ebenfalls etwas zu suchen. Ob der unbekannte Eindringling damit erfolgreich gewesen war, blieb wohl für immer ein Geheimnis.

»Ich denke, hier sind wir genau richtig«, verkündete Martin und setzte sich sofort in Richtung Wohnzimmer in Bewegung. Das heißt, er wollte es tun. Doch eine Hand, die sich ihm von hinten schwer auf die Schulter legte, verhinderte, dass er auch nur einen einzigen Schritt machen konnte.

»Nicht so eilig!«, nuschelte eine bekannte Stimme über seinem Kopf, denn der baumlange Jürgen Vogel war ganze siebzehn Zentimeter größer. Die undeutliche Aussprache kam, wie Martin beim Umdrehen sah, von einem dieser stinkenden, schwarzen Zigarillos, die der Forensiker bei jeder sich nur bietenden Gelegenheit im Mundwinkel hatte. Ohne bekam man ihn außerhalb des Kripogebäudes niemals zu Gesicht, allerdings zündete er diese nicht an, wenn er bei der Arbeit oder an einem Tatort war. Außerdem würde er sich ohnehin einen Mundschutz aufsetzen müssen.

»Ihr beide habt jetzt Pause!«, entschied Vogel und hielt ihm gleichzeitig zwei Päckchen mit Überziehern für Kopf und Schuhe hin. »Wenn überhaupt, geht ihr nur hiermit hinein!« Er ließ ihn und Jonas stehen und gab seinen Mitarbeitern einen Wink, ihm ins Innere der Wohnung zu folgen. Dort verteilten sich die drei Spezialisten sofort wie auf ein geheimes Kommando, um sämtliche forensische Spuren zu sichern, deren sie habhaft werden konnten. Sie würden eine ganze Weile damit beschäftigt sein.

* * *

Jasmin war seit einer Stunde in die Lektüre des Online-Tagebuchs vertieft, das tatsächlich von ihrem Mordopfer verfasst worden war, und das nun endlich einen Namen hatte. Sie war dermaßen vom Inhalt der umfangreichen Aufzeichnungen gefangen, dass sie sogar vergessen hatte, ihren Schokoriegel zu Ende zu essen, der angebissen neben der Tastatur lag. Was sie zu lesen bekam, war richtig spannend und es gab ihr einen ersten Einblick in die Geschehnisse der Zeit um den Mord herum und auch der Tage davor.

Ein mehrmaliges Räuspern holte sie abrupt in die Wirklichkeit zurück. Als sie erschrocken aufschaute, blickte sie direkt in das breit grinsende, ebenholzfarbene Gesicht der IT-Spezialistin, die sich von der anderen Seite über ihren Computermonitor gebeugt hatte.

Sie hatte Amara in ihrer Konzentration überhaupt nicht kommen hören.

»Das muss ja richtig interessant sein«, spottete die junge Forensikerin. »Ich will nur hoffen, dass es auch dienstlich ist!« Sie überreichte ihr einen kleinen USB-Stick, den sie bis jetzt in ihrer Hand verborgen hatte. »Ich will ehrlich zu dir sein«, sagte sie, »ich habe mir das ebenfalls angeschaut und bin ganz am Ende auf einen Hinweis zu diesem Kennwort gestoßen, das wir seit Tagen zu ermitteln versuchen. Es ist dasselbe wie das von dem Tagebuch, das hier ist der entschlüsselte Datenträger. Viel Spaß damit!«

Ehe die Kommissarin die Konsequenzen aus dieser Mitteilung begriffen hatte, war sie wieder mit sich und ihrem arg vernachlässigten Schokoriegel allein. Und da außer ihr derzeit nur Tobias im Kommissariat anwesend war, beschloss sie, diesem umgehend von einem weiteren Ermittlungserfolg zu berichten. Es war der Dritte für heute, wenn sie richtig mitgezählt hatte. Aber vorher biss sie noch ein Stück von ihrer köstlichen Schokolade ab!

Kapitel 14

Ein Licht am Ende des Tunnels?

Im Besprechungsraum herrschte an diesem Freitagmorgen eine außergewöhnlich gelöste Stimmung. Und das war nicht, weil endlich das Wochenende vor der Tür stand. Oder jedenfalls nicht ausschließlich. Nie zuvor war den Ermittlern der SOKO Rhein-Sieg ein solcher ›Hattrick‹ gelungen: Drei hoffentlich zielführende Ermittlungserfolge an einem einzigen Tag!

Sie hatten den Namen der bisher nur als ›Jane Doe‹ bezeichneten Frauenleiche herausgefunden und ihre Wohnadresse ermittelt, die in den Profildaten ihres Online-Tagebuchs gestanden hatte. Sie hatten zudem die Aufnahmen der ›Teddy-Cam‹ erbeutet, und nicht zuletzt den Datenstick entschlüsselt. Die Auswertung würde sie eine Weile beschäftigen, doch das war jetzt Nebensache.

Es gab sicher niemanden hier im Raum, der nicht davon überzeugt gewesen wäre, dass zumindest *einer* dieser Erfolge sie sehr bald zum Täter führen würde. Das galt selbst für Jürgen Vogel, dem es als Forensiker eigentlich egal sein konnte, ob man den Mörder fand. Doch das hätte sich auf keinen Fall mit seiner Berufsehre vertragen, denn seine Abteilung war schließlich dazu da, um Beweise zu erbringen, die letztendlich zum Täter führten. Das Licht am Ende des Tunnels war winzig, aber schon in der Ferne zu erahnen!

»Die Sichtung der seit gestern gewonnenen Fakten wird sicher noch einige Zeit in Anspruch nehmen«, stieg Tobias in die Tagesordnung ein. »Allein der USB-Stick enthält laut Amara mehrere hundert Megabyte an Informationen, die es genauestens zu sichten gilt. Wobei es sich hierbei um Dateien handeln dürfte, die aus dem Computer des Pharmakonzerns gestohlen wurden, wenn man diesem Blog Glauben schenken darf.«

»Davon ist auszugehen, Chef!«, warf Jasmin ein, die das Tagebuch zu einem großen Teil gelesen hatte. »Julia Münch beschreibt darin detailliert, wie sie eine Reinigungskraft bestochen hatte, einen Keylogger an O'Brians Arbeitsplatzrechner anzubringen, und wie sie sich danach mit den daraus gewonnen Informationen Zugriff auf den Server von *Pharma Cosmetics* verschaffte. Das war einige Wochen vor dem ›Umzug‹ in Maike Kluges Wohnung, aber nach deren Abreise in die Vereinigten Staaten. Dass sie nicht zu Hause war, wusste sie aus den Postings bei *Twitter*, wie wir es ja bereits vermutet hatten.«

»Darüber werden wir sicher später noch ausführlich diskutieren«, nickte Tobias. »Aus diesem Grund werden wir die Sitzung bis in den Nachmittag hinein ausdehnen. Keine Sorge, wir machen zwischendurch eine kleine Pause«, fügte er schnell hinzu, als er die betroffenen Gesichter seiner Ermittler sah. »Für das weitere Vorgehen sind detaillierte Kenntnisse sämtlicher Zusammenhänge von Bedeutung, daher werden wir uns gemeinsam die Tagebucheinträge und den Inhalt des USB-Sticks ansehen, soweit es für uns von Belang ist. Das werden wir im Einzelfall entscheiden. Was ist mit dir, Jürgen?«, wandte er sich an den ebenfalls anwesenden Forensiker. »Hast du so lange Zeit, oder sollen wir deinen Beitrag vorziehen?«

»Nein, lass nur«, gab Vogel in seiner brummigen Art zurück. Bei ihm klangen alle Äußerungen gleich gelangweilt, egal ob er nun begeistert oder genervt war. »Ich würde das wirklich gerne hören. Ich habe ausnahmsweise etwas Zeit und meine Leute werden sicher auch mal ein paar Stunden ohne mich zurechtkommen!«

»Okay, ist mir recht. Dann beginne ich am besten mit der erneuten Vernehmung von Maike Kluge, die ich heute Morgen durchgeführt habe. Ihre Darstellung der Geschichte könnte in Verbindung mit den Tagebucheinträgen ihrer Halbschwester von Bedeutung sein, weshalb ich ihren Bericht gerne vorziehen würde. Sie hat mir diesmal einiges verraten, was sie in Bezug auf die USA-Reise und deren Hintergründe vorher verschwiegen hatte.«

»Was ist mit den Aufnahmen der Überwachungskamera, Chef?«, wandte Jonas ein. »Sollten wir uns die nicht zuallererst anschauen? Es könnte der Täter darauf zu sehen sein!«

»Das ist er aber nicht!«, hob Tobias bedauernd die Schultern. »Ich habe sie mir gestern noch angesehen. Das Einzige, was der Teddy aufgenommen hat, war die Wohnungsdurchsuchung und die Aktion, bei der die Funktion dieses Plüschtieres als Spionageeinheit aufgedeckt wurde.«

»Wie jetzt?«, rief Martin aufgebracht. »Und dafür haben wir diesen Aufwand betrieben? Für nichts?«

»Ich habe mit Frau Gomes telefoniert, es handelt sich in gewisser Weise um einen Irrtum«, übernahm

Erik die fällige Erklärung. »Sie übergab uns gestern eine frische Sicherungskopie ihrer Cloud, die sie zwei Tage zuvor erstellt hatte. Das ist ein System bei ihr zu Hause, das über das Internet erreichbar ist. Sie hatte seinerzeit die ›Teddy-Cam‹ ihrer Freundin so eingerichtet, dass deren Aufnahmen dort abgespeichert werden. Was sie nicht wusste: Maike Kluge hatte es später so eingestellt, dass alles, was älter als eine Woche ist, automatisch gelöscht wird. Wir haben also nur die letzten sieben Tage bis Dienstag, denn da wurde die Datensicherung angefertigt.«

»Lassen sich die gelöschten Daten nicht irgendwie restaurieren?«, schlug Jasmin vor. »Amara kann da doch bestimmt etwas machen!«

»Hier kommt Murphys Gesetz ins Spiel«, wurde sie von Erik belehrt. »Alles, was schiefgehen kann, wird das auch mit Sicherheit tun! Frau Gomes hatte vor etwa einer Woche einen Festplattencrash auf ihrem Datenspeicher. An sich kein Problem, da es sich dabei ein sogenanntes RAID handelt, also ein gespiegeltes System. Gelöschte Elemente gehen jedoch durch die Migration auf eine neue Festplatte unwiederbringlich verloren, daran kann selbst Amara nichts ändern! Und Sicherungen von vorher sind nicht vorhanden.«

»Ihr habt vergessen, dass Amara ›zaubern‹ kann!«, meldete sich Jürgen Vogel zu Wort. »Hat diese Frau den kaputten Datenspeicher noch? Dann wird meine überaus fähige IT-Spezialistin bestimmt etwas retten können. Auch die gelöschten Dateien!«

»Das wäre absolut fantastisch!«, freute sich der SOKO-Chef. »Schickst du sie gleich los? Die Adresse kann dir Erik geben. Fein, dann beginne ich mit dem

Bericht der Vernehmung von Maike Kluge«, nickte er zufrieden, als Vogel zu seinem Handy griff.

* * *

Zwei Stunden zuvor

Tobias Heller schob seinem ›Gast‹ einen Zettel zu. »Ich habe Ihnen die Telefonnummern Ihrer Freundin und Ihrer Eltern aufgeschrieben, Frau Kluge«, sagte er. »Zumindest die sollten Sie anrufen. Sie machen sich große Sorgen, weil Sie sich nicht melden!« Jetzt, wo sie die Identität der Toten kannten, kam er nicht umhin, die Ähnlichkeit der beiden Frauen zu bewundern. Nicht gerade wie Zwillinge, aber sehr ähnlich. Gesichtsform, Mund und Kinn waren praktisch iden- tisch, doch das überzeugendste Merkmal waren die tiefblauen Augen, die Thorsten Kluge ebenfalls hatte. Hier waren wohl starke Gene im Spiel!

»Danke!«, drang ihre Stimme in seine Gedanken. »Ich hatte ganz vergessen, dass mir seit dem Verlust des Handys auch sämtliche Kontaktdaten abhanden- gekommen sind, und meine schriftlichen Unterlagen haben Ihre Leute mitgenommen, wie ich festgestellt habe. Und ohne die bin ich absolut hilflos! Ich wäre ja zu meinen Eltern gefahren, aber ich habe kein Auto und Rheinbach ist nicht gerade um die Ecke!«

»Wir haben diese Dokumente gründlich durchgese- hen und ich versichere Ihnen, dass nichts dergleichen darin steht«, lächelte Heller. »Ansonsten wären wir bezüglich der Identität der Toten bestimmt nicht so lange im Dunkeln getappt. Bei dieser Gelegenheit ist es meine Pflicht, Ihnen eine traurige Mitteilung zu machen. Wir wissen jetzt endlich, wer diese Frau ist. Sie heißt Julia Münch und ist Ihre Halbschwester, ein

Genvergleich mit Ihrem Vater war positiv. Es tut mir leid, dass Sie es auf diese Weise erfahren mussten!« Sie nahm die Eröffnung erstaunlich gefasst entgegen. Ihre Miene blieb völlig unbewegt, nur ihr linkes Auge zuckte kurz. »Sie scheinen mir nicht sehr überrascht zu sein«, schob er deshalb gleich hinterher. »Wussten Sie das bereits?«

»Nicht wirklich!«, gab sie nach einigen Atemzügen versonnen zurück, wobei ihr Blick an Heller vorbei in unergründliche Ferne gerichtet schien. »Ihr Profil ... *Julia94*, richtig? Ich fand es eines Tages unter meinen Followern auf *Twitter*. Mir war sofort die Ähnlichkeit zwischen uns aufgefallen, dachte mir jedoch nichts weiter dabei.«

»Aber Sie hatten doch sicher eine Ahnung, wenn ich Ihre recht verhaltene Reaktion auf meine Mitteilung von vorhin bedenke.« Heller hatte drei Semester Kriminalpsychologie an der Uni Bonn studiert, bevor er zur Polizei ging. Es bereitete ihm keine Schwierigkeiten, in Gesichtszügen wie in einem offenen Buch zu lesen. »Haben Sie sie darauf angesprochen? Wann genau war das, dass sie Ihnen auf *Twitter* gefolgt ist, wissen Sie das noch?« Es war eine beliebte Taktik von ihm, mehrere Fragen gleichzeitig zu formulieren. Das ließ wenig Raum für Ausflüchte, da man dazu einiges nachzudenken hatte.

»Eigentlich nicht«, antwortete sie jedoch ohne zu zögern. Oder hatte sie sich nur gut vorbereitet? »Sie kennen sicher die Theorie, dass jeder Mensch sieben Doppelgänger hat. Ich habe sie mal im Scherz gefragt, ob sie mein Profilbild geklaut hat, bekam aber keine Antwort. Private Unterhaltungen sind auf *Twitter* ja auch nicht möglich, ohne dass jeder ›mithört‹. Natürlich hatte ich über eine Verwandtschaft nachgedacht, es jedoch verworfen. Trotzdem hat mich Ihre Mitteilung nicht ganz kalt getroffen, das gebe ich zu. Wie Ihnen nicht entgangen sein dürfte, komme ich äußerlich sehr auf meinen Vater, von meiner Mutter habe ich kaum etwas. Offenbar hat er durchsetzungsstarke Gene, was erklären würde, dass seine *andere* Tochter ähnliche Gesichtszüge aufweist!«

»Sie haben meine dritte Frage nicht beantwortet«, lächelte Heller nachsichtig. Mit den Antworten auf die ersten beiden war er im Grunde zufrieden, da sie ihm schlüssig erschienen und Maike nicht zum Kreis der Verdächtigen gehörte. Zumindest gab es keine Indizien für eine Beteiligung, und die Kenntnis von einer Halbschwester war kein Mordmotiv. »Seit wann folgte Julia Ihnen auf *Twitter*?«

»Das weiß ich sogar noch recht gut. Ich hatte mich gerade einer Gruppe angeschlossen, die sich unter dem Hashtag #*PharmaBetrug* austauschte. Eigentlich hielt ich bis dahin von solchen Verschwörungstheorien nicht viel, doch kaum hatte ich einige Tweets zu dem Thema verfasst, war plötzlich diese *Julia94* da. Sie können es in meinem Profil sicher genauer nachsehen, aber ich glaube, es war März oder April. Durch sie bin ich erst auf *Pharma Cosmetics* aufmerksam geworden, die ihrer Ansicht nach krumme Geschäfte machte. Sie meinte, es wäre überhaupt kein Problem, in deren Firmennetzwerk zu gelangen. Man müsse nur irgendwie einen sogenannten *Keylogger* an einem privilegierten Computerarbeitsplatz anbringen, um die Zugangsdaten zu erhalten. Sie schien sich damit bestens auszukennen.«

»Sie hat ein Informatikstudium«, wusste Heller zu berichten. Jasmin war sehr fleißig gewesen und hatte gestern Nachmittag im Anschluss an die Lektüre des Tagebuchs alles zu Julia Münch zusammengetragen, was ihr in der kurzen Zeit möglich war. »Ich kann mir denken, wie es dann weiterging: Sie haben versucht, in dem Konzern zu spionieren, wurden aber erwischt? Kommen Sie, dass Sie dort waren, wissen wir sowieso schon!«, lockte er sie, weil er sah, dass sie sich vor einer Antwort drücken wollte. »Ich habe nicht vor, Sie dafür zu belangen. Sowas ist juristisch ein sogenanntes Antragsdelikt. Solange die Konzernleitung keine Anzeige erstattet, haben Sie nichts zu befürchten. Für uns wären Ihre Ausführungen aber vielleicht hilfreich, da Julia offenbar etwas Ähnliches gemacht hat!«

»Sie glauben demnach, dass meine … Schwester vielleicht *deswegen* ermordet wurde?«, hauchte Maike Kluge erschrocken. Sie überlegte einige Sekunden und gab sich dann sichtbar einen Ruck. »Also gut, ich werde Ihnen sagen, was ich in dieser Angelegenheit unternommen habe. Es ist eine etwas längere Geschichte, Sie haben doch hoffentlich Zeit?«

* * *

»Sie wurde von dieser Französin also dabei erwischt, als sie den Keylogger am Computer ihres Chefs anbringen wollte«, fasste Martin das soeben Gehörte zusammen, nachdem Tobias seinen Bericht über die Vernehmung beendet hatte. »Anschließend reiste sie in die USA, um ihr Glück bei der Hauptniederlassung in Denver zu probieren. Dort hatte sie auch keinen Erfolg, da ihre Versuche, die Zugangskennung für das Firmennetzwerk auszuspionieren, bemerkt wurden.

Sie musste abtauchen und weil sie aus diesem Grund für ihre Tätigkeit keine Bezahlung erhielt, konnte sie nicht länger in den Staaten bleiben und reiste wegen chronischen Geldmangels überstürzt ab. Zu Hause in ihrer Wohnung fand sie dann ein Chaos vor.«

»Vergiss nicht ihre Stippvisite in der Zweigniederlassung Lyon«, machte Jonas ihn auf einen wichtigen Umstand aufmerksam, den er in seiner Zusammenfassung ›unterschlagen‹ hatte. »Immerhin erfuhr sie dort Einzelheiten zu dem Skandal vor zwei Jahren, in den Duncan O'Brian und Geraldine Lefebre irgendwie verwickelt waren, und die selbst den Lyoner Kollegen offenbar nicht bekannt sind!«

»Richtig. Wenn das stimmt, was sie dort herausgefunden hat, standen die beiden stärker im Focus der Ermittlungen, als wir es aufgrund des Berichts dieses *Capitaine* Girard bisher angenommen hatten. Es gilt jedoch nach wie vor, dass ihnen nichts nachgewiesen werden konnte. Die Aussage, dass sie ein Liebespaar waren und deshalb ›abgeschoben‹ wurden, ist eher in die Ecke der Gerüchteküche zu verweisen, wenn auch Jonas und ich diesbezüglich ähnliche Beobachtungen gemacht haben. Da läuft etwas zwischen den beiden, da bin ich ziemlich sicher! Was mich aber wesentlich mehr interessiert, ist, wie Maike Kluge als Fremde so einfach dort herumspionieren konnte!«

»Sorry, das habe ich ausgelassen«, sagte Tobias. »Sie hatte nach ihrem Rausschmiss aus dem Bonner Betrieb ihren Werksausweis ›vergessen‹ abzugeben. Und da diese Teile in Lyon genauso aussehen, konnte sie sich ungestört mit einer Anzahl von Mitarbeitern unterhalten. Das ging zwar nur in der Kantine, weil für das Betreten der Labore spezielle Sicherheitscodes erforderlich sind, doch aufgrund ihrer Sprachkenntnisse – sie spricht fließend Französisch – war es kein Problem für sie, die Leute auszufragen.«

»Ob das der Grund für den Einbruch gewesen sein könnte?«, überlegte Erik laut. »Dass man das Fehlen des Werksausweises bemerkt hatte und ihn einfach nur zurückholen wollte?«

»Einmal davon abgesehen, dass sowas kein Mordmotiv ist, fehlt auch jeglicher Beweis dafür, dass sich O'Brian und/oder Lefebre jemals in dieser Wohnung aufgehalten haben«, wiegelte Tobias ab. »Weder der Handabdruck auf der Tür noch der Daumenabdruck auf dem Steckernetzteil des Routers konnte bekanntlich einer realen Person zugeordnet werden, weil es dazu kein Gegenstück in der Datenbank gibt!«

»Nicht in *unserer*!«, meldete sich Vanessa zu Wort. »Aber wie ist es mit der *Französischen*? Die Polizei in Lyon hat doch sicher damals von allen Verdächtigen Fingerabdrücke genommen, also auch von O'Brian und Lefebre! Wir sollten sie ein weiteres Mal um Hilfe bitten und uns die biometrischen Daten der beiden schicken lassen!«

»Schaden kann es jedenfalls nicht«, nickte Tobias. »Allerdings beweist das im Falle des Handabdrucks überhaupt nichts, weil es ja nicht verboten ist, durch den Türspion zu schauen. Doch wenn wir mit dem Daumenabdruck einen Treffer landen sollten, wäre das ein weiteres Indiz dafür, dass die irgendwie in die Sache verwickelt sind! Ich werde gleich im Anschluss Christina Ohlsen bitten, noch einmal in Lyon anzurufen, dann haben wir die Vergleichsabdrücke sicher bis Montag.«

»Das ist genau das richtige Stichwort für mich, die Erkenntnisse der gestrigen Wohnungsdurchsuchung vorzutragen«, erhob Jürgen Vogel seine Stimme, was in seinem Fall bedeutete, dass er ungefähr ein halbes Dezibel lauter sprach als normal. Er griff in seine Hemdtasche, zog die Lesebrille und einen Datenstick hervor, den er in seine Tastatur steckte, und lud eine Textdatei hoch.

»Im Gegensatz zum ersten Tatort fanden wir dort unübersehbare Spuren einer offenbar in großer Hast durchgeführten Suche«, fuhr er bedächtig fort. »Was darauf schließen lässt, dass sie in Abwesenheit der Bewohnerin vorgenommen wurde. Ihr habt ja die Unordnung selbst gesehen«, wandte er sich an Jonas und Martin. »Hinweise auf einen Kampf konnten wir dagegen keine finden. Auch nicht, ob der Einbrecher erfolgreich war. Dafür gab es hinter der Couch, auf der übrigens eine Sprühflasche mit Pfefferspray lag, ein ähnliches Versteck wie in der anderen Wohnung, allerdings war es leer. Von der Form her würde aber der dort gefundene USB-Stick passen. Wenn der Dieb ihn nicht entfernt hat, war es vermutlich dieser.«

»Das Pfefferspray wird im Online-Tagebuch sogar explizit erwähnt«, warf Jasmin an dieser Stelle ein und gab den Kollegen eine kurze Zusammenfassung des entsprechenden Eintrags, der etwa zwei Wochen vor der Tat vorgenommen wurde.

»Das würde zusammenpassen. War in irgendeiner Form ersichtlich, wann diese Unordnung angerichtet wurde?«, fragte Tobias den Forensiker aufgrund der Ausführungen seiner Kommissarin.

»Negativ. Logisch erscheint allerdings, dass es *vor* dem Mord passiert ist, also vor mindestens zehn bis vierzehn Tagen oder eben auch länger«, nickte Vogel in Richtung Jasmin. »Wir fanden nämlich deutliche Anzeichen dafür, dass persönliche Gegenstände wie Kleidung, Hygieneartikel und so weiter in großer Eile zusammengerafft wurden. Das wird die Wohnungsinhaberin selbst getan haben, sie tauchte bekanntlich später anderswo auf und wurde dort auch getötet. Ob es sich dabei um denselben Täter handelt, wissen wir nicht. Der einzige Hinweis auf die Anwesenheit einer fremden Person besteht in einem Daumenabdruck an einer Stehlampe. Er konnte aber, ihr werdet es bereits erraten haben, nicht zugeordnet werden. Er ist auch nicht mit dem Abdruck auf dem Steckernetzteil identisch, wobei es sich in beiden Fällen um einen rechten Daumen handelt.«

»Auch dazu gibt es einen umfassenden Eintrag in dem Tagebuch«, nahm Jasmin das offenkundige Ende von Vogels Ausführungen zum Anlass, nun ihren Teil beizutragen. »Julia Münch beschreibt sehr detailliert, wie sie nach dem Einbruch noch am selben Tag ihre Siebensachen zusammenpackte und in die Wohnung ihrer Schwester ›umzog‹, von deren Abwesenheit sie aus den Tweets wusste. Ihre Adresse hingegen hatte sie aus den von ihr bei *Pharma Cosmetics* gestohlenen Dateien, die auch die Personaldaten beinhalteten.«

»Moment mal!«, rief Martin aufgeregt dazwischen. »Ist in diesen Aufzeichnungen tatsächlich explizit die Rede von einer Schwester? Woher wusste sie davon?

178

Laut Aussage ihres Vaters war sie das Ergebnis eines One-Night-Stands, der ja nicht umsonst so heißt, und zwar während der Schwangerschaft seiner Ehefrau. Angeblich hatte er danach keinerlei Kontakt mehr zu Susanne Münch. Wenn *ihm* nichts von einer Tochter bekannt war, muss das doch umgekehrt ebenso der Fall sein, oder liege ich da falsch?«

»Ihre Mutter wusste davon«, nickte Jasmin. »Bevor sie vor etwa zwei Jahren an einer schweren Krankheit starb, vertraute sie ihr auf dem Sterbebett die Existenz einer Halbschwester an, ohne ihr jedoch deren Namen zu nennen. Den bekam sie irgendwie anderweitig heraus, sie scheint diesbezüglich sehr begabt zu sein. Auch, was den professionellen Umgang mit einem Dietrich angeht.«

»Martin hat völlig recht«, mischte sich Jonas ein. »Thorsten Kluge hat uns belogen, er *muss* später noch Kontakt zu Julias Mutter gehabt haben! Es ist ja sicher nicht vollkommen unwahrscheinlich, dass diese ihn irgendwann mit der Existenz eines Kindes konfrontierte, schon allein wegen der Unterhaltszahlungen. Wer weiß, wobei er noch alles die Unwahrheit sagte! Vielleicht wurde er sogar von seiner Tochter erpresst, es wäre schließlich nicht das erste Mal! Also, ich sehe da eindeutig ein Mordmotiv!«

»Erwähntest du nicht gestern etwas Ähnliches, als wir gerade wegen der Videodateien nach Köln fahren wollten?«, erinnerte sich Vanessa, indem sie sich an Jasmin wandte. »Irgendwie habe da sowas im Ohr!«

»Stimmt, das hatte ich bei der ganzen Aufregung völlig vergessen. Es ist ja auch viel passiert seither«, hob Jasmin entschuldigend die Schultern. »Das war, bevor Amara mir das Passwort für das Online-Tagebuch brachte. Ich hatte die wirtschaftlichen Verhältnisse von Maikes Eltern recherchiert und herausgefunden, dass die in Rheinbach ein Gartenbau-Center führen, das jedoch auf die Ehefrau eingetragen ist. Ich habe dann etwas tiefer gebohrt und festgestellt, dass die Firma geerbt wurde, und zwar von *Cornelia* Kluge. Ihr Mann ist nur so eine Art Geschäftsführer. Er ist also finanziell stark von seiner Frau abhängig und stünde im Falle einer Scheidung wahrscheinlich mittellos da! Das ist Grund genug, den leibhaftigen Beweis für die eheliche Untreue zu töten!«

»Hm. Er müsste dann aber genau gewusst haben, wo er sie findet«, grübelte Tobias. »Allerdings hatte er eigenen Aussagen nach Kenntnis von der Kamera im Teddy. Was, wenn er auch *Zugriff* darauf hatte und Julia Münch die ganze Zeit beobachtete? Wir haben ja seine Fingerabdrücke, wir sollten sie mit dem Handabdruck und dem Daumenabdruck am Tatort vergleichen! Ginge das bis Montag?«, fragte er Vogel, der nur stumm mit dem Kopf nickte, wie es seine Art war.

»Übrigens geht aus den Tagebuchaufzeichnungen eindeutig hervor, dass Julia Münch genau einen Tag, nachdem Maike Kluge in den Vereinigten Staaten das Handy gestohlen wurde, in deren Wohnung umsiedelte«, fuhr Jasmin mit ihrem Bericht fort. »Insofern deckt sich das mit der Annahme, dass diese dadurch über die Anwesenheit einer fremden Person in ihrem Räumen nicht mehr informiert werden konnte. Der letzte Tagebucheintrag wurde von Julia Münch am Tag ihres Todes vorgenommen, der Uhrzeit gemäß unmittelbar vorher, wenn wir der Einschätzung der Rechtsmedizin folgen. Sie berichtet darin von einem

Auge, das sie von außen durch den Türspion linsen sah, das würde den Handabdruck erklären!«

»Sobald wir im Besitz der Videoaufnahmen sind, werden wir dies verifizieren können«, nickte Tobias ihr dankend zu, da sie offenbar zum Ende gekommen war. »Falls der Handabdruck tatsächlich kurz vor ihrer Ermordung entstand, muss er vom Täter sein! Wir benötigen also jetzt dringend die Aufnahmen«, beschwor er noch einmal den Leiter der Forensik.

»Amara ist bereits unterwegs«, brummte Vogel. »Macht euch aber keine zu großen Hoffnungen. Dass sie erfolgreich sein wird, steht für mich zwar außer Frage, doch das wird ein paar Tage dauern und heute ist ja schon Freitag!«

»Wie wäre es denn mit einer kleinen Wette, was die Identität des Mörders angeht?«, grinste Martin. Er wühlte einige Sekunden in der Hosentasche herum und förderte einen zerknüllten Geldschein zutage. »Einsatz fünf Euro«, nickte er zufrieden, nachdem er diesen auseinandergefaltet und geglättet hatte. »Zur Auswahl stehen Duncan O'Brian, Geraldine Lefebre und Thorsten Kluge. Ihr könnt natürlich auch auf niemanden davon setzen. Die Gewinnchance wäre also eins zu vier!«

»Muss der Geldschein so aussehen, als hätte ihn vorher jemand gegessen?«, erkundigte sich Jonas mit hochgezogenen Augenbrauen. »Ansonsten wäre ich mit von der Partie!« Er entnahm seinem Portemonnaie einen Fünf-Euro-Schein und legte ihn auf den Tisch. Er sah so aus, als sei er frisch gebügelt worden, was durchaus den Tatsachen entsprechen konnte.

»Das könnt ihr gerne machen, aber erst nach der Besprechung!«, bremste Tobias sie sofort ein, als er sah, dass auch die anderen ihre Geldbörsen hervorholen wollten. Nur Erik hielt sich vornehm zurück. »Jetzt legen wir eine kleine Verschnaufpause ein und widmen uns dann den Daten auf dem USB-Stick! Doch vorher hätte ich gerne gewusst, warum ihr nach tagelanger Arbeit zwar die Adresse des Tagebuchs aus dem Router extrahieren konntet, aber nicht die der Cloud!«, wandte er sich abschließend an Vanessa und Jasmin.

»Das ist schnell gesagt«, erhielt er stattdessen eine Antwort von Erik. »Ich habe Frau Gomes darauf angesprochen. Sie hatte das Betriebssystem des Routers so verändert, dass die Aufrufe der Kamera nicht protokolliert werden. Sie tat das aus Sicherheitsgründen für den Fall, dass sich jemand von außen in das Gerät hackt. Und es hat ja auch bestens funktioniert, denn ohne die Unterstützung von Thorsten Kluge hätten wir die Zieladresse niemals gefunden!«

»Okay, dann haben wir uns ja nichts vorzuwerfen. Ihr macht jetzt am besten eure Pause und nehmt eine Kleinigkeit zu euch, während ich den Staatsanwalt aufsuche und vorab schon mal die Durchsuchungsbeschlüsse für unsere drei Hauptverdächtigen vorbereiten lasse. Der Richter wird sie zwar ohne konkrete Beweise jetzt noch nicht unterschreiben, aber wenn wir am Montag die Fingerabdrücke von irgendwem auch nur an einem der Tatorte zuordnen können, ist derjenige fällig, das verspreche ich euch!«

Kapitel 15

Zugriff!

Was Tobias Heller am Freitag im Eifer des Gefechts zunächst übersehen hatte, war die simple Tatsache, dass Durchsuchungsbeschlüsse nur für das Zuständigkeitsgebiet der ermittelnden Behörde ausgestellt werden konnten, und ausschließlich von dem jeweils zuständigen Amtsrichter. Was jedoch nichts anderes hieß, als dass *sämtliche* Beteiligte im Rhein-Sieg-Kreis angesiedelt sein mussten. Dies traf auf Rheinbach zwar eben noch zu, doch Staatsanwalt Stein hatte ihn bezüglich Thorsten Kluge abblitzen lassen. Zu wenig Beweise, argumentierte er.

Bei Duncan O'Brian und Geraldine Lefebre sah das zwar anders aus, da sie in Alfter beziehungsweise in Sankt Augustin ihre Wohnsitze hatten, die beide zum Rhein-Sieg-Kreis gehörten. Doch dort waren sie an diesem Montagmorgen sicher nicht anzutreffen und für eine Festnahme in ihrer Firma, also auf Bonner Stadtgebiet, reichten die Befugnisse wiederum nicht aus. Die Durchsuchungsbeschlüsse hatte Stein ihm jedoch für den Fall in Aussicht gestellt, dass unwiderlegbare Beweise einer Tatbeteiligung zumindest für einen der beiden vorgelegt würden.

Er schaute in die Runde und sah lauter entspannte Gesichter. Ausgenommen das von Jürgen Vogel vielleicht, doch seine Gesichtszüge ließen ohnehin kaum einen anderen Ausdruck zu als den eines mürrischen Basset. Er war alleine erschienen, Heller hatte insgeheim aber mit der Teilnahme seiner IT-Spezialistin Amara Jones gerechnet. Heute auf den Tag vor einer Woche hatte man die Leiche gefunden, die sie lange für eine andere gehalten hatten. Bis die Ereignisse sie eines Besseren belehrten.

Wenn es gut lief, stand heute trotz aller Irrungen und Wirrungen bereits die erste Festnahme an, vielleicht sogar zwei. Und dafür benötigte er eine in jeder Hinsicht ›ausgeschlafene‹ Mannschaft! »Wie ich sehe, habt ihr das Wochenende zum Ausspannen genutzt«, wandte er sich an die fünf Ermittler, die ihn erwartungsvoll anschauten. »Und das ist auch gut so, denn es liegt womöglich ein harter Tag vor uns! Daher geht nun die erste Frage an die Forensik: Was machen die Videodateien?«

»Denen geht es soweit gut«, grinste Vogel wegen der schwammigen Ausdrucksweise. »Falls du wissen willst, ob ihr sie heute noch ansehen könnt, kann ich dich beruhigen: Amara hat die defekte Festplatte am Freitag ausgehändigt bekommen und ist zuversichtlich, sie zumindest teilweise auslesen zu können. Sie hat das ganze Wochenende durchgearbeitet und will euch die restaurierten Dateien bis spätestens heute Mittag zur Verfügung stellen.«

»Das freut mich sehr, zu hören«, nickte Tobias. Das waren gute Nachrichten, jetzt musste nur noch der Täter darauf zu erkennen sein. »Ich finde, sie sollte für ihren unermüdlichen Einsatz aber auch einmal belohnt werden!«, überlegte er. »Ich werde mir etwas ausdenken. Mag sie Blumen?«

»Die mag doch jeder, oder? Was jedoch die Fingerabdrücke anbelangt, die ich vergleichen sollte, muss ich dich leider enttäuschen«, wechselte Vogel schnell das Thema. Er wirkte gehetzt, sofern man das von einem Phlegmatiker wie ihm sagen konnte. Offenbar brannte ihm mal wieder die Zeit unter den Nägeln. »Sie sind nicht identisch!«

»An keinem der beiden Tatorte?«, vergewisserte Tobias sich. »Auch nicht die aus Lyon?« Dankenswerterweise hatte man sofort auf seine Bitte um Amtshilfe reagiert und der Dienststellenleiter der Gendarmerie, Capitaine Girard, mit dem Christina Ohlsen so gut umgehen konnte, hatte ihm gleich heute Morgen die Vergleichsabdrücke von O'Brian und Lefebre per E-Mail zugesandt. Er hatte diese sofort in die Forensik gegeben.

»Ich hatte fest damit gerechnet, dass wenigstens *die* in einer der Wohnungen nachgewiesen werden«, hob er bedauernd die Schultern. »Dabei ist es gleichgültig, in welcher, da die Tatorte in irgendeiner Weise miteinander zu tun haben, da bin ich mir sicher! Die gestohlenen Daten auf dem USB-Stick würden dem feinen *CEO* und seiner ›Assistentin‹ den Kopf kosten, wenn das bekannt wird. Es gibt nämlich außer den Beweisen für ihre kriminellen Machenschaften hier in Bonn zusätzlich noch Hinweise auf den Vorfall vor zwei Jahren in Lyon. Anscheinend war das saubere Pärchen, trotzdem man ihnen damals nichts nachweisen konnte, doch nicht so unschuldig am Tod der jungen Frau. Die französischen Kollegen werden sich freuen, das zu hören. Diese beiden haben daher von allen Verdächtigen mit Abstand das stärkste Motiv!«

»Du bist vielleicht ein Witzbold!«, schüttelte Vogel den Kopf. »Du gibst mir zwischen Tür und Angel ein paar Fingerabdrücke und willst am liebsten gestern die Ergebnisse haben! Mann, das war vor einer halben Stunde, meine Leute sind noch mit den Vergleichen beschäftigt!« Als hätte er es förmlich herbeigeredet, signalisierte das auf ›lautlos‹ gestellte Handy vor ihm auf dem Tisch eine eingegangene Nachricht, die er unter den aufmerksamen Blicken der Anwesenden sofort zur Kenntnis nahm. Jeder im Raum wusste: Wenn Vogel während einer Besprechung eine Mitteilung erhielt, war diese stets von großer Wichtigkeit!

»Du hast Glück, dass meine Leute so fix sind«, brummte er dann. »Hier ist zunächst die schlechte Nachricht: Sowohl der Hand- als auch der Daumenabdruck am zweiten Tatort sind *nicht* identisch! Und nun kommt das Sahnebonbon. Der Abdruck auf der Stehlampe in der ersten Wohnung konnte eindeutig dieser Lefebre zugeordnet werden!« Offenbar hatte er es tatsächlich eilig, denn unter normalen Umständen hätte er diese von allen heißersehnte Nachricht noch etwas hinausgezögert. Des ›Knalleffektes‹ wegen, wie er ihnen einmal eingestanden hatte. Forensiker sind eben Wissenschaftler und keine Kriminalisten!

»Das sind ausgezeichnete Neuigkeiten!« Tobias sah seine Leute der Reihe nach an. »Ich weiß nicht, wie es euch geht, aber *mir* reichen diese Indizien vollauf für die eine oder andere Festnahme! Haltet euch also bereit, ich werde sofort den Staatsanwalt aufsuchen und einige Beschlüsse erwirken! Dann kann es gleich losgehen!«

* * *

Staatsanwalt Dr. René Stein hatte zwei verstörende Eigenarten, die Tobias Heller zutiefst verabscheute, weil sie in seinen Augen arrogant und schulmeisterhaft waren. Dies war einerseits seine Angewohnheit, endlose Monologe zu führen und die Hände affektiert zu einer Pyramide zusammenzulegen, während er sprach. Das Zweite war seine monotone Sprechweise, deren er sich vor allem bei Gericht befleißigte. Heller hatte einige Male das zweifelhafte Vergnügen gehabt, den Anklagevertreter in Aktion zu erleben.

Und genau das tat dieser, nachdem er den dreiseitigen Bericht aus der Hand gelegt hatte, den er, das musste Tobias Heller neidlos anerkennen, innerhalb von zwei Minuten konzentriert durchgelesen hatte. Staatsanwalt Stein war bekanntermaßen kein Freund von sinnloser Zeitverschwendung, was dem SOKO-Chef natürlich gelegen kam. Denn auch ihm rannte womöglich in diesem Augenblick Selbige davon. »Ich sehe in dieser Sache durchaus einen Handlungsbedarf«, ertönte Steins leiernde Stimme. »Ich fürchte nur, Ihnen keine allzu große Hilfe bei der Durchführung Ihres Vorhabens sein zu können.«

»Die Beweise sind aber doch mehr als eindeutig!«, erhob Tobias sofort Einspruch. »Die aus dem Firmennetzwerk gezogenen Daten belegen, dass O'Brian und Lefebre in kriminelle Machenschaften verstrickt sind und ein gesteigertes Interesse daran haben dürften, dass ihre Umtriebe nicht ans Tageslicht kommen! In Zusammenhang mit dem Einbruch bei Julia Münch, bei dem einer dieser Verdächtigen einen Daumenabdruck zurückließ, ergibt sich für mich ein dringender Tatverdacht. Immerhin handelt es sich bei der Toten aus der anderen Wohnung um die Datendiebin! Dort fanden wir zwar keine Fingerabdrücke der Verdächtigen, aber die Tagebucheinträge belegen diese These zusätzlich. Außerdem erhoffen wir uns einen endgültigen Beweis aus der Sichtung der Videoaufnahmen, doch dies wird einige Stunden in Anspruch nehmen und jetzt ist Eile geboten!«

»Damit rennen Sie bei mir offene Türen ein, Herr Heller! Ich habe mich wohl missverständlich ausgedrückt, lassen Sie es mich anders formulieren: Wie wollen Sie verhindern, dass die Verdächtigen Ihnen eine Nase drehen und abhauen? Für die Wohnungen kann und werde ich Ihnen zwar umgehend Durchsuchungsbeschlüsse ausfertigen, da diese in meinem Zuständigkeitsgebiet liegen, und ich bin mir sicher, dass Richter Biber sie auch unterzeichnen wird. Aber dort werden sich Ihre Kandidaten nicht aufhalten, und in Bonn haben Sie keine Befugnisse für eine Festnahme! Die brauchen doch nur irgendwie Wind von der Sache zu bekommen, während Sie in deren Abwesenheit die Durchsuchungen machen. Dann sind sie schneller untergetaucht, als Sie gucken können!«

»Das bereitet mir ebenfalls Kopfzerbrechen«, gab Heller zu. »Aber was sollen wir machen? Wir müssen wohl einfach auf Glück vertrauen! Eventuell könnte man einen Posten vor dem Konzern aufstellen und die Festnahme durchführen, sobald die Verdächtigen unser Zuständigkeitsgebiet betreten. Die Grenze zum Rhein-Sieg-Kreis verläuft direkt hinter dem Firmengelände!«

Tobias hatte den Staatsanwalt noch nie lachen sehen, doch jetzt verzog sich dessen Gesicht zu einem Schmunzeln. »Einmal davon abgesehen, dass sowas reichlich unprofessionell wäre, grenzt Bonn ebenfalls an Köln und den Kreis Euskirchen«, gab er ihm Nachhilfe in Heimatkunde. »Und von dort ist es nicht mehr weit bis nach Belgien oder Luxemburg. Es gäbe also jede Menge Möglichkeiten, Ihnen dabei zu entwischen. Aber warten Sie!«, hob er jetzt die Hand, wofür er die ›Pyramide‹ auflösen musste. »Ich habe da eine Idee, wie wir das Dilemma umgehen könnten. Lassen Sie mich bitte kurz ein Telefonat führen!«

Das Gespräch führte er mit Oberstaatsanwalt Dr. Paul Rheinfels in Bonn, wie Tobias sogleich erfuhr. Es war kurz und größtenteils persönlicher Natur. Wie Heller wusste, hatten die beiden Staatsanwälte nicht nur zusammen studiert, sondern pflegten außerdem dasselbe kostspielige Hobby: Ihre Segelyachten lagen nebeneinander im Niederkasseler Yachthafen. Stein brachte seinen Gesprächspartner im Telegrammstil auf den Stand der Dinge und lauschte anschließend der für seinen Gast unhörbaren Antwort. Schließlich legte er auf.

»Mein Amtskollege in Bonn wird Ihnen aufgrund der dargelegten Faktenlage die notwendigen Haftbefehle ausstellen«, informierte Stein ihn. »Der eigentliche Trick besteht darin, dass das Firmengelände in Bonn-Endenich durch die detaillierten Tagebucheinträge des Mordopfers sowie der Aussage der Reinigungskraft Luisa Fernandez als Ort einer kriminellen Handlung angesehen werden kann und deshalb ein direktes Eingreifen der Bonner Staatsanwaltschaft rechtfertigt. Allerdings mit einer Einschränkung: Es wird zumindest vorerst keinen Haftbefehl für Herrn O'Brian geben, da hierfür nicht genügend Beweise vorliegen.«

* * *

Zwei Stunden später

Die Durchsuchungsbeschlüsse für die Wohnungen in seiner Zuständigkeit stellten, wie Stein es versprochen hatte, aufgrund der Faktenlage tatsächlich kein Problem dar, der Richter hatte sie ohne zu zögern unterschrieben. Und für die vorgesehene Festnahme hatte er ja Unterstützung durch die Bonner Kollegen angefordert. Hilfreich waren ihm dabei die Daten auf dem USB-Stick gewesen, die eine Verquickung dieser Firma mit ihrem Mordfall in den Bereich der hohen Wahrscheinlichkeit rückten und eine Beteiligung der hiesigen Staatsanwaltschaft rechtfertigten.

So stand Tobias Heller jetzt mit Jonas Faber, Martin Weber und Vanessa Fuchs auf dem Besucherparkplatz von *Pharma Cosmetics* und wartete auf die versprochene Verstärkung, die in diesem Augenblick in Form zweier Streifenwagen und einem Zivilfahrzeug der Bonner Staatsanwaltschaft auf das Firmengelände fuhr. Oberstaatsanwalt Dr. Rheinfels würde den notwendigen Haftbefehl beisteuern und die vier Polizisten die Festnahme durchführen. Dass O'Brian bis auf die Wohnungsdurchsuchung fürs Erste ungeschoren davonkommen sollte, war zwar ein kleiner Wermutstropfen, doch er hatte ja noch eine Trumpfkarte im Ärmel!

Jasmin und Erik waren derzeit im Kommissariat damit beschäftigt und wollten sich anschließend mit Hochdruck dem sicherlich umfangreichen Videomaterial widmen, das Amara Jones ihnen vorhin noch einmal persönlich für heute Vormittag versprochen hatte. Es war ihr demnach tatsächlich gelungen, den größten Teil der Aufnahmen aus dem fraglichen Zeitraum zu retten, wofür sie freiwillig das Wochenende geopfert hatte. Insgesamt war die Bilanz nicht einmal schlecht für eine Woche Ermittlungsarbeit!

Heller stellte sich und seine Kommissare vor und reichte dem Oberstaatsanwalt die Hand. »Lassen Sie uns keine Zeit verlieren«, sagte dieser nur. Rheinfels war ein kleiner, drahtiger Mann in den Vierzigern mit einem schütteren blonden Haarkranz. Seine Stimme klang heiser, was ihm vor Gericht nicht zum Vorteil gereichen dürfte, doch er machte nicht den Eindruck, dass man ihn einschüchtern könnte. »Bringen wir es also rasch hinter uns!«, fügte er hinzu und setzte sich an der Spitze der Polizisten in Bewegung.

Kurz vor dem Eingang blieb Dr. Rheinfels unvermittelt stehen und drehte sich zu ihnen um. »Wissen Sie, Herr Hauptkommissar«, wandte er sich an Tobias Heller. »Ich habe da ein kleines rechtliches Problem: Ich würde nämlich liebend gerne ebenfalls Anklage gegen die Firmenleitung erheben, doch die derzeit einzige Handhabe besteht in diesem USB-Stick.«

»Ich verstehe Ihr Dilemma. Weil die Beweise nicht auf legalem Wege erworben wurden, können sie vor Gericht nicht verwendet werden. Gibt es da gar keine Möglichkeit? Für den Haftbefehl haben sie doch auch ausgereicht!«

»Das ist etwas anderes. Hier waren nicht die Daten vorrangig von Bedeutung, sondern die Beweise, die Ihre Behörde aufgrund dessen beschafft haben. Letztlich spielte es für Ihre Ermittlungen keine Rolle, wie Sie den Tätern auf die Spur kamen, es zählen die im Nachhinein gewonnenen Erkenntnisse. Und die sind durch die an den Tatorten auf legale Weise sicherge-stellten Beweise mehr als ausreichend.«

»Und was kann ich jetzt für *Sie* tun?«, erkundigte sich Heller. Denn dass Rheinfels sich etwas von ihm erhoffte, war klar. Der als geradlinig und zielgerichtet bekannte Ankläger hätte sich ansonsten nicht an ihn gewandt.

»Ich habe nur eine Bitte: Sollten Sie in den privaten Räumen Ihrer Verdächtigen irgendwelche belastende Beweise finden, die, auf welche Weise auch immer, etwas mit strafrechtlich relevanten Machenschaften dieser Firma zu tun haben, lassen Sie es mich umge-hend wissen. Ich habe dann eventuell auch ohne die Daten auf dem USB-Stick eine rechtliche Handhabe, eine Durchsuchung des Firmengeländes anordnen zu lassen. Und jetzt sollten wir wirklich langsam hinein-gehen, wir erregen nämlich ein ziemliches Aufsehen hier draußen!«

Heller sah sich kurz um: Tatsächlich warfen ihnen einige Mitarbeiter beim Betreten oder Verlassen des Gebäudes neugierige Blicke zu, die vor allem den vier uniformierten Polizisten galten. Aber auch die Krimi-nalbeamten sorgten natürlich für Aufsehen. Es hieß zwar, dass man Angehörige ihres Berufsstands selbst ohne das entsprechende Equipment von weitem als ›Schnüffler‹ erkennen konnte, doch die Dienstwaffen an den Gürtelholstern waren ja nicht zu übersehen. Eine Gruppe von vier Männern war sogar stehenge-blieben, um zu lauschen. Was er aufgrund der abge-dunkelten Scheiben aber nicht sehen konnte, war die Gestalt, die im ersten Stock die Szene mit Argusaugen verfolgte.

***

»In frühestens drei Tagen? In der Zeit habe ich die Funkzellen ja zu Fuß abgegrast!«, behauptete Jasmin dem Mitarbeiter der Telekom gegenüber frech. Sie hatte an ihrem Telefon die Freisprecheinrichtung aktiviert, damit Erik das Gespräch mithören konnte. Schließlich sollte der angehende Kommissar etwas lernen, und wenn es nur der Umgang mit Vertretern solcher Einrichtungen war, die einen abzuwimmeln versuchten. Damit bissen die meisten aber bei Jasmin Brandt auf Granit. Tobias hatte nämlich noch zwei weitere Beschlüsse erhalten, die Handys der Verdächtigen betreffend. Da diese im Rhein-Sieg-Kreis angemeldet waren, stellte das kein Problem dar.

»Es tut mir leid, Frau Kommissarin«, kam postwendend die genervt klingende Antwort. Der junge Mann schien etwas hilflos zu sein. »Aber das Einzugsgebiet ist sehr groß und Sie wollen eine umfassende Auswertung. Das dauert eben!«

»Mir reicht zunächst eine Funkzellenauswertung rund um die genannten Adressen. Sagen wir, jeweils in einem Radius von zwei Kilometern, und das auch nur für vier Wochen bis einschließlich vergangenen Montag. Das müsste doch hinzubekommen sein. Ich benötige die Bewegungsprofile bis heute Mittag!«

Statt einer Antwort hörte man unvermittelt die Warteschleifenmelodie. Das war für sich genommen schon unhöflich, aber weshalb war dieses Gedudel eigentlich bei den meisten Firmen nahezu unerträglich? Wollte man damit erreichen, dass allzu penetrante Anrufer freiwillig das Handtuch warfen und einfach auflegten?

»Das geht in Ordnung«, ertönte aber nach wenigen Sekunden erneut die Stimme des jungen Mannes, der sich bestimmt in der Zwischenzeit bei einem Vorgesetzten rückversichert hatte. »Sie erhalten dann also die gewünschten Auswertungen bis heute Mittag von uns per E-Mail.« Dann war nur noch das Besetztzeichen zu hören. Er hatte einfach aufgelegt.

»Dem hast du es jetzt aber voll gegeben!«, grinste Amara, die mit einem USB-Stick in der Hand hinter Erik aufgetaucht war. Offenbar hatte sie den letzten Teil ihres Gespräches noch mitbekommen.

»Der soll sich nicht gleich so anstellen! Die Mobilfunkbetreiber fragen diese Daten sowieso regelmäßig ab! Und da speziell die Telekom in diesen Tagen ihre Rechnungen an die Kunden verschickt, hat sie das für die vergangenen vier Wochen gerade erst getan. Der Kerl braucht doch nur einen Knopf am Computer zu drücken.«

»Na, dann habt ihr zwei ja jetzt Zeit für eure ganz private Kinovorstellung«, nickte die IT-Spezialistin und drückte ihr den Datenstick in die Hand. »Hier ist alles drauf. Es hat doch nicht so lange gedauert, wie ich ursprünglich veranschlagt hatte, und es fehlen nur sehr wenige Sequenzen. Für dich habe ich auch noch ein Exemplar«, wandte sie sich an Erik und gab ihm einen weiteren USB-Stick, den sie bisher in ihrer Hand verborgen hatte. Wie es ihre Art war, hatte sie wieder an alles gedacht. »Dann könnt ihr unabhängig voneinander gucken. Viel Spaß damit!« Sprach's und war verschwunden.

»Die nimmt immer mehr die Unarten ihres Chefs an«, schüttelte Jasmin den Kopf. »Wir gehen folgendermaßen vor«, wandte sie sich dann an Erik. »Zuerst schauen wir uns zusammen das Ende an, wo hoffentlich die Tat und vor allen Dingen der Mörder zu sehen sein werden. Den Rest nehmen wir uns dann später getrennt vor, wobei wir die Sequenzen auswählen, zu denen es Tagebucheinträge gibt. Wenn anschließend noch genügend Zeit übrig ist, schauen wir mal, wie es weitergeht. Immerhin haben wir es hier mit mindestens drei bis vier Wochen Bildmaterial zu tun! Irgendwelche Fragen?«

»Nur eine: Wann steckst du den verdammten USB-Stick in den Computer, damit wir endlich anfangen können? Sorry«, entschuldigte er sich sofort für seine Entgleisung, als sie ihn entgeistert anschaute. Solche Worte war sie von ihm nicht gewohnt. »Ich bin eben etwas aufgeregt!«

»Ist schon Okay. Was glaubst du denn, wie es mir geht? Wir zwei sind derzeit alleine im Kommissariat und damit die Ersten, die gleich den Mörder zu sehen bekommen!« Sie steckte den Stick ein und Sekunden später öffnete sich ein neues Fenster mit unzähligen Dateien, nach Datum und Uhrzeit sortiert. Schnell hatte sie die zur Tatzeit passende Aufnahme lokalisiert und startete sie mit einem Mausklick.

Julia Münch saß am anderen Ende der Couch, also etwa zwei Meter von dem Teddy entfernt, der natürlich nicht sichtbar war. Es war irgendwie gespenstisch, das spätere Mordopfer am Wohnzimmertisch zu sehen, wie sie etwas in ihr Notebook eingab. Vielleicht verfasste sie gerade einen neuen Tagebucheintrag. Jetzt hob sie den Kopf und schaute erschrocken zur Tür, die aber auch nicht mit im Bild war. Von Julia

Gomes wussten sie, dass der Hals des Teddys mittels der Handy-App gedreht werden konnte.

Jetzt zeigten dessen ›Augen‹ leicht nach links in die Zimmerecke, weshalb auch das Fenster nicht im Blickfeld war. Es war also nicht zu erkennen, ob es zu diesem Zeitpunkt offen war, oder der Täter es später öffnete. Das Bild war leider ohne Ton, doch es schien, als habe sie etwas gehört. Ein verdächtiges Geräusch? Machte sich da jemand an der Tür zu schaffen? Kam daher dieser Handabdruck? Jetzt klappte sie ihr Notebook zu und stand auf, um nachzuschauen. Erik und Jasmin hielten den Atem an.

* * *

Hatten sie schon vor dem Eingang für Aufsehen gesorgt, war dies noch gar nichts gegen das, was sie im Inneren des Gebäudes erwartete. Es schien, als wäre die Zeit eingefroren, als der Staatsanwalt an der Spitze seiner Eskorte das Foyer durchquerte und den Empfangstresen ansteuerte, wo ihnen eine Mitarbeiterin verständnislos entgegensah. Einige Angestellte, die geschäftig von irgendwoher nach irgendwohin liefen, wie es in großen Betrieben üblich war, blieben stehen und starrten ebenfalls herüber.

Rheinfels zeigte sich indes davon völlig unbeeindruckt und bewies mit seiner demonstrativen Kaltschnäuzigkeit einmal mehr, dass er den Posten eines Oberstaatsanwaltes zu Recht bekleidete. Er übergab der Empfangsdame seine Legitimationen und stellte sich und seine Begleiter vor. Bei diesen begnügte er sich allerdings mit der Angabe, dass es sich um Polizeibeamte handelte. »Ich möchte auf der Stelle, und ohne dass sie diese über meine Ankunft informieren, zur Firmenleitung vorgelassen werden!«, sagte er und sein energischer Tonfall ließ keinen Raum für einen Widerspruch. Die Dokumente steckte er wieder ein.

»Ganz, wie Sie wünschen! Es ist *Besuchern* allerdings nicht erlaubt, ohne Begleitung durch das Haus zu laufen«, gab die Empfangsdame ungerührt zurück und winkte einen der herumstehenden Sicherheitsleute herbei. »Bringen Sie bitte diese Herrschaften auf *direktem* Wege zu Herrn O'Brian!«, instruierte sie den Uniformierten. Heller sah zudem eine Schusswaffe an seinem Gürtelholster. Wie auf ein geheimes Kommando löste sich in diesem Augenblick die allgemeine Erstarrung und alles schien seinen gewohnten Gang zu gehen. Angestellte eilten erneut geschäftig von irgendwoher nach irgendwohin und selbst das wie ein Summen klingende Stimmengewirr, das in solchen Hallen normal war, setzte wieder ein. Hier herrschte das amerikanische Prinzip: Zeit ist Geld!

Währenddessen rief ihr ›Bewacher‹ – denn anders konnte man seine Anwesenheit nicht deuten – per Knopfdruck einen Aufzug herbei. »Wir benutzen die Treppe!«, verfügte Rheinfels und gab zwei seiner Polizisten einen Wink mit dem Kopf, worauf diese an den Liftkabinen zurückblieben. Dieses Team war offenbar bestens aufeinander eingespielt!

O'Brians Büro war das Letzte am Ende des Flures. Direkt dahinter war der Zugang in die beiden oberen Etagen, der jedoch durch ein an eine Tresortür erinnerndes, massives Schott verschlossen war. Dort ging es zu den Laboren, erklärte der Wachmann. Für den Zutritt sei eine gesonderte Legitimation erforderlich. Die verbliebenen Polizisten bezogen unaufgefordert

Posten ein paar Meter weiter vorn im Gang, während der Oberstaatsanwalt und die Kriminalbeamten dem Sicherheitsmann in O'Brians Refugium folgten. Das Zimmer seiner Assistentin hatte keinen Zugang zum Flur, wie Martin Weber und Jonas Faber von ihrem ersten Besuch wussten. Es war nur durch das Büro ihres Chefs zu erreichen.

* * *

Kaum hatte Julia Münch das Zimmer verlassen, endete die Sequenz. Die Kamera war mit einem Bewegungssensor gekoppelt und nahm nur auf, wenn es etwas aufzunehmen gab. Erik und Jasmin stießen die angehaltene Luft pfeifend aus und die Kommissarin startete schnell das nächste Video, das dem Zeitcode gemäß eine knappe Minute danach entstanden war. »Das scheint diese Aktion mit dem Auge gewesen zu sein, das von außen durch den Türspion schaute«, kommentierte sie das gerade Gesehene. »Jetzt müsste sie laut ihrem Tagebuch den USB-Stick umkopieren und verschlüsseln!«

Das Anschlussvideo begann wie erwartet damit, dass Julia Münch erneut den Raum betat. Da sie dem Teddy das Gesicht zuwandte, war deutlich ein Anflug von Panik in ihren Zügen zu erkennen. Sie setzte sich an das Notebook und schrieb einige Minuten konzentriert etwas. Dann stand sie auf und rückte das Sofa ab, was aber nur durch die Verschiebung der Perspektive zu erahnen war, da der Teddy ja mit dem Rücken zur Wand darauf saß und ihr das ›Gesicht‹ zuwandte. Dann verschwand sie hinter der Couch.

»Siehst du? Hier fertigt sie die kodierte Kopie an«, kommentierte Jasmin das Geschehen, als Julia wieder ins Bild kam und mit zwei USB-Sticks an ihrem Notebook hantierte. Einer davon war definitiv mit dem Exemplar identisch, das sie später hinter der Couch fanden. Fünf Minuten sahen die Ermittler ihr dabei zu, dann rückte sie das Möbelstück in die vorherige Position zurück, nachdem sie zuvor erneut dahinter verschwunden war, um den kopierten Stick ebenfalls dort zu verstecken.

Jasmin wollte gerade die nächste Sequenz starten und hatte den Mauszeiger schon über der Datei platziert, als Erik sie mit einem harten Griff an den Arm davon abhielt. Julia hatte sich wieder hingesetzt und schaute erneut zur Tür, die auch jetzt nicht im Bild war. Sie wirkte jedoch eher überrascht als verängstigt und ging hinaus. Damit endete diese Sequenz. Jasmin startete das nächste Video.

Als Julia zurückkam, war sie allem Anschein nach nicht mehr allein, denn sie redete gestikulierend mit jemandem, der aber derzeit noch nicht zu sehen war. Jetzt müsste man einen Ton dazu haben! Das Ganze wirkte seltsam vertraut. Kannte Julia ihren Mörder? Da man sie nur im Profil sah, würde selbst die Kunst des Lippenlesens nicht weiterhelfen. Jasmin und Erik hielten erneut ihren Atem an, denn derjenige würde sicher jeden Augenblick ins Bild treten. Doch vorher endete plötzlich und unerwartet auch diese Sequenz! Das Bild wurde schwarz.

Die Ermittler sahen sich bedeutungsvoll an. »Die nächste Aufnahme ist aber unsere!«, behauptete Erik selbstsicher und Jasmin startete das entsprechende Video. Sie konnten beide nicht glauben, was sie jetzt zu sehen bekamen!

* * *

Was sie zu sehen bekamen, als sie das Büro des *CEO*
betraten, war ein ihnen gelassen entgegenblickender
O'Brian. Tobias hätte sein Motorrad darauf verwettet,
dass er vom Empfang über ihr Kommen unterrichtet
worden war. Ein Blick durch die offen stehende Tür ins
Nachbarzimmer zeigte ihm allerdings, dass dieses bis
auf das wahrscheinlich sündhaft teure Mobiliar leer
war. Mit anderen Worten: Der Vogel war ausgeflogen!

Heller legte die wenigen Meter bis zur Fensterfront
in O'Brians Büro mit drei oder vier raumgreifenden
Schritten zurück und schaute hinaus. Unter ihnen war
der Parkplatz, nebenan würde er logischerweise dieselbe Aussicht haben. »Dachte ich es mir doch!«,
knurrte er. »Die hat von hier oben gesehen, wie wir
vorhin in aller Seelenruhe da draußen ein Palaver
abgehalten haben und ist rechtzeitig abgehauen. Wir
haben uns wie blutige Anfänger verhalten!«

»Ich nehme an, Sie sprechen von Mademoiselle
Lefebre?«, ertönte hinter ihm die süffisante Stimme
des Geschäftsführers. »Da muss ich sie leider enttäuschen, Herr Kommissar: Meine Assistentin ist heute
den ganzen Tag nicht im Hause, Sie haben sich mit
Ihrem durchaus beeindruckenden Aufgebot umsonst
hierherbemüht!«

Natürlich ist das schamlos gelogen, dachte Tobias.
Das Dumme ist nur: Wir können es ihm nicht beweisen!
Er drehte sich ruckartig um und wandte sich direkt an
Rheinfels, der vor O'Brians Schreibtisch Aufstellung
genommen hatte, flankiert von seinen eigenen Leuten. »Zeigen Sie ihm den Haftbefehl, Herr Oberstaatsanwalt!«

»Wie ich Ihnen bereits sagte, ist meine Assistentin nicht hier«, wiederholte O'Brian, nachdem er einen eher gelangweilten Blick auf das Dokument geworfen hatte. »Darf ich fragen, was man ihr vorwirft? Geht es etwa immer noch um eine ehemalige Angestellte, deren angeblichen Tod Ihre Behörde untersucht und die auf wundersame Weise wieder auferstanden ist?«

»Nicht direkt. Wir fanden ihre Fingerabdrücke an einem Tatort, der jedoch mit der von Ihnen angesprochenen Angelegenheit zu tun haben könnte«, blieb Heller so vage wie möglich. »Die Anklage lautet daher zunächst auf schweren Wohnungseinbruch, doch ich bin mir sicher, dass da noch eine Menge mehr hinzukommt.«

»Nun, dann wünsche ich Ihnen viel Glück dabei. Ich kann gerne meine Rechtsabteilung hinzuziehen, aber ich bin auch so überzeugt, dass Ihre Legitimationen nicht für eine Durchsuchung dieses Gebäudes ausreichen, falls Sie daran gedacht haben sollten. Das war es dann für heute. Guten Tag, meine Herren!«

»Ach, das vergaß ich ganz, zu erwähnen«, lächelte Heller und hielt O'Brian nun einen *seiner* Beschlüsse hin. »Es gibt deutliche Hinweise auf eine Tatbeteiligung durch Sie. Dies ist ein Durchsuchungsbeschluss für Ihr Haus. Sie täten uns und auch sich selbst einen großen Gefallen, wenn Sie freiwillig mitkommen und unseren Spezialisten den Zugang zu Ihrem Anwesen ermöglichen. Wir können die Aktion selbstverständlich auch ohne Sie durchziehen. Ihre Wahl!«

* * *

»Der Kerl hat doch gelogen, was seine sogenannte ›Assistentin‹ angeht!«, flüsterte Vanessa Fuchs ihrem

Vorgesetzten zu, während sie die Treppe nach unten gingen. O'Brian hatte sich schließlich gefügig gezeigt und wurde nun von Jonas Faber und Martin Weber in die Mitte genommen. Wenigstens war Ihnen ein Teilerfolg gelungen.

»Natürlich hat er das!«, gab er ebenso leise zurück. »Doch wenn sie uns von ihrem Bürofenster gesehen hat, hatte sie genügend Zeit, abzuhauen oder sich zu verstecken. Weit kann sie aber nicht gekommen sein! Unten am Lift stehen die Kollegen und an uns vorbeigelaufen ist sie nicht. Einen anderen Weg ins Erdgeschoss gibt es augenscheinlich nicht, sie müsste also hier irgendwo sein! O'Brian hat recht, wir dürfen das Gebäude nicht durchsuchen.«

Im Foyer angekommen, sah sich Oberstaatsanwalt Rheinfeld zuerst nach seinen zuvor dort zurückgelassenen Polizisten um, konnte sie aber nirgends entdecken. Er zuckte ratlos mit den Schultern und folgte den anderen hinaus. Er war beunruhigt. Was mochte die als besonders pflichtbewusst bekannten Beamten dazu bewogen haben, den ihnen zugewiesenen Platz eigenmächtig zu verlassen?

Die Antwort auf diese Frage sollte er eine Minute später erhalten. Als die um Duncan O'Brian erweiterte Gruppe sich ihren geparkten Dienstfahrzeugen näherte, sahen sie die Vermissten lässig neben ihrem Streifenwagen stehen und ein Schwätzchen halten. Doch das war jetzt absolute Nebensache, denn ihre Blicke wurden von etwas anderem gebannt: Auf der Rücksitzbank saß in Handschellen und mit verkniffenem Gesichtsausdruck Geraldine Lefebre!

Kapitel 16

Einige Stunden später

Wie die Polizeibeamten anschließend berichteten, hatten sie sich nach der Trennung von der Gruppe am Eingang aufstellen wollen und Geraldine Lefebre gerade noch abfangen können, die sich hinausschleichen wollte. Wie sich später herausstellte, hatte sie das Aufgebot tatsächlich von ihrem Bürofenster aus gesehen und sich sofort in die Damentoilette direkt neben der Treppe zum Erdgeschoss zurückgezogen.

Dort hatte sie kaltblütig gewartet, bis die Beamten vollzählig in O'Brians Büro verschwunden waren und sich dann hinter dem Rücken der ahnungslosen Polizisten, die einige Meter entfernt Wache hielten, ins Foyer hinuntergeschlichen. Für die Betroffenen war dies eine beschämende Niederlage.

O'Brian hatte Heller mit seinem Verhalten einen willkommenen Anlass gegeben, ihn wegen Behinderung der Ermittlungen und versuchter Strafvereitelung ebenfalls kurzerhand festzunehmen, und dabei war es ihm dieses Mal völlig gleichgültig, dass er sich außerhalb seiner Zuständigkeit befand, wenn auch nur um ein paar hundert Meter. Maßgeblich für seine Entscheidung war aber noch etwas anderes gewesen. Etwas, das ihm von Jasmin noch auf dem Parkplatz telefonisch mitgeteilt worden war und das eine Beteiligung des Mannes in ein ganz neues Licht rückte.

Für die Wohnungsdurchsuchungen hatten sie sich in Zweiergruppen aufgeteilt. Tobias war mit Vanessa und O'Brian die paar Meter zu dessen Haus in Alfter gefahren und Martin mit Jonas und Lefebre zu deren Adresse in Sankt Augustin. Da es sich hierbei nicht um Tatorte handelte und man ausschließlich gewisse Gegenstände gesucht hatte, war das ohne Beteiligung der Forensik erfolgt und bereits nach zwei Stunden abgeschlossen gewesen.

»Wir haben erheblich weniger gegen das saubere Pärchen in der Hand, als ich mir erhofft hatte!«, kritisierte Tobias auf der eilig einberufenen Lagebesprechung das Ergebnis. »Mit den uns vorliegenden Indizien, denn um etwas anderes handelt es sich leider nicht, wird der Staatsanwalt sicherlich keine Anklage erheben. Wir müssen also wenigstens einem dieser beiden Kandidaten ein Geständnis entlocken, sonst sind wir geliefert. Eine zweite Chance, sie zu überführen, werden wir garantiert nicht bekommen!«

»Es ist ja nicht unsere Schuld, dass das Video nicht die Tat zeigte«, fühlte Jasmin sich zu Unrecht angegriffen. »Kurz, bevor der Mörder beziehungsweise die Mörderin ins Bild gekommen wäre, endete überraschend die Aufnahme, obwohl noch Bewegung stattfand. Das Anschlussvideo wurde erst etwa eine Viertelstunde danach aufgenommen und zeigt exakt das, was wir eine Woche später mit eigenen Augen sahen: Ein verwüstetes Wohnzimmer und eine am Boden liegende Leiche.«

»Dafür haben wir aber die Bewegungsprofile der Handys der Verdächtigen, Chef!«, versuchte Erik, der Sache noch etwas Gutes abzugewinnen. »Und nicht zu vergessen, den Daumenabdruck in der Wohnung von Julia Münch. Der stammt eindeutig von der Französin!«

»Damit kriegen wir die Lefebre allenfalls wegen Einbruchs und Sachbeschädigung dran!«, knurrte Tobias. »Zumal bei den Hausdurchsuchungen nicht, wie erhofft, das Handy und das Notebook des Opfers gefunden wurden. *Das* wäre ein richtig guter Beweis gewesen, da beides kurz vor ihrem Tod noch in ihrem Besitz war, wie auf den Videoaufnahmen zweifelsfrei zu sehen ist! Die Handyortung von O'Brian gibt lediglich an, dass er, beziehungsweise sein Telefon, sich in der Nähe des Tatortes aufgehalten hat. Und das war nicht einmal am Tattag! Was wir jetzt dringend brauchen, ist dieses Video! Kann es sein, dass die für uns wichtige Sequenz irgendwie schadhaft war?«, erkundigte er sich bei Amara Jones, die ebenfalls an dieser Besprechung teilnahm. »Und wäre es möglich, den Rest noch zu retten?«

»Das habe ich natürlich als Erstes untersucht«, gab die IT-Spezialistin zurück. »Ich konnte jedoch keine schadhaften Sektoren in dieser speziellen Datei feststellen. Die Aufnahme muss also aus einem anderen Grund unvollständig sein, zum Beispiel infolge einer Störung der Internetverbindung oder eventuell eines Stromausfalls. Ihr solltet diesbezüglich die Protokolle des Routers noch einmal genau untersuchen. Falls es so war, wird es dokumentiert sein!«

»Okay, das erledigt ihr beide!«, wandte sich Tobias an Erik und Vanessa. »Ihr zwei seid ein eingespieltes Team. Der Rest von uns wird sich in der kommenden Stunde auf die Verhöre vorbereiten. Martin und Jonas nehmen sich Duncan O'Brian vor und Jasmin wird mit mir zusammen die Vernehmung von Geraldine Lefebre durchführen!«

* * *

Auf Eriks Schreibtisch war in den letzten Minuten ein technischer ›Klapparatismus‹ entstanden, wie er wohl zu Beginn des Computerzeitalters an der Tagesordnung gewesen war, wie er aus Erzählungen seines Vaters wusste. In der Welt von heute hatten Luftverkabelungen und Drahtverhaue, wie sie damals üblich waren, infolge der modularen Bauweise keinen Platz mehr. Doch eine andere Möglichkeit, den Internet-Router aus Maike Kluges Wohnung in Echtzeit auszulesen, gab es nicht.

Die Protokolldateien, die Jasmin und Vanessa zur Lokalisierung des Speichers für die Videoaufnahmen verwendet hatten und die letztlich zu Julia Münchs Online-Tagebuch führten, waren von Amara Jones in der Forensik extrahiert und ausgedruckt worden und enthielten nicht die Systemprotokolle, die er jedoch für sein Vorhaben dringend benötigte.

So hatte er das Gerät in Ermangelung einer Alternative über eine Direktverbindung mit seinem Notebook gekoppelt. Und da das einzige Netzwerkkabel, das er auf die Schnelle hatte finden können, lediglich 1,50 Meter lang und der Stromanschluss gut doppelt so weit entfernt war, hing das Teil nun, nur gehalten von den Kabeln, in der Luft zwischen Steckdose und Schreibtisch. Eine Verbindung mit dem Internet war zum Glück nicht erforderlich, denn die hätte er gar nicht herstellen können oder dürfen.

»Das sieht ja richtig professionell aus!«, spottete Vanessa, als er mit seinen Vorbereitungen fertig war und sie nun erwartungsvoll anschaute. Ihre Aufgabe bestand darin, die infrage kommenden Videodateien aufzurufen und ihm die jeweiligen Zeitstempel zu nennen, die er dann mit den Protokolleinträgen des Routers vergleichen wollte. »Ich wäre bereit«, nickte sie ihm zu. »Wobei mir allerdings immer noch nicht klar ist, was du damit eigentlich bezweckst! Wie wir wissen, sind die Zugriffe der Kamera durch die vorgenommenen Manipulationen nicht in den Protokollen enthalten!«

»Wenn es sich so verhält, wie ich vermute, braucht das nur ein paar Minuten zu halten«, winkte Erik ab. »Und die Zugriffe der Kamera benötigen wir womöglich nicht, da mir ein *indirekter* Nachweis vorschwebt. Wir beginnen daher am besten mit dem Video, das so abrupt endete. Genau zu diesem Zeitpunkt muss ein Ereignis stattgefunden haben, zu dem ich hoffentlich Einträge im Systemprotokoll finde.«

Vanessa startete wortlos die bewusste Sequenz, die so hoffnungsvoll begann und dann doch nicht die gewünschte Information lieferte. Wie bereits bei der ersten Einsichtnahme betrat das spätere Mordopfer das Wohnzimmer, drehte sich zu einer unsichtbaren Person um, und sprach offenbar mit dieser. Das Bild wurde dunkel und einige Augenblicke danach endete die Aufnahme. Sie nannte ihm den genauen Zeitcode.

Erik brummelte etwas Unverständliches, während er durch das Protokoll scrollte. Zwischendurch kritzelte er auf einem Notizblock herum. »Und jetzt bitte den Timecode zu Beginn der Folgeaufnahme!«, hob er die Stimme. Vanessa nannte ihm diesen sofort, denn sie hatte damit gerechnet, dass er dies als Nächstes von ihr wissen wollte und das Video bereits gestartet. So langsam dämmerte ihr, was ihr Kollege vorhatte.

»Es ist eigentlich eindeutig«, meldete Erik eine Minute später. »Das erste Video wurde unterbrochen, weil die Stromzufuhr des Internet-Routers ausfiel. *Dieses* Ereignis wurde natürlich nicht protokolliert, dafür aber der komplette Neustart des Systems eine Viertelstunde später. Und ab da gibt es ja auch wieder Videoaufnahmen. Wenn wir nicht von einem für den Täter unverschämt glücklichen Zufall ausgehen, hat irgendjemand den Netzstecker gezogen. Jemand, der direkt daneben stand und von der Kamera wusste!«

»Daher der Daumenabdruck auf dem Steckernetzteil!«, nickte Vanessa. »Dumm ist nur, dass er keinem der Verdächtigen zugeordnet werden kann! Wir sind so schlau wie zuvor!«

»Wer sagt uns denn, dass er vom Täter stammt? Einen Stecker kann man auch anders ziehen, zum Beispiel mit einem Ruck am Kabel. Warum hat es eine Viertelstunde gedauert, bis der Strom wieder da war? Ich sage es dir: In der Zwischenzeit wurden fein säuberlich alle Spuren beseitigt, deshalb haben wir auch in der ganzen Wohnung keine gefunden, die auf den Täter hinweisen. Weshalb sollte derjenige ausgerechnet *diese* vergessen haben? Der Abdruck auf dem Netzteil kann von wer-weiß-wem sein. Etwa von Julia Gomes, der Freundin von Maike Kluge. Das haben wir schließlich nicht überprüft, aber sie war definitiv an dem Router, da sie ihn manipuliert hat!«

»Du hast recht. Durch die jetzt erarbeiteten Daten können wir den Tatzeitpunkt aber mit einer Genauigkeit von weniger als fünfzehn Minuten festlegen. Wir müssen also nur noch nachweisen, wer um diese Zeit dort war, dann haben wir unseren Mörder!«

»O'Brian und Lefebre werden momentan verhört. Vielleicht gelingt es, einem von ihnen ein Geständnis zu entlocken. Immerhin haben wir Handyortungen in der Nähe beider Tatorte und Tobias ist ein äußerst geschickter Taktiker!«

»Leider nicht vom Tattag! Es gibt aber noch andere Kandidaten, und zwar welche, die *auf jeden Fall* von dem geheimen Innenleben des Teddys wussten! Wir haben doch ihre Handynummern in den Akten! Wie wäre es, wenn wir davon ebenfalls Bewegungsprofile anfordern würden?«

»Auch das von der Mutter?«, wunderte sich Erik. »Was hätte sie deiner Meinung nach für ein Motiv? Sie hat doch keinen Vorteil vom Tod der unehelichen Tochter ihres Mannes!«

»Nur der Vollständigkeit halber!«, sagte Vanessa. »Es gab schon zu viele Versäumnisse. Von uns allen! Vor allem aber, weil Thorsten Kluge die Nummern ursprünglich für seine Tochter aufgeschrieben hatte und wohl einfach vergaß, die jeweiligen Namen dazuzuschreiben. Wir wissen also gar nicht, wem welche Telefonnummer gehört! Die eigentliche Herausforderung besteht aber darin, dass wir genau aus diesem Grund auf die Schnelle bestimmt keinen Gerichtsbeschluss erhalten werden. Ich werde also meinen unvergleichlichen Charme spielen lassen müssen«, grinste sie und griff zum Telefonhörer.

* * *

Tobias Heller hatte sich mit Jasmin Brandt und der Hauptverdächtigen in die für Vernehmungen vorgesehene und durch geschickt angeordnete Stellwände sichtgeschützte Nische auf der linken Seite des Großraumbüros zurückgezogen. Duncan O'Brian wurde von Martin Weber und Jonas Faber mangels Alternativen im Besprechungsraum vernommen. In Anbetracht der dürftigen Beweislage hatte man sich nach eingehender Beratung entschlossen, für die Verhöre abweichende Strategien anzuwenden. Diese waren von Tobias entworfen worden und unter psychologischen Gesichtspunkten auf die jeweilige Person zugeschnitten.

Die Idee war, aus einer Mischung von bewiesenen Tatsachen, Indizien und Mutmaßungen eine kausale Kette zu konstruieren, die trotz erwiesener Lücken in den Beweisen hoffentlich in wenigstens *einem* Fall zu einem Geständnis führen würde. Vielleicht gelang es sogar, die Verdächtigungen irgendwie gegeneinander auszuspielen. Tobias war jedenfalls fest davon überzeugt, den oder die Täter gefunden zu haben. Anders ergaben die Indizien für ihn keinen Sinn.

Nach einem Anwalt hatten beide aber bisher nicht verlangt. O'Brian führte allerdings im Anschluss an die Festnahme das ihm zustehende Telefonat, dessen Adressat jedoch nicht bekannt war. Tobias hoffte fast auf einen Rechtsanwalt, da ein solcher bei Beschuldigungen dieser Tragweite besser so früh wie möglich beteiligt werden sollte. So würde man ihnen später keine Verfahrensfehler anhängen können. Gemeldet hatte sich aber noch niemand bei ihm.

»Benötigen Sie einen Dolmetscher, Frau Lefebre?«, wandte Tobias sich vorsorglich an die Beschuldigte, da sie bisher nicht viel gesagt hatte und er daher über ihre Sprachkenntnisse nicht orientiert war. Jasmin ordnete nervös einige Unterlagen und legte anschließend die Hände in den Schoß, damit niemand deren Zittern bemerkte. Dies war ihre erste Vernehmung in einem Mordfall, und dann gleich mit dem Chef!

»Isch verste'e Sie gut!«, antwortete sie mit einem starken französischen Akzent. »Wenn Sie nur bitte etwas langsamer reden würden?« Ihre Stimme passte zu ihrem Aussehen: Geraldine Lefebre war eine sehr schöne Frau mit einer melodischen Sprechweise. Und sie hatte grüne Augen. Wie die Person, die laut Tagebucheintrag am Tattag durch den Türspion schaute!

Schade, wenn solche Türspione über eingebaute Netzhaut-Scanner verfügen würden, wäre sie jetzt vielleicht überführt, bedauerte Tobias Heller in Gedanken. »Es ist wirklich äußerst wichtig, dass Sie den Ernst Ihrer derzeitigen Lage begreifen«, beschwor er sie, wobei er sich um eine deutliche Aussprache bemühte. »Ihnen wird immerhin ein Tötungsdelikt zur Last gelegt, Sie sollten wenigstens einen Anwalt hinzuziehen!« Der verwendete Begriff mochte sehr nach ›Amtsdeutsch‹ klingen, war jedoch die korrekte Diktion. ›Mord‹ war hingegen ein strafrechtlich relevanter Ausdruck, der ausschließlich den Gerichten vorbehalten war, auch wenn man ihn untereinander der Einfachheit halber gerne benutzte.

»Isch 'abe nichts gemacht!«, gab sie selbstbewusst, vielleicht sogar ein wenig hochnäsig zurück. »Fangen Sie an, Monsieur Commissaire!«

Natürlich nicht, und deshalb wolltest du auch nicht abhauen, als du uns gesehen hast, dachte Tobias. »Ganz wie Sie wünschen. Sagen Ihnen diese Kalenderdaten etwas?« Er nickte Jasmin auffordernd zu, die langsam und akzentuiert nacheinander drei Werte aus ihren Unterlagen nannte. Es handelte sich um die beiden Abende, an denen Luisa Fernandez den Keylogger in Empfang nahm, beziehungsweise zurückgab, sowie das Datum des Einbruchs bei Julia Münch. Ersteres wusste man von Fernandez selbst, und Letzteres aus dem Tagebuch des Opfers. Wie immer sah Heller seinem Gegenüber dabei fest in die Augen. War da ein Zucken bei der zweiten und dritten Datumsangabe?

»Das ist lange 'er«, Sie legte ihre Stirn gekonnt in nachdenkliche Falten und hob ihre Schultern. »Isch kann misch wirklisch nicht erinnern!«

»Dann will ich Ihrer Erinnerung auf die Sprünge helfen! Die ersten beiden Treffen fanden spät abends auf dem Parkplatz vor Ihrer Wirkungsstätte statt, und zwar zwischen einer Frau namens Julia Münch und einer Angestellten. Es ging dabei um gestohlene Firmendaten. Das dritte Datum bezieht sich auf den Einbruch in die Wohnung besagter Julia Münch, die übrigens keine zwei Wochen später getötet wurde!«

»Und was 'at das alles mit mir su tun, Monsieur?« Sie gab sich redliche Mühe, neutral zu klingen, doch Tobias ließ sich so leicht nicht in die Irre führen. Ihre vorgetäuschte Selbstsicherheit hatte einen empfindlichen Dämpfer erhalten.

»Das will ich Ihnen sagen: Sie bekamen irgendwie Wind von der Übergabe des USB-Sticks auf dem Parkplatz und folgten Julia Münch bis zu ihr nach Hause.

Dann warteten Sie einen günstigen Zeitpunkt ab, um bei ihr einzubrechen, was einige Tage später der Fall war. Sie wollten diesen USB-Stick an sich bringen, der brisante Daten enthielt. Dinge, die sowohl Ihnen als auch Ihrem Chef den Kopf kosten würden, kämen sie ans Tageslicht! Muss ich noch deutlicher werden? Sie fanden zwar nicht, was sie suchten, ließen dafür aber etwas für uns zurück: Einen Abdruck Ihres Daumens an einem Möbelstück und noch etwas anderes.« Er nickte wieder Jasmin zu.

Das hatten sie vorher gemeinsam abgesprochen. Die auf diesem Teilgebiet unerfahrene Kommissarin sollte ein Gespür für die Dynamik solcher Vernehmungen bekommen, die bei Heller in der Regel einem exakten ›Drehbuch‹ folgten. Dabei wechselten sich geschickt eingestreute Informationen mit strategisch platzierten Fragen und unterschwelligen Beschuldigungen ab, um dann immer konkreter zu werden. Im Grunde zielte alles darauf ab, die Vernommenen auf getätigte Aussagen festzunageln und in offenkundige Widersprüche zu verwickeln. Diese Vorgehensweise war für ihn und Denise oft erfolgreich gewesen.

»Ihr Handy war zum Zeitpunkt des Einbruchs in einer Funkzelle eingebucht, die unter anderem auch das Haus bedient, in dem Frau Münch wohnt«, las die Kommissarin aus der Fallakte vor. »Durch eine Triangulation mit umliegenden Zellen konnten wir Ihren Standort auf den Meter genau bestimmen. Damit ist Ihre Anwesenheit dort zur Tatzeit in Verbindung mit dem Daumenabdruck hinreichend bewiesen!«

* * *

»Sie haben also herausgefunden, dass ich mich vor einigen Tagen in der Nähe eines Wohnhauses aufgehalten habe, das später Schauplatz eines Verbrechens wurde«, gab Duncan O'Brian zur selben Zeit auf eine ähnlich lautende Frage Jonas Fabers zurück. In seiner ruhigen, besonnenen Art eignete sich dieser besser für Vernehmungen als sein mitunter aufbrausender Partner, was Martin Weber ausnahmsweise neidlos zugab. »Meinen Glückwunsch! Und was hat das jetzt mit meiner absolut ungerechtfertigten Festnahme zu tun? Das wird übrigens ein Nachspiel für Sie haben, sagen Sie das Ihrem Hauptkommissar Heller!«

»Um es präzise zu formulieren, war dies fünf Tage, bevor diese Tat in der Wohnung einer Ihrer früheren Angestellten verübt wurde«, legte Faber nach. »Und es war nicht nur in der Nähe, sondern am Haus, wie eine Dreieckspeilung Ihres Handysignals zweifelsfrei belegt. Was wollten Sie dort?«

»Zunächst einmal kann man Frau Kluge kaum als ehemalige Angestellte bezeichnen. Sie war auf Probe bei uns in der Buchhaltung beschäftigt und wurde dabei ertappt, wie sie sensible Firmendaten aus dem Netzwerk zu stehlen versuchte. Ich habe sie sofort fristlos entlassen, sie war keine Woche bei uns! Und was ich an diesem Tag bei ihr wollte, geht Sie gar nichts an! Sie war auch nicht zu Hause, jedenfalls machte sie mir nicht auf, als ich klingelte.«

»Glauben Sie an Zufälle? Ich nicht!«, ergriff Martin Weber das Wort. »Oder ist es etwa ohne jede Bedeutung, dass Ihre ›Assistentin‹ einige Tage zuvor in die Wohnung einer gewissen Julia Münch einbrach, um ebendiese ›sensiblen Firmendaten‹ zurückzuholen, die von dieser aus Ihrem Firmennetzwerk gestohlen wurden? Ist es wirklich nichts als ein dummer Zufall, dass dieselbe Frau weniger als eine Woche, nachdem *Ihr* Mobiltelefon vor dem Haus geortet wurde, tot im Wohnzimmer von Maike Kluge aufgefunden wurde? In Verbindung mit dem zuvor von Ihrer Mitarbeiterin verübten Einbruch erscheint mir ein Zusammenhang schon wahrscheinlich. Zumal die vorhin erwähnten Daten von immenser Wichtigkeit für Ihre berufliche Zukunft sein dürften, um es einmal vorsichtig auszudrücken.«

»Ich sage Ihnen, wie es abgelaufen ist«, fügte Jonas Faber hinzu. »Nachdem der Einbruch Ihrer Assistentin nicht den gewünschten Erfolg gebracht hatte, beschatteten Sie Julia Münch und erfuhren so von deren Umzug. Sie sondierten die Lage zunächst vor Ort, wobei Sie jedoch nicht daran dachten, das verräterische Handy auszuschalten. Bei ihrem zweiten Besuch taten Sie das aber sehr wohl, weshalb wir von *diesem* Tag keine Ortung mehr haben. Oder war es Ihre Assistentin, die erneut einbrach?«

»Davon können Sie nichts beweisen«, blieb O'Brian eisern bei seiner Version. »Ich war dort, das stimmt. Frau Kluge hatte den Werksausweis nicht zurückgegeben, ich wollte ihn an dem Tag bei ihr holen, das ist alles. Sie machte nicht auf und ich fuhr wieder. Einen zweiten Besuch gab es nicht!«

»Kommen Sie«, lockte Martin Weber ihn. »Erleichtern Sie Ihr Gewissen! Der Tod der Frau war vielleicht nicht eingeplant, ein Versehen sozusagen! Wussten Sie, dass in der Wohnung eine Überwachungskamera installiert war? Nein? Unsere Experten sind derzeit mit Hochdruck dabei, die leider ziemlich ungeordneten Aufnahmen auszuwerten. Es ist nur eine Frage von Tagen, doch wenn wir erst den Beweis haben, ist es zu spät für einen Deal. Ein Geständnis würde uns viel Zeit ersparen und kann sich daher nur positiv auf das Urteil auswirken. Frau Lefebre bekommt genau in diesem Augenblick dasselbe Angebot unterbreitet. Wenn sie auspackt, haben Sie verloren. Entscheiden Sie sich also schnell!«

Es war natürlich ein Bluff. Ein besonders Dreister noch dazu, da man schließlich wusste, dass auf den Videos nichts zu sehen sein würde. Nichtsdestotrotz hatten die Worte anscheinend Eindruck auf O'Brian gemacht, denn er wurde mit einem Mal sehr nachdenklich. Mehrere Minuten brütete er mit gesenktem Haupt still vor sich hin, aufmerksam beäugt von den Kommissaren, die nicht wagten, ihn in seinen Überlegungen zu stören.

Jetzt hob er den Kopf und sah ihnen nacheinander mit festem Blick in die Augen. »Also gut, Sie haben gewonnen«, hörten sie endlich die ersehnten Worte. »Ich sage Ihnen alles, was ich weiß!«

Martin rieb sich in Gedanken die Hände über den unverhofften Erfolg seines Bluffs. Indes sollte seine Freude darüber nicht lange anhalten, denn in diesem Augenblick ertönte eine resolute Stimme hinter ihm: »Davon würde ich dringend abraten!« Er war beileibe nicht der Einzige, der erschrocken zu der Sprecherin herumfuhr und sie entgeistert anstarrte. Hinter ihr standen Tobias und Jasmin. Sie machten nicht gerade einen glücklichen Eindruck. Im Gegenteil!

* * *

»Sie sehen, dass wir Ihnen den Einbruch lückenlos nachweisen können!«, setzte Tobias zum finalen Stoß an. »Sie sollten Ihre Entscheidung noch einmal überdenken. Ein Anwalt wäre in Ihrer Situation dringend erforderlich, die getötete Frau im Wohnzimmer einer ehemaligen Angestellten von Ihnen ist nämlich identisch mit der, deren Wohnung Sie durchsucht haben! Wussten Sie, dass es dort eine Kamera gab, die alles aufgezeichnet hat? Ein frühes Geständnis wird vor Gericht sicher zu Ihren Gunsten bewertet, Sie können Ihre Lage damit also nur verbessern!«

Geraldine Lefebre war bei den Worten des Hauptkommissars sämtliches Blut aus dem Gesicht gewichen und sie schnappte hörbar nach Luft. Bevor sie sich jedoch zu dem Vorwurf äußern konnte, erhob sich jenseits der Stellwand ein Tumult. »Ich verlange, sofort zu Ihrem Vorgesetzten gebracht zu werden!«, ertönte die befehlsgewohnte Stimme einer Frau. »Das ist eine Riesensauerei, die Sie mit meinen Mandanten veranstalten!«, fügte sie wenig damenhaft im selben Tonfall hinzu.

Tobias hörte Erik etwas entgegnen, das er jedoch nicht verstand. Wo war Vanessa? Bevor die Situation zu eskalieren drohte, eilte er in deren Nische, um die Angelegenheit zu klären. Dort wartete eine nicht sehr große, kräftig gebaute Dame mit Hosenanzug und hochtoupierten Haaren, die ihn wütend anfunkelte. Sie hatte eine Aktentasche unter den Arm geklemmt. Kurzum: Sie war das Zerrbild einer Rechtsanwältin.

»Sind Sie für diese Katastrophe verantwortlich?«, giftete sie den SOKO-Chef sofort an, nachdem er sich ihr vorgestellt hatte. »Sie werden das Verhör von Frau Lefebre und Herrn O'Brian umgehend beenden! Eine weitere Vernehmung ist nur in meiner Gegenwart erlaubt! Außerdem will ich mit meinen Mandanten zunächst unter vier Augen sprechen!« Bei jedem ihrer Worte stach sie mit dem Zeigefinger auf ihn ein.

Wo ist die denn entlaufen? Das kann ja noch heiter werden, seufzte Tobias in Gedanken, ergab sich jedoch widerspruchslos in sein Schicksal. »Kommen Sie, ich führe Sie in einen abhörsicheren Raum, wo Sie ungestört reden können. Holst du Frau Lefebre?«, wandte er sich an Jasmin, die sich jetzt dazugesellt hatte. Auf die Verdächtige passte derweil ein Wachmann auf.

Kapitel 17

Mit leeren Händen?

»Das Ende vom Lied war, dass wir Duncan O'Brian freilassen mussten«, berichtete Tobias Heller auf der gleich im Anschluss einberaumten Fallbesprechung. »Diese Frau Doktor Gundula Reichenbach hatte nach Einsichtnahme der Beweislage seine sofortige Entlassung beim Staatsanwalt erwirkt. Wie ihr ja alle wisst, hatten wir Notebook und Mobiltelefon der Getöteten weder bei ihm noch bei seiner Komplizin gefunden. Die Handyortung sei kein Beweis, da diese nicht vom Tattag ist. Außerdem warf sie uns offen Einschüchterung vor.«

»Das muss sie uns erst einmal beweisen«, grinste Martin Weber. »Wir haben im Verhör nichts gesagt, das nicht der Wahrheit entspräche. Dass auf den Videos nichts zu sehen ist, mussten wir zu dem Zeitpunkt doch noch nicht wissen! Schade, er war so kurz davor, etwas auszusagen!« Er zeigte mit Daumen und Zeigefinger einen winzigen Spalt an.

»Den Eindruck hatte ich bei unserer Vernehmung ebenfalls«, nickte Tobias. »Geraldine Lefebre wollte gerade etwas sagen, als diese Anwältin hereinplatzte. Das können wir jetzt natürlich knicken. Aber es gibt auch eine einigermaßen gute Nachricht: Der Haftbefehl ist zwar ungültig, da er sich auf ein Tötungsdelikt bezieht, das wir ihr derzeit nicht nachweisen können,

doch den Einbruch konnte ihre Anwältin nicht weg-
diskutieren. Wir dürfen sie also noch für etwa acht-
zehn Stunden festhalten. Bis dahin benötigen wir ein
Ergebnis! Irgendwelche Vorschläge?«

»Was, wenn es die beiden nicht waren, Chef?«, hob
Vanessa die Hand. »Dann vertrödeln wir hier unsere
Zeit damit, ihnen etwas nachzuweisen, was sie nicht
getan haben! Ja, ich weiß, wir sollen nicht an Zufälle
glauben, aber manchmal finden Dinge einfach gleichzeitig statt! Was haben wir denn? Wir haben einen
Daumenabdruck am Schauplatz eines Wohnungsein-
bruchs und eine Handyortung zur Tatzeit. Weiterhin
wurde ein Telefon am Tatort gesichtet, aber Tage *vor*
dem Mord. Damit können wir gar nichts beweisen!«

»Dagegen haben wir Indizien dafür gefunden, dass
es einen Zusammenhang zwischen dem Daumenabdruck an dem Steckernetzteil des Routers und dem
Abbruch des Videos geben muss«, meldete sich Erik zu
Wort. »Außerdem kennen wir die Tatzeit durch die
Auswertung der Aufnahmen nun auf eine Viertelstunde genau. Es besteht auch kein Zweifel daran, dass
die Internetverbindung durch Ziehen des Netzsteckers
gekappt wurde. Und das wiederum kann nur jemand
getan haben, der sich in der Wohnung sehr gut aus-
kannte und zudem von der Kamera wusste! Aufgrund
ihrer Reaktionen vorhin sind die Verdächtigen jedoch
raus!«

»Irgendetwas wollten beide unabhängig voneinander gestehen, bevor ihre Anwältin hereinschneite«,
wandte Jasmin ein. »Da sollten wir unbedingt noch
einmal nachhaken!«

»Ich werde Lefebre ein weiteres Mal vernehmen«, beschloss Tobias. »Diesmal natürlich in Anwesenheit ihrer Rechtsanwältin! Doch ihr habt recht: Ganz so überzeugt von ihrer Schuld bin ich mittlerweile nicht mehr. Warum werde ich das Gefühl nicht los, dass ihr noch was anderes herausgefunden habt?«, wandte er sich an Vanessa und Erik. »Heraus mit der Sprache!«

»Es ist noch nicht in trockenen Tüchern«, druckste die Kommissarin herum. »Ich habe die beiden Mobilfunknummern der Eltern von Maike Kluge überprüft, ihr Vater hatte sie uns ja aufgeschrieben.«

»Wofür du selbstverständlich einen richterlichen Beschluss hattest?«, wölbte Tobias die Brauen.

»Sagen wir, ich kenne jemanden bei *Vodafone*, der mir einen Gefallen schuldete«, grinste sie verlegen. »Bei der Gelegenheit: Ich habe ihm versprochen, den Beschluss umgehend nachzureichen. Jedenfalls war eins der beiden Handys laut Bewegungsprofil exakt zur Tatzeit in der Funkzelle eingebucht, die das Haus von Maike Kluge bedient! Wir glauben doch nicht an Zufälle, oder? Das Problem ist dabei jedoch, dass wir nicht genau wissen, wem das dazugehörige Handy gehört. Das stand nicht auf dem Zettel, es kommen also zwei Personen infrage.«

»Das lässt sich leicht herausfinden. Wir rufen die Nummer an, und wer immer diesen Anruf entgegennimmt, den laden wir vor! Das war gute Arbeit, wenn auch etwas eigenmächtig«, tadelte Tobias milde ihr Vorgehen. »Als Nächstes wirst du eine metergenaue Dreieckspeilung für diesen Zeitpunkt anfordern, den Beschluss besorge ich dir!«

* * *

»Ich habe gehört, deine Französin soll sehr schön sein?«, erkundigte sich Melanie Heller beiläufig bei ihrem Ehemann, während sie gleichzeitig die Ermittlungsakte zu dessen aktuellem Fall durchlas. Ebenso wie Tobias war sie in der Lage, zweigleisig zu denken.

»Lefebre ist ab jetzt *deine* Französin«, konterte er. »Und für weibliche Reize bin ich nicht empfänglich, wie du weißt. Hätte ich dich sonst geheiratet?«, fügte er doppeldeutig hinzu. In Anbetracht der Lage hatten sie sich untereinander darüber verständigt, dass der Wohnungseinbruch jetzt vordringlich vom Kriminalkommissariat 2 untersucht werden sollte. Außerdem war Melanie allgemein als ›harter Brocken‹ bekannt, was Vernehmungen anbetraf. Sie würde die Tatverdächtige schon weichkochen. Keinesfalls wollte man das Pärchen ungeschoren davonkommen lassen!

Seine Frau legte den Hefter aus der Hand. »Nein, mein Schatz«, grinste sie breit. »Du hast mich wegen meiner überragenden Intelligenz geehelicht. Und du hast Glück, dass mir sowas umgekehrt nicht sehr viel bedeutet!« Nirgends täuschte der äußere Anschein mehr als beim Ehepaar Heller. Trotz aller Gegensätze führten die beiden eine harmonische Beziehung, und dass Melanie eine ›Kratzbürste‹ war, hatte er ja vorher gewusst. Immerhin hatte er sie kürzlich zum zweiten Mal geheiratet. Wenn das kein Liebesbeweis war!

»Nachdem das jetzt geklärt ist«, blieb Tobias zweideutig, »übergebe ich dir hiermit ganz offiziell meine Hauptverdächtige zur weiteren Verwendung. Soll ich bei der ersten Vernehmung dabei sein?«

»Das würde dir so passen! Lass nur, ich komme schon alleine zurecht. Und ich kann Französisch, wie du weißt«, zwinkerte sie ihm zum Abschied zu, dann schloss sich die Tür hinter ihr.

Tobias war es recht. Lefebre war bei Melanie in den besten Händen, und er konnte sich auf das Wesentliche konzentrieren. Nachdem seine Frau gegangen war, griff er daher sofort zum Telefon, um die Handynummer anzurufen, die jetzt so überraschend in den Fokus der Ermittlungen gerückt war. *Na ja, vielleicht nicht ganz unerwartet*, dachte er. *Doch zum Glück habe ich fähige Mitarbeiter!*

Er musste unwillkürlich schmunzeln. Vanessa war nur ihrem Instinkt gefolgt, so wie er es stets gehalten hatte: Was notwendig war, wurde getan. Falls es gut ausging, wurde man gelobt, und wenn nicht, gab es allenfalls einen Verweis. Was sollte schon großartig passieren? Zumal die Vorgehensweise, einen richterlichen Beschluss in besonders eiligen Fällen nachzureichen, ja nicht gerade unüblich war. Er konnte mit Recht stolz auf seine Mannschaft sein!

* * *

Zwei Stunden später

»Haben Sie vielen Dank, dass Sie meiner Bitte so schnell gefolgt sind«, wandte Tobias sich höflich an seinen ›Besuch‹, während er die Sprachaufnahme an seinem Smartphone aktivierte und dieses dann in die Mitte zwischen ihnen legte. Als ›Assistentin‹ hatte er diesmal Vanessa hinzugeholt. Er fand, dass sie es sich verdient hatte, bei der Vernehmung dabei zu sein.

»Meine Frau ist heute in der Firma, ich hatte also Zeit.« Wie erwartet, handelte es sich bei dem Besitzer des fraglichen Handys um Thorsten Kluge, der ihnen gegenüber am Tisch in der ›Vernehmungsecke‹ Platz genommen hatte. Dieser beäugte jetzt die Handlung Hellers mit misstrauischen Blicken. Das alles wirkte auf ihn doch eher wie eine Vernehmung, statt nach ›nur ein paar Fragen‹, wie der Hauptkommissar es am Telefon ausgedrückt hatte! »Benötige ich etwa einen Rechtsanwalt?«, fragte er mit besorgter Miene.

»Glauben Sie denn, dass Sie einen benötigen, Herr Kluge?«, stellte Heller die Gegenfrage. »Es steht Ihnen selbstverständlich frei …«

»Nein, ich denke nicht. Stellen Sie also Ihre Fragen, Herr Kommissar. Wenn ich auch nicht so recht weiß, was Sie gerade von *mir* wollen. Sagten Sie nicht beim letzten Mal, dass der Tod meiner … äh, dieser Frau in Maikes Wohnung eventuell ein Irrtum gewesen sein könnte?«

»Wir ermitteln derzeit in alle Richtungen«, wich Heller mit einem beliebten Standardspruch aus. »Bei dieser Gelegenheit: Wo waren Sie am … Vanessa, wie lautete noch das genaue Datum?«, wandte er sich an die Kommissarin, die die Fallakte hütete. Sie blätterte in ihren Unterlagen und lieferte nur Sekunden später die gewünschte Information inklusive der Uhrzeit, zu der laut Videobeweis die Tat verübt wurde.

Kluge zog stirnrunzelnd das iPhone aus der Tasche und rief die Kalender App auf. »Das war Dienstag vor vierzehn Tagen«, stellte er fest. »Ich erinnere mich noch sehr genau: Da war ich von morgens bis spät in den Abend im Betrieb und habe mich um die Buchhaltung gekümmert. Das können meine Angestellten Ihnen sicher bestätigen. Sofern es denn nötig ist. Ist es das?«, fügte er besorgt hinzu.

»Ich fürchte, das dies tatsächlich erforderlich ist«, nickte Heller und streckte fordernd die Hand aus, als er sah, dass Kluge das Telefon einstecken wollte. »Das Handy muss ich einbehalten«, informierte er ihn. »Es wird von unseren Spezialisten untersucht. Laut einer durchgeführten Ortung war es nämlich exakt zu dem Zeitpunkt, den meine Mitarbeiterin vorhin nannte, in einer Funkzelle eingebucht, die zur Wohnung Ihrer Tochter gehört. Eine nachträgliche Triangulation des Signals ergab, dass das Handy sich im Wohnzimmer befunden haben muss! Ich denke, es ist unter diesem Aspekt unerlässlich, Sie jetzt über Ihre Rechte aufzuklären. Außerdem rate ich Ihnen dringend, nun doch einen Anwalt hinzuzuziehen!«

Tobias Heller beobachtete wie immer das Gesicht des Beschuldigten genau. Die wenigsten Menschen waren Herr ihrer Mimik, wenn sie unvorbereitet mit einer solchen Anschuldigung konfrontiert wurden, und Kluge war bis zu diesem Zeitpunkt vollkommen ahnungslos gewesen! Er hatte angenommen, zu einer normalen Befragung geladen worden zu sein! Das war zugegebenermaßen etwas hinterhältig von ihm, jedoch nicht gegen die Vorschriften.

Jetzt bekamen es die Kommissare allerdings mit einer ungewöhnlichen ›Mischung‹ aus Emotionen zu tun, die in rascher Folge auf dem Gesicht des Mannes wechselten: Kurzfristige Verwirrtheit wurde durch Unglaube abgelöst, der wiederum blankem Entsetzen weichen musste und zuletzt in jähes Begreifen überging, wie seinen aufgerissenen Augen zu entnehmen war. »Das wird nicht nötig sein!«, hauchte er. Er war unter den Worten des Hauptkommissars bleich wie eine Wand geworden. »Ich gestehe die Tat. Ich war es, der Julia umgebracht hat. Ich ganz allein!« Er schob das Handy über den Tisch und lehnte sich dann wie befreit zurück.

Tobias sah kurz zu Vanessa. Die Kommissarin war vom schnellen Erfolg des Verhörs sichtlich überwältigt. Er war jedoch nicht minder überrascht, denn so etwas hatte er in seiner langen Laufbahn noch nicht erlebt! Während Vanessa das Smartphone wortlos in einen Spurensicherungsbeutel eintütete, wendete er sich Thorsten Kluge zu: »Ich werde Sie jetzt wegen Ihrer Einlassung, Julia Münch vorsätzlich getötet zu haben, in Gewahrsam nehmen. In Ihrem Interesse werden wir die Vernehmung erst in Gegenwart eines Rechtsanwalts fortsetzen. Sollten Sie keinen haben, kann ich einen für Sie organisieren. Haben Sie das so weit verstanden?«

»Bringen Sie ihn bis zur Ankunft seines Anwalts in die Arrestzelle!«, befahl er dem am Fenster postierten Wachmann, nachdem Kluge seine gerade eben noch vernehmbare Antwort gegeben hatte. Für das Protokoll war diese Zustimmung von großer Wichtigkeit. Dann wurde er mit gesenktem Kopf in Handschellen hinausgeführt. »Was sagst du dazu?«, wandte Tobias sich an Vanessa.

Die hob nur ratlos die Schultern. »Ehrlich gesagt, weiß ich nicht, was ich davon halten soll, Chef! Was hatte der Mann für einen Grund, seine eigene Tochter zu töten?«

»Wir werden, nein wir *müssen* es sogar herausfinden!« Er packte seine Sachen zusammen. »Komm, es wartet jetzt eine Menge Arbeit auf uns. Dieser Fall ist nämlich noch längst nicht in trockenen Tüchern!

Wenn wir sein Geständnis nicht mit harten Fakten untermauern können, ist es vor Gericht nichts wert. Er braucht es ja nur zu widerrufen, dann stehen wir ohne Beweise mit leeren Händen da!«

* * *

»Bevor ihr alle in den verdienten Feierabend geht, möchte ich euch noch schnell eine kurze Zusammenfassung der Ereignisse der vergangenen vier Stunden vortragen«, wandte sich Tobias an seine drei verbliebenen Ermittler. »Für die, die es nicht wissen: Martin und Jonas habe ich vorhin nach Rheinbach geschickt, um dort das Alibi zu überprüfen, das Thorsten Kluge zu Beginn der ersten Vernehmung abgegeben hatte.«

»Wie jetzt?«, wunderte sich Erik. »Ich dachte, er hat dir die Tat gestanden? Warum brauchen wir noch ein Alibi, das offenbar sowieso falsch ist!«

»Oh, er hat das Geständnis sogar im Beisein seines Anwalts vorhin wiederholt!«, nickte Tobias. »Und das wortwörtlich, ihr könnt es in den Audiomitschnitten nachprüfen. Allerdings habe ich meine Zweifel, ob er diesbezüglich die Wahrheit sagte. Zum Beispiel hat er kein Täterwissen, seine Ausführungen bezüglich des Tathergangs sind im Gegenteil schwammiger als die Aussage eines Politikers zur Lage der Nation. Er kann zudem weder die Tatwaffe benennen, noch etwas zum genauen Ablauf sagen. Um deine Frage zu beantworten, Erik: Wir sind als Strafverfolgungsbehörde der Wahrheit verpflichtet. Dazu gehört jedoch, nicht nur *be*lastendes, sondern auch *ent*lastendes Material zu zusammenzutragen. Schon allein, damit wir nicht im Eifer des Gefechts den Falschen einsperren und den wahren Täter dabei einfach übersehen. Nicht der *Ver-*

dächtige muss seine Unschuld beweisen, sondern *wir* haben ihm seine Schuld nachzuweisen. Deshalb überprüfen wir zunächst das Alibi!«

»Er hat also gelogen. Warum?«

»Wenn ich das wüsste! Der klassische Grund wäre, dass er jemanden schützen will, der ihm nahesteht.«

»Das meinte ich nicht. Warum log er überhaupt? Es musste ihm doch klar sein, dass es herauskommt. Das mit der Kamera war ihm bekannt, und dass die nichts aufgenommen hatte, wusste ja nur der Täter. Aber wenn er es nicht war …«

»Es ist ihm auch bekannt, dass *wir* davon wissen!«, erinnerte Tobias ihn. »Und er ist nicht dumm. Wenn die Kamera die Tat zeigen würde, hätten wir den Fall längst gelöst, das ist ihm natürlich bewusst. Aber *wen* will er schützen? Seine Tochter? Seine Frau? Wer immer es war, hatte sein Handy oder war zumindest in seiner Begleitung. Doch das ergibt keinen Sinn, da er dann den Tathergang kennen würde. Bleibt also die erste Variante übrig. Was hat die Untersuchung des Handys ergeben, Jürgen?«, wandte er sich an den Forensiker.

»Ein Smartphone wird hundertmal am Tag angefasst«, brummte Vogel. »Und da die Bedienung über den Bildschirm erfolgt, gibt es haufenweise Fingerspuren auf dem Display, wie ein jeder von euch aus eigener Erfahrung wissen dürfte. Aus diesem Grund wird es öfter abgewischt, was dann wiederum dazu führt, dass immer nur die Fingerabdrücke des letzten Benutzers darauf zu finden sind. So ist es auch hier. Falls jemand anderer als der Eigentümer das Telefon vor über zwei Wochen in der Hand gehalten hat, ist das nicht mehr nachzuweisen!«

Tobias hatte wie immer sein Diensthandy vor sich auf dem Tisch abgelegt, um es jederzeit griffbereit zu haben. Jetzt signalisierte das auf ›lautlos‹ gestellte Telefon den Eingang einer SMS. *WhatsApp*, welches man lange Zeit auch bei der Polizei zur Nachrichtenübermittlung verwendet hatte, war für den dienstlichen Gebrauch mittlerweile verboten worden, da es nachgewiesene Sicherheitslücken gab.

Er nahm die eingegangene Nachricht unter den neugierigen Blicken seiner Leute stirnrunzelnd zur Kenntnis und tippte nach kurzem Nachdenken eine Antwort. Als er aufschaute, sah er lauter erwartungsvolle, ja hoffnungsvolle Gesichter auf sich gerichtet. Er konnte es ihnen nicht verdenken: Ein geplatztes Alibi, in Verbindung mit der Handyortung am Tatort zur richtigen Zeit, und ein Geständnis würden garantiert für eine Anklage reichen. Dieser Fall wäre dann abgeschlossen!

»Das war eine Nachricht von Martin«, sagte er betont ruhig. »Sämtliche Angestellte, und das sind immerhin fünf, haben unabhängig voneinander die Anwesenheit ihres Arbeitgebers zur Tatzeit bestätigt. Thorsten Kluge ist damit raus aus der Nummer! Jetzt ist also wieder Gehirnschmalz erforderlich, und zwar muss es uns irgendwie gelingen, denjenigen zweifelsfrei zu ermitteln, der oder die sein Handy an diesem Tag im Besitz hatte! Zur Auswahl stehen mindestens zwei Personen. Habt ihr irgendwelche Vorschläge für mich, wie wir das herausbekommen können? Ich will nämlich nicht schon wieder einfach losstürmen und den nächstbesten Verdächtigen festnehmen, nur um ihn spätestens am nächsten Tag laufenzulassen!«

»Julia Münch war nicht besonders kräftig«, meinte Jasmin. »Opfer und Täter hatten laut Rechtsmedizin außerdem etwa die gleiche Größe. Die Verwüstungen im Wohnzimmer lassen auf einen längeren Kampf schließen. Und das bedeutet wohl, dass der Angreifer körperlich nicht übermäßig überlegen war, also eine Frau mit etwa 1,70 Meter Körpergröße.«

»Schön, aber das bringt uns momentan auch nicht weiter«, gab Tobias zurück, machte jedoch vorsorglich einen Eintrag dazu auf dem ›Denkbrett‹. »Das ist einfach zu wenig.«

»Maike Kluge war gerade aus den USA zurückgekommen, als wir in ihrer Wohnung waren und dort die als Teddy getarnte Kamera fanden, also über eine Woche nach der Tat«, warf Vanessa ein. »Wir haben die Flugdaten überprüft, sie scheidet demnach ebenfalls aus!«

»Nicht wirklich. Wie bereits gesagt, stellt es sicher kein unüberwindliches Problem dar, innerhalb von achtundvierzig Stunden einmal über den ›Großen Teich‹ zu fliegen und wieder zurück! Dass wir dafür keinerlei Belege haben, besagt nämlich gar nichts. Und ein Gegenbeweis ist sowieso nicht möglich, da ein Fehlen von Beweisen nie etwas aussagt! Was man nicht sieht, kann trotzdem da sein!«

»Wir kennen die Netzwerkadresse des Handys erst seit heute«, meldete sich Erik zu Wort. »Ich habe den Router daraufhin noch einmal überprüft. Das Handy war zur Tatzeit im gesicherten WLAN der Wohnung angemeldet. Das geht jedoch nur, wenn man vorher bereits dort gewesen ist und das korrekte Kennwort eingegeben hat. Bei jedem weiteren Besuch wird die Anmeldung automatisch durchgeführt. Andernfalls hätte man das Kennwort eingeben müssen, wonach dem Täter aber wohl kaum der Sinn gestanden haben wird!«

»Und was soll das bitteschön beweisen?«, erregte sich Jasmin. »Das kann auch Thorsten Kluge gemacht haben, als er *irgendwann* vorher einmal seine Tochter besucht hat! Daraus kann man nicht ableiten, wer es zur Tatzeit hatte! Wir wissen nur, dass *er* es definitiv *nicht* war! Das hilft uns also ebenfalls nicht weiter!«

»Wie wär's denn damit: Julia Münch schrieb doch in ihrem Tagebuch, dass es ein *grünes* Auge war, das von außen durch ihren Türspion schaute«, entwarf Vanessa eine Theorie. »Das war nur wenige Minuten vor der Tat, es ist demnach anzunehmen, dass es dem Täter beziehungsweise der Täterin gehörte. Thorsten Kluge hat *blaue* Augen, wie übrigens beide Töchter. Damit wäre Maike wohl raus!«

»Das ist der erste vernünftige Denkansatz«, nickte Heller, der froh war, dass der Streit nicht weiter eskalierte. »Er ist aber als Beweis nicht zu gebrauchen, da ein direkter Zusammenhang nicht erwiesen ist und auch niemals nachweisbar sein wird! Außerdem gibt es sehr viele Menschen mit grüner Iris, meine frühere Partnerin Denise Malowski ist eine davon! Was wir dringend benötigen, ist ein unumstößlicher Beweis, wer zur Tatzeit das Handy im Besitz hatte! Ich denke, wir haben zwar alle eine Vermutung, aber damit ist es nicht getan!«

»Vielleicht habe ich die Lösung für das Dilemma!«, ertönte überraschend eine Stimme von rechts außen. Jürgen Vogel zog ein Handy aus der Tasche und strich auf dem Display herum, bis er gefunden hatte, was er suchte. Dann übergab er es Jasmin, die es nach kurzer Einsichtnahme an Tobias weiterreichte. Es war das konfiszierte iPhone von Thorsten Kluge.

»Die forensische Untersuchung ist endgültig abge-schlossen«, beruhigte Vogel ihn, weil er das Telefon mit spitzen Fingern entgegennahm, um keine Spuren zu verwischen. »Es waren, wie gesagt, keine verwert-baren Fingerabdrücke darauf. Du kannst es also ruhig richtig anfassen. Ich bin zwar kein Detektiv, aber viel-leicht ist etwas anderes für euch von Interesse. Sieh dir den letzten Eintrag vom Tattag an!«

Tobias tat, wie geheißen und bekam große Augen, als er den Wert der von dem Forensiker angedeuteten Information erkannte. »Mensch, Jürgen!«, entfuhr es ihm begeistert. »Du bist ein kriminalistisches Genie! Das könnte uns tatsächlich zum Täter führen!«

Kapitel 18

Die letzte Runde

»Bleibt in Rheinbach und passt auf, dass die Chefin nicht heimlich abhaut. Wartet dort auf weitere Instruktionen!« So lautete die Nachricht, die Tobias Heller auf die Mitteilung über das bestätigte Alibi zurückgeschrieben hatte. Der von Jürgen Vogel zufällig gefundene Hinweis hatte später tatsächlich geholfen, das Rätsel um das Handy am Tatort zu lösen, und er hatte umgehend die Order erlassen, Cornelia Kluge festzunehmen und ins Kommissariat zu bringen.

Da diese auf einem Rechtsanwalt bestanden hatte, musste sie die Nacht in der Arrestzelle verbringen, in der wenige Stunden zuvor ihr eigener Mann gesessen hatte. Ihn hatte man aufgrund des bestätigten Alibis unverzüglich auf freien Fuß gesetzt, da nichts mehr gegen ihn vorlag. Der Straftatbestand der Strafvereitelung war vom Gesetzgeber ausdrücklich innerhalb der Familie und zwischen Eheleuten ausgeschlossen worden, weshalb die Falschaussage keine rechtlichen Konsequenzen nach sich ziehen würde.

Seit einer Stunde war die Beweiskette lückenlos, und so saß Cornelia Kluge jetzt mit gesenktem Kopf neben ihrer Anwältin Dr. Tamara Hauber am Vernehmungstisch Tobias Heller und Martin Weber gegenüber. Aufgrund der erdrückenden Beweislage erwarteten diese heute ein frühes Geständnis.

»Bevor Sie mit der Vernehmung beginnen, bin ich beauftragt, im Namen meiner Mandantin eine Erklärung abzugeben!«, meldete sich die junge Rechtsanwältin zu Wort. Tobias schätzte sie auf allerhöchstens Mitte dreißig. »Frau Kluge bestreitet die ihr zur Last gelegte Tat, sie kannte das Opfer nicht einmal!«

»Womit wir beim Thema angelangt wären«, gab Tobias Heller ungerührt zurück. »Julia Münch wurde im Wohnzimmer ihrer Tochter Maike getötet, es existiert also sehr wohl ein Zusammenhang!«

»Der konstruiert ist! Natürlich haben Sie haufenweise Fingerabdrücke am ›Tatort‹ gefunden«, ätzte sie. »Das ist bei einer Mutter, die nachweislich oft ihre Tochter besucht hat, keine große Überraschung! Was Sie uns jedoch beweisen müssen, ist die Anwesenheit meiner Mandantin zur Tatzeit!«

»Bitte sehr, kommt sofort!«, lächelte Heller und schlug seine Akte auf. »Wir können das sogar auf die Minute genau nachweisen. Im Übrigen gab es praktisch keine Fingerabdrücke am Tatort, weil jemand hinterher alles gründlich abgewischt hat. Bis auf eine Ausnahme, aber dazu komme ich noch.«

Er entnahm dem Hefter einige DIN-A4-Blätter und schob sie über den Tisch. »Dies sind Auswertungen von zwei Handynutzungen«, erläuterte er ihr. »Es handelt sich um Bewegungsprofile der Mobiltelefone Ihrer Mandantin und deren Ehemann am Tattag. Ich will Sie nicht mit Koordinaten langweilen. Glauben Sie mir einfach, dass eines der beiden Handys auf den Meter genau am Tatort geortet wurde. Mit Datum und Uhrzeit. Sie können es später gerne selbst nachprüfen, wenn Sie wollen!«

Sie schob die Blätter achtlos zu ihm zurück, ohne einen Blick darauf geworfen zu haben. »Das besagt gar nichts! Falls Sie nicht mehr gegen Frau Kluge in der Hand haben, war es das jetzt. Selbst, wenn es sich dabei um ihr Handy handelt, ist das kein Beweis, das wissen Sie! Ich fordere die sofortige Haftentlassung meiner Mandantin!«

»Warten Sie ab«, hob Tobias Heller die Hand. »Wir haben sozusagen einen stummen Zeugen der Tat. Sie wissen von der Kamera in einem der Teddys in der Wohnung ihrer Tochter?«, wandte er sich nun direkt an die Beschuldigte, die jetzt erstmals den Kopf hob und ihn überrascht ansah. Er gab Martin Weber einen Wink, worauf dieser sein Notebook aufklappte und eine ganz bestimmte Datei öffnete. Dann drehte er den Computer so, dass die Damen den Bildschirm gut einsehen konnten.

»Was soll das?«, ereiferte sich die Rechtsanwältin, nachdem die Sequenz durchgelaufen war. »Alles, was zu sehen ist, ist diese Frau, wahrscheinlich das Opfer. Nirgends ist aber meine Mandantin im Bild und da es keinen Ton gibt, haben Sie auch keinen Audiobeweis für deren Anwesenheit!«

Weber zog das Notebook wortlos zu sich herüber und startete eine weitere Videodatei. »Wie Sie sehen, wurde das wenige Minuten danach aufgezeichnet«, bemerkte er, als auch diese Sequenz vorbei war. »Und jetzt liegt diese Frau tot am Boden!«

»Unsere Spezialisten können beweisen, dass der Internetrouter exakt zu der Zeit, als das erste Video endete, durch Kappen der Stromzufuhr abgeschaltet wurde und kurz vor Beginn der Folgesequenz wieder hochfuhr. Das kann nur jemand gemacht haben, der von der Kamera in dem Teddy wusste. Wie Sie, Frau Kluge! Wir fanden einen Daumenabdruck von Ihnen auf dem Netzteil des Routers. Da dieses außerhalb des Bildes eingesteckt war, sind Sie dabei nicht zu sehen. Letztlich hat uns der stumme und gehörlose ›Augenzeuge‹, trotzdem er die Tat gar nicht mitbekam, doch noch den Täter geliefert. Manchmal ist es eben auch ein Beweis, wenn man etwas *nicht* sieht! Ach ja, ich vergaß zu erwähnen: Wir haben nicht nur die Bewegungsdaten des Handys, es war außerdem nachweislich exakt zur Tatzeit im WLAN Ihrer Tochter angemeldet! Und wir haben einen kompletten Handabdruck von Ihnen an der Wohnungstür. Der entstand, als Sie durch den Spion schauten, um zu sehen, ob jemand zu Hause war. Dieser Vorgang ist durch einen Tagebucheintrag des Opfers belegt. Sie haben grüne Augen, nicht wahr?«

»Kann ich das Blatt mit der Funkzellenauswertung noch einmal sehen?«, bat die Beschuldigte. Er schob es ihr kommentarlos zu. »Wie ich es mir dachte«, sagte sie aufatmend, nachdem sie sich den Kopf mit der Telefonnummer genau angesehen hatte. »Das ist das Handy meines Mannes, nicht meins!«

Weber legte zwei identische Handys auf den Tisch. »Von Ihrem Mann haben wir erfahren, dass es andauernd vorkommt, dass die Geräte vertauscht werden! Deshalb wusste er sofort, dass *Sie* die Tat begangen haben mussten, als wir ihn darauf ansprachen. Seine Reaktion war recht aufschlussreich. Die sehen sich ja auch wirklich verblüffend ähnlich, nicht wahr? Wie eineiige Zwillinge! Und da die Funkzellenauswertung von *Ihrem* Handy eindeutig belegt, dass es sich den ganzen Tag in der Firma befand, und Ihr Ehemann ein wasserdichtes Alibi vorweisen kann, ist die einzig logische Schlussfolgerung, dass er *Ihr* Telefon hatte und *Sie* seines!«

»Das sind nichts als haltlose Behauptungen! Das werden Sie niemals beweisen können!«, mischte sich jetzt die Anwältin wieder ein und wandte sich an ihre Mandantin. »Kommen Sie, Frau Kluge, hier haben wir nichts mehr verloren. Einen größeren Unsinn habe ich in meiner ganzen Laufbahn noch nicht gehört. Wir gehen!«

»Sagt Ihnen der Name Rainer Zabel etwas, Frau Kluge?«, spielte Tobias Heller nun seelenruhig seine letzte Trumpfkarte aus. »Ich fürchte, ich kann sehr wohl beweisen, dass Sie das Handy Ihres Mannes an diesem Tag irrtümlich eingesteckt hatten. Und ich kann weiter belegen, dass Sie es dabeihatten, als Sie Julia Münch getötet haben! Sie sollten öfter mal den Verlauf Ihrer Anrufliste löschen. Besagter Herr Zabel rief nämlich an diesem Tag exakt um 17:42 Uhr auf dem Handy Ihres Mannes an, um etwas Geschäftliches zu besprechen. Zu dem Zeitpunkt befand sich das Telefon laut Funkzellenauswertung weniger als zehn Meter von der Haustür Ihrer Tochter entfernt. Wir haben ihn zurückgerufen, er schwört, mit *Ihnen* gesprochen zu haben! Was sagen Sie nun?«

Dr. Tamara Hauber, die sprachgewandte Anwältin, sah ihn sprachlos an, ihre Mandantin hingegen war weiß wie eine Wand geworden und schnappte hörbar nach Luft. »Ich … Ich möchte jetzt ein Geständnis ablegen!«, hauchte sie.

***

Zwei Wochen zuvor

Ich hatte mich mit Maike wieder heftig gestritten. Sie hatte zwar mir zuliebe zu Ihrem Studium in Politik und Journalismus BWL belegt und einen guten Abschluss gemacht, doch sie weigerte sich nach wie vor standhaft, den elterlichen Betrieb zu übernehmen, wie ich es mir immer gewünscht hatte. Stattdessen zog sie es vor, in der ganzen Welt herumzureisen und Beweise für kriminelle Machenschaften hochstehender Politiker aufzudecken oder sich mit mächtigen Konzernen anzulegen.

Als ich zuletzt mit ihr telefonierte, war sie in Denver. Sie hatte nicht einmal Bescheid gesagt, dass sie monatelang wegbleiben würde! Das Gespräch endete damit, dass Maike wütend auflegte. Alle weiteren Versuche, mit ihr zu sprechen, blockte sie ab. Ich erreichte nur noch ihre Sprachbox und WhatsApp Mitteilungen beantwortete sie einfach nicht. An diesem unglückseligen Tag fasste ich mir ein Herz und fuhr zu ihr nach Hause. Seit dem Streit waren zwei Wochen vergangen und sie musste in der Zwischenzeit wieder aus den Staaten zurück sein, dachte ich. Mittlerweile weiß ich, dass ihr kurz nach unserem letzten Telefonat das Handy gestohlen wurde, aber damals war mir das natürlich nicht bekannt.

Ich klingelte also an ihrer Tür. Es machte niemand auf, obwohl Geräusche aus der Wohnung zu vernehmen waren. Ich versuchte, durch den Türspion zu schauen, doch in der Diele war das Licht nicht an und außerdem verzerren diese Spione ohnehin alles, wenn man von der falschen Seite hindurchschaut. Ich konnte dennoch ein Gesicht ausmachen, und es sah aus wie das von Maike. Rasch verschwand ich in der Dunkelheit des Flures, doch ich war mir sicher, dass sie mich erkannt hatte. Da sie mir aber nicht die Tür öffnete, ging ich wieder. Draußen auf der Straße rief dieser Mensch an, der meinen Mann zu sprechen wünschte. Erst da habe ich bemerkt, in der Eile das falsche Telefon eingesteckt zu haben.

Nach diesem Gespräch fasste ich den verhängnisvollen Entschluss, es noch einmal mit Maike zu versuchen, und kehrte um. Diesmal klingelte ich aber nicht, sondern rief durch die Tür: »Mach bitte auf, hier ist deine Mutter«. Tatsächlich öffnete sie mir und ging wortlos voraus ins Wohnzimmer. In der Diele hatte ich nicht gesehen, dass es sich bei dieser Frau nicht um Maike handelte, da das Licht nicht eingeschaltet war und sie ihr, wie ich später feststellte, verblüffend ähnlich war.

Nun müssen Sie wissen, Herr Kommissar, dass ich schon lange von der Existenz einer unehelichen Tochter meines Mannes Kenntnis habe. Ich hatte einmal versehentlich einen Brief geöffnet, den er von der Mutter direkt nach der Geburt bekommen hatte. Dieser Dummkopf dachte doch tatsächlich, dass es mir in all den Jahren nicht aufgefallen war, dass er die Bücher der Firma frisierte, um die Unterhaltszahlungen zu verschleiern.

Als diese Julia – den Namen kannte ich aus dem Brief – sich im hellerleuchteten Wohnzimmer zu mir umdrehte, bemerkte ich meinen Irrtum natürlich sofort. Sie sagte irgendetwas von einer Schwester, und dass sie hier ein paar Tage wohnen würde, solange Maike in den USA weilte. Ich weiß nicht, welcher Esel mich ritt, aber es war wohl die seit mehr als einem Vierteljahrhundert unterdrückte Wut über die Untreue meines Mannes, der sich mit einer anderen vergnügt hatte, während ich sein Kind austrug. Hinter ihr saß dieser dämliche Teddy, in dem Maike eine Kamera installiert hatte, und schien mich jetzt höhnisch anzugrinsen. Was hatte der so zu glotzen? Ich zog kurzerhand den Stecker des Routers, der neben der Tür angebracht war, und nahm damit diesem unverschämten Kerl das Augenlicht.

Ich schrie diese Frau an, dass sie niemals die Schwester meiner Maike sein würde, und schubste sie heftig. Sie fiel auf den Boden, rappelte sich aber sofort wieder auf und stürzte sich wütend auf mich. Ich weiß nicht, wie lange unser Gerangel dauerte, doch es ging dabei einiges von der Wohnungseinrichtung zu Bruch, wie ich später sehen musste. Irgendwann bekam ich dann die Skulptur, das Replikat einer Herkulesstatue, zu fassen und schlug sie ihr hinterrücks auf den Kopf. Erst, als sie mit dem Gesicht voran in die Vitrine stürzte und sich nicht mehr regte, wurde mir bewusst, was ich getan hatte.

Plötzlich wurde mir dort alles zu eng, obwohl die halbe Einrichtung zertrümmert auf dem Fußboden lag. Ich öffnete das Fenster, um wieder Luft zu bekommen. Dann wischte ich die Statue ab. Es war mir zwar klar, dass meine Fingerabdrücke überall in der Wohnung *verteilt sein würden, aber ich hatte nicht die Zeit, mich darum zu kümmern. Außerdem war ich ja bei meiner Tochter, dadurch würde das nicht verdächtig sein, hoffte ich.*

Notebook und Handy, die auf dem Wohnzimmertisch lagen, nahm ich sicherheitshalber mit. Man weiß ja aus den Fernsehkrimis, dass sowas die Polizei schnell zum Täter führen kann. Im Flur sah ich auf der Kommode außerdem eine Handtasche mit ihren Papieren, die ich ebenfalls mitnahm. Bevor ich ging, steckte ich noch den Router wieder ein. Das war sehr dumm von mir, da ich keine Handschuhe trug und so meinen Daumenabdruck hinterließ. Ich konnte nicht ahnen, dass gerade das Ihren Verdacht erregen würde!

* * *

»... *Bevor ich ging, steckte ich noch den Router wieder ein. Das war sehr dumm von mir, da ich keine Handschuhe trug und so meinen Daumenabdruck hinterließ. Ich konnte nicht ahnen, dass gerade das Ihren Verdacht erregen würde!*«

Tobias steckte das Handy mit der Sprachaufzeichnung des Geständnisses ein, dem seine Leute in den vergangenen fünfzehn Minuten mit steigender Spannung atemlos gelauscht hatten. »Und? Was sagt ihr dazu?«, fragte er in den Raum hinein.

»Diese Frau ist eiskalt und zeigt nicht den leisesten Anflug von Reue!«, schüttelte Erik verständnislos den Kopf. »Das Einzige, das sie wirklich bedauert, ist, dass wir sie erwischt haben!«

»Darüber muss das Gericht befinden«, nickte der SOKO-Chef. »Auch darüber, ob das Ausstecken des Routers und damit das Deaktivieren der Kamera als Vorsatz gewertet werden kann. In dem Fall droht ihr eine sehr lange Haftstrafe! Im Grunde sind durch ihre Aussage aber alle bisher offenen Fragen geklärt, sogar die nach dem geöffneten Fenster. Aufgrund ihres umfassenden Geständnisses wurde vom zuständigen Richter Haftbefehl erlassen und Untersuchungshaft angeordnet. In diesen Minuten wird ihre Wohnung durchsucht und ich bin mir sicher, dass man dort die vom Tatort entwendeten persönlichen Gegenstände aus Julia Münchs Besitz finden wird. Ändern wird das jedoch nichts, der Fall ist auch ohne die zusätzlichen Beweise aufgeklärt.«

»Jetzt ist mir aber klar, weshalb sie den Beamten, die wir zu Maikes Eltern schickten, die Speichelprobe verweigerte«, überlegte Jonas. »Sie wusste ja, dass die Tote nicht ihre Tochter sein konnte, da sie Julia selbst getötet hatte! Andererseits fürchtete sie, durch ihre DNA entlarvt zu werden!«

»Hätten wir das alles nicht erheblich früher haben können?«, stellte Jasmin eine längst erwartete Frage. »Immerhin gab es diesen Handabdruck an der Tür und den Daumenabdruck am Router. Wir haben aber vor ihrer Festnahme niemals eine erkennungsdienstliche Maßnahme an Cornelia Kluge durchgeführt!«

»Diesbezüglich haben wir uns nicht das Geringste vorzuwerfen. Es wird immer Besserwisser geben, die glauben, dass wir diese Spur sofort hätten erkennen müssen. Doch die Verdachtsmomente, soweit sie zu Anfang überhaupt vorlagen, haben nicht ausgereicht.

Außerdem deutete bekanntlich alles auf eine Beteiligung O'Brians und seiner Geliebten hin. Wir leben in einem Rechtsstaat, da kann man nicht einfach jeden grundlos beschuldigen und erkennungsdienstlichen Maßnahmen unterwerfen. Da gibt es Regeln! Natürlich hätten wir umgehend einen Abgleich der Fingerabdrücke durchführen können, aber was wäre damit bewiesen gewesen? Doch nur, dass sie *irgendwann* einmal in der Wohnung ihrer eigenen Tochter war. Nein, der richtige Weg führte über ihren Mann und das vertauschte Handy. Erst dadurch wurde es uns möglich, einen Zusammenhang mit diesen Spuren herzustellen und ihr die Anwesenheit am Tatort zur Tatzeit zu beweisen!«

»Ich finde es ungewöhnlich, dass Thorsten Kluge sofort die Schuld auf sich nahm, als er erkannte, dass seine Frau für den Tod seiner Tochter verantwortlich war«, sinnierte Jasmin. »Das ist in meinen Augen ein richtiger Liebesbeweis. Und ich dachte, die beiden wären sich nicht grün!«

»Wir werden wahrscheinlich nie erfahren, was er sich wirklich dabei gedacht hat«, hob Tobias gleichgültig die Schultern. »Vielleicht ging es ihm auch nur um die Firma, die ja seiner Frau gehört. Doch das ist im Grunde ziemlich egal, sein falsches Geständnis war dennoch hilfreich, da es uns zur wahren Täterin führte!«

»Apropos O'Brian«, meldete sich Vanessa zu Wort. »Leider geht dieser Kerl samt seiner sauberen Assistentin bei der Sache schon wieder leer aus. Die Daten auf dem USB-Stick belegen eindeutig, dass die beiden in kriminelle Machenschaften verstrickt sind. Aber die dürfen wir ja nicht verwenden!«

»Nicht ganz«, lächelte Tobias hintergründig. »Ich vergaß zu erwähnen, dass meine Frau der Französin im Verhör so das eine oder andere entlocken konnte! Martin war ja lange genug in ihrem Kommissariat, er wird wissen, was Melanie für Tricks beherrscht. Alles absolut legal natürlich! Jedenfalls sollte es ausreichen, den Konzern einmal gründlich auf den Kopf zu stellen. Staatsanwalt Rheinfels ist informiert und ich wette, er wetzt bereits die sprichwörtlichen Messer! In diesem Zusammenhang dürfte es euch vielleicht interessieren, dass Geraldine Lefebre den Einbruch bei Julia Münch jetzt zugegeben hat. Sie war ihr nach der Übergabe des Keyloggers auf dem Firmenparkplatz durch Luisa Fernandez gefolgt, ganz wie wir es vermutet hatten, und später bei ihr eingestiegen, um den USB-Stick zurückzuholen. Apropos Wette: Wenn außer mir niemand auf dieses Ergebnis getippt hatte, nämlich dass es keiner von den dreien war, bin ich wohl der Sieger!«

»Du wusstest es von Anfang an?«, wunderte sich Vanessa über das ›Geständnis‹ ihres Chefs. Sie selbst hatte ebenso wie Jasmin auf Thorsten Kluge gesetzt. Jonas hatte auf Duncan O'Brian getippt und Martin auf Geraldine Lefebre. Erik hatte ebenfalls Thorsten Kluge als Täter eingetragen, nachdem er sich zuvor lange geziert hatte, daran teilzunehmen. Da jedoch Tobias den Tippzettel aufbewahrt hatte, wusste bis jetzt niemand, was er gewettet hatte.

»Sagen wir, ich hatte so ein Bauchgefühl«, grinste er. »Was haltet ihr davon, wenn wir meinen Gewinn heute Abend im *Bajazzo* auf den Kopf hauen und den Erfolg so richtig feiern? Ihr habt alle hervorragende Arbeit geleistet, sodass wir gemeinsam diesen kniffligen Fall in Rekordzeit lösen konnten. Das haben wir uns einfach verdient!«

»Da bin ich dabei«, meinte Erik. »Aber nur, wenn Jonas und Martin nicht wieder zur fortgeschrittenen Stunde unanständige Lieder grölen! Das war ja beim letzten Mal kaum auszuhalten!« Der junge Mann war bei den Kollegen dafür bekannt, dass er nie Alkohol trank und anderen Genussmitteln ebenfalls aus dem Weg ging.

»Oh, ich bin mir sicher, dass die auch alkoholfreies Bier im Angebot haben«, lachte Tobias. »Ich werde jedoch diesmal auf die beiden besonders achtgeben, wenn euch das beruhigt.«

»Aber bestimmt nicht wegen der Texte, denn wir sind schließlich alle erwachsen«, konterte Vanessa trocken, »sondern weil die zwei im Suff so entsetzlich falsch singen, dass die Milch schon in der Kuh sauer wird!« Dem war nichts mehr hinzuzufügen.

Die SOKO Rhein-Sieg kommt wieder!

In meiner heutigen ›Predigt‹ möchte ich etwas zu Fehlkäufen sagen. Und zwar geht es um die weitverbreitete Unsitte, das Produkt dafür verantwortlich zu machen, dass es nicht die oft viel zu hochgesteckten Erwartungen erfüllt. Gerade im Buchsektor kommt sowas immer wieder vor, obwohl man sich vor einem Kauf darüber hätte informieren können! Das führt dann zu Frust, auch beim Autor. Wir schreiben ja für eine breite Leserschaft und können auf die Wünsche Einzelner keine Rücksicht nehmen.

Hin und wieder liest man schlechte Rezensionen, die mit den Worten beginnen: »*Leider habe ich mich durch die vielen positiven Bewertungen dazu hinreißen lassen, dieses Buch zu kaufen*« oder so ähnlich. Ist den Verfassern eigentlich klar, dass sie sich damit selbst ein Armutszeugnis ausstellen? Es ist müßig, diesen Leuten die Irrationalität ihres Verhaltens erklären zu wollen, ich möchte es dennoch versuchen. Leider ist jedoch davon auszugehen, dass keiner von denen, die es angeht, bis zu dieser Stelle kommen wird.

Eine große Anzahl von 5-Sterne-Bewerungen sagt ja nichts darüber aus, ob das Buch einem persönlich zusagt, sondern nur, dass es vielen anderen gefallen hat! Ein Städteführer mit Tausenden positiver Bewertungen zum Beispiel wird bei den Liebhabern kulinarischer Genüsse sicher auf wenig Gegenliebe stoßen, selbst wenn er den Titel »ESSEN« hat! Was ich damit sagen möchte, ist, dass man sich *vor* dem Kauf eines Buches darüber informieren kann, ob einem dieser Autor zusagt. Eine kostenlose Leseprobe, die man bei Amazon jederzeit auf das Kindle herunterladen kann, würde darüber Auskunft geben. Das Produkt kann nichts dafür, dass man sich in der Wahl geirrt hat!

Ich bin mir durchaus dessen bewusst, dass ich mit solchen Anmerkungen nicht diejenigen erreiche, die es angeht, da unzufriedene Leser keine Schlussworte lesen. Angehörige einer bestimmten Spezies tun dies aber doch! Das sind diejenigen, die eine Lupe mit ins Restaurant nehmen, weil sie das Haar in der Suppe finden *wollen*. Leser, die absolut treffsicher den *einen* Satz unter zehntausend lokalisieren, der ihnen einen Grund zum Meckern liefert, obwohl er mit der Handlung überhaupt nichts zu tun hat. Diese Leute freuen sich, etwas gefunden zu haben und sind daher nicht wirklich unzufrieden. Mit andern Worten: Menschen mit einem ausgeprägten K-Chromosom. Der geneigte Leser mag selbst entscheiden, wofür das »K« steht.

Wo wir gerade bei den Genen sind: Kürzlich las ich die Rezension einer Leserin, die mir in epischer Breite schlechte Recherche und mangelnde Kenntnisse der genetischen Gesetze und Regeln vorwarf, da Gendefekte ihrer Meinung nach *niemals* von der Mutter auf die Tochter übertragen werden können (wegen der zwei X-Chromosomen). Wie gesagt, ging es dabei um einen einzigen Nebensatz ohne jede Bedeutung für die Handlung. Ich entschuldige mich selbstverständlich in aller Form für diese Fehlinformation! Über die Handlung ließ sich die bewusste Dame übrigens mit keiner Silbe aus, es erschien ihr wohl nicht wichtig. Im vorliegenden Krimi geht es um Augenfarben (ja, ich weiß, dass es Iris heißt), und ich möchte darauf hinweisen, dass *dieses* Merkmal auch rezessiv vererbt werden und eine Generation überspringen kann. Ich würde es jedoch vorziehen, wenn man sowas nicht so ›bierernst‹ nehmen würde!

Genug gemeckert! Sie haben soeben den zweiten Band meiner neuen Serie »SOKO Rhein-Sieg« gelesen, und dass es diese Fortsetzung gibt, ist vor allem den vielen positiven Reaktionen auf den ersten Teil zu verdanken. Vielen lieben Dank dafür! Wenn man eine sehr erfolgreiche Krimiserie zugunsten einer neuen Reihe beendet, ist das mit einem Risiko verbunden und nicht wenige Reaktionen auf das Ende der Malowski-Heller-Reihe waren dann auch von einem gewissen Unverständnis geprägt. Ich denke daher, ich bin Ihnen eine Erklärung schuldig.

Ganz sicher hat es nichts damit zu tun, dass mir die Ideen ausgegangen wären, wie mir schon unterstellt wurde. Denn wenn es sich so verhielte, würde eine neue Reihe auch nichts bringen, oder? Und die Fälle der SOKO hätte auch das alte Team in bewährter Weise lösen können.

Warum habe ich das also gemacht? Nun, die Serie war auf das *dynamische Duo* abgestimmt, was automatisch zu einem Ende führen *muss*, da man sich nicht endlos neue Charaktereigenschaften der Protagonisten ausdenken kann, ohne damit unglaubhaft zu werden. Irgendwann ist dann jedoch die Luft raus, und ich war nach reiflicher Überlegung zu der Überzeugung gelangt, dass es besser wäre, diese Reihe zu beenden, bevor meine Leser sich gelangweilt fühlen.

Außerdem lag das Konzept für »SOKO Rhein-Sieg« bereits seit geraumer Zeit in meiner virtuellen Schublade. Leider war diese Reihe nicht zu realisieren, ohne das beliebte Team auseinanderzureißen, auch wenn mir der Abschied von drei meiner Lieblingsprotagonisten nicht leicht gefallen ist. Denise, Chrissie und Wolfgang waren im Grunde die heimlichen Stützen der Serie, und ich habe lange nach einem würdigen Abgang für diese drei gesucht. Dass Chrissie ihr langersehntes Baby bekommt und endlich ihren »Wolfie« heiraten darf, der zudem jetzt einen richtig tollen Job als Hubschrauberpilot hat, stellt sicherlich nicht die schlechteste Möglichkeit für ein glückliches Ende dar.

Außerdem haben Sie in diesem Band etwas über die *wahren* Gründe Denise Malowskis erfahren, den Dienst zu quittieren. Da meine Bücher Krimis sind und keine Schicksalsromane (siehe oben), war dieses Thema in »Samantha« etwas kurz geraten. Ich werde jedoch ab und zu wohldosiert weitere Informationen dazu in kommende Handlungen einbauen. Das gilt in gleichem Maße für gelegentliche »Gastauftritte« der ausgeschiedenen Charaktere.

Ich hoffe, der vorliegende Band der SOKO Rhein-Sieg hat Ihnen gefallen und ich konnte Ihnen einige spannende und unterhaltsame Stunden verschaffen, denn zu diesem Zweck wurde das Buch geschrieben! Wenn dies der Fall ist, habe ich eine persönliche Bitte an Sie: Ich würde mich freuen, wenn Sie den Krimi auf der Produktseite von Amazon bewerten und dort ein kurzes Feedback hinterlassen. Sie müssen sich gar nicht in epischer Breite über den Inhalt auslassen, einige Sätze reichen vollkommen aus. Applaus ist das

Brot des Künstlers, heißt es, und er motiviert zumindest zum Weiterschreiben!

Falls Sie auf *Lovelybooks*, *Goodreads* usw. aktiv sind, einen Buchblog betreiben oder Ihre Leidenschaft für Bücher auf *Facebook*, *Instagram* oder *Twitter* teilen, würde ich mich auch dort sehr über eine Rezension freuen. Das soll aber jetzt nicht heißen, dass ich hier um positive Bewertungen bettele. Selbstverständlich dürfen Sie Ihrem Unmut bei Nichtgefallen ebenfalls freien Lauf lassen, sofern Sie Ihre Meinung sachlich und vor allem ehrlich vertreten. Seien Sie gerecht, der Autor hat ohne Übertreibung ein Vielfaches der Zeit in das Schreiben des Buches investiert, die Sie für das Lesen aufgewendet haben!

Zum Abschluss liegt mir noch etwas am Herzen: Meine Manuskripte werden einem Korrektorat unterzogen, es bleibt aber nicht aus, dass Fehler übersehen werden. Sollten Sie jedoch der Meinung sein, dass der Text »übersät« davon ist, denken Sie bitte daran, dass es einmal eine Rechtschreibreform gab! Ein fünfzig Jahre alter Duden ist also nicht das geeignete Werkzeug, dies zu bewerten! Einmal schrieb jemand, dass in meinem Buch etliche »Gramattikfehler« enthalten seien. Muss ich dazu etwas sagen?

Im Anschluss finden Sie Kurzbeschreibungen der Protagonisten dieses Buches, soweit sie aus Gründen der Vermeidung von Wiederholungen für Stammleser im Text nicht erwähnt wurden.

Ihr René Falk

Das Ermittlerteam

Tobias Heller, Jg. 1979, studierte nach dem Abitur Kriminalpsychologie an der Universität Bonn, brach dann aber nach drei Semestern das Studium ab und bewarb sich bei der Kriminalpolizei. Er ist 1,85 Meter groß und hat eine sportliche Figur. Das dunkelblonde lockige Haar trägt er schulterlang. Seine bevorzugte Kleidung besteht aus Jeans, Turnschuhen und Lederjacke. Seit 2021 leitet er die eigens für ihn eingerichtete SOKO Rhein-Sieg.

Martin Weber, Jg. 1978, fing mit dreiundzwanzig Jahren beim Kriminalkommissariat 2 der Siegburger Kriminalpolizei an, das von Melanie Heller geleitet wird. 2021 folgte er dem Ruf ihres Ehemannes Tobias und wechselte in dessen SOKO. Weber steht mit der modernen Technik auf Kriegsfuß, verfügt aber über eine brillante Kombinationsgabe. Er misst 1,75 Meter und seine Haare sind bereits von grauen Strähnen durchsetzt. Seine Frisur wirkt meist, als sei er gerade aus dem Bett gestiegen und er zeichnet sich durch eine extrem legere Kleidung aus, die normalerweise aus ausgelatschten Turnschuhen und verwaschenen Jeans besteht.

Jonas Faber, Jg. 1989, ist mit seinem unfehlbaren Gedächtnis und seinem umfangreichen Fachwissen eine wandelnde Datenbank, womit er sich hervorragend mit seinem Ermittlungspartner Martin Weber ergänzt. Optisch stellt er jedoch einen krassen Gegensatz zu diesem dar, denn seine bevorzugte Kleidung besteht aus Maßanzügen mit Designerhemd und Krawatte. Faber misst 1,89 Meter und ist schlank. Seine dunkelblonden Haare trägt er kurz und er wirkt ständig, als sei er gerade erst beim Friseur gewesen.

Vanessa Fuchs, Jg. 1992, fing ihre Karriere beim Kriminalkommissariat 4 an. Nach nur zwei Dienstjahren dort wurde sie von Tobias Heller für die neue SOKO angeworben, dem ihre hervorragenden Kenntnisse über forensische Analysen und ihre Affinität zu elektronischen Geräten jeglicher Art aufgefallen war. Sie ist mit 1,76 Meter und einer sportlichen Figur recht groß für eine Frau. Das schulterlange naturbraune Haar trägt sie in der Regel zu einem Pferdeschwanz gebunden.

Jasmin Brandt, Jg. 1994, begann ihre Laufbahn ebenfalls im Kriminalkommissariat 4, wo sie mit Vanessa Fuchs ein Ermittlungsteam bildete. Sie gilt als wahre Meisterin der Recherche, weshalb sie eine ideale Ergänzung des SOKO-Teams darstellt. Sie ist 1,64 Meter groß und ein wenig rundlich. Die blonden Haare trägt sie meist modisch kurz.

Erik Hagel, Jg. 2000, ist ein Neffe von Hellers früherem Chef Donner. In seinem Abiturjahr 2019 absolvierte er ein Praktikum im Kommissariat seines Onkels und trat später als Kommissaranwärter in den Dienst der Siegburger Kriminalpolizei. Er ist bei einer Größe von 1,82 Metern erschreckend hager. Das schwarze Haar trägt er halblang und ungekämmt. Er ist in forensischen Untersuchungen sehr talentiert und der Assistent von Vanessa Fuchs.

Jürgen Vogel, Jg. 1971, leitet die forensische Abteilung der Kripo Siegburg. Der kauzig wirkende Wissenschaftler liebt seinen Beruf und schwarze Zigarillos über alles. Mit einer Größe von 1,92 Metern und einer extrem hageren Gestalt wirkt er in seinen Bewegungen unbeholfen, ist jedoch in seinem Fachgebiet der forensischen Spurenanalyse eine anerkannte Koryphäe und bei seinen Mitarbeitern und den polizeilichen Ermittlern sehr beliebt.

Amara Jones, Jg. 1990, ist gebürtige Münchnerin und die einzige Tochter nigerianischer Einwanderer. Sie studierte Mathematik und Informatik, bevor sie in der Forensik der Kripo Siegburg die Stelle der IT-Spezialistin übernahm. Sie hat in beiden Studienfächern einen Master und ein untrügliches Gespür für alles Technische. Ihr unüberhörbarer bayrischer Akzent steht in einem lustigen Kontrast zu ihrer tiefschwarzen Hautfarbe. Sie ist nur 1,57 Meter groß und in den Hüften eine Winzigkeit zu breit. Das schwarze, krause Haar trägt sie kurz, da es ansonsten kaum zu bändigen wäre.